電脳バニーとゲームモノ。
Gambling with Cyber BUNNY GIRL

ようこそ、総ての夢と希望が叶う街――
『拡張都市パンドラ』へ

COMMENT
「んはは、こういうのも悪くないですね」

Characters
Gambling with Cyber BUNNY GIRL
Name
ツキウサギ
Data
波止場の脳に住み着く希望コンシェルジュ《NAV.bit》
Memo
和装系バニー
NAV.bit
tsuki-usagi
Name
波止場 皐月
Data
パンドラの路地裏で目覚めた記憶喪失の少年
Memo
不運
Human
satsuki
Human
mirai
Name
むーとん
Data
櫃辻と契約している妖精型の《NAV.bit》
Memo
マスコット系毛玉ウサギ
mu-ton
Name
櫃辻 ミライ
Data
パンドラでアイドル的人気を誇る配信者
Memo
女子高生ストリーマー

Name
二刀ウサギ
Data
渡鳥のメイド兼護衛を務める人型の《NAV.bit》
Memo
騎士系バニー
nito-usagi
Human
mei
Name
渡鳥 メイ
Data
六號きっての名家《渡鳥財閥》のご令嬢
Memo
神がかり的ラッキーガール
Name
DD
Data
とある目的のために暗躍する仮面の男
Memo
新世界運営委員会の支部長
DD
Name
井ノ森 ナギ
Data
櫃辻宅に住む天才EPデザイナー
Memo
引きこもり
Human
nagi

Contents

Gambling with Cyber BUNNY GIRL

電脳バニーとゲームモノ。

達間 涼

MF文庫J

口絵・本文イラスト●とうち

電脳バニーとゲームモノ。

Gambling with Cyber BUNNY GIRL

プロローグ　とある⾡世界のメイデイ

災厄の時代。人々は新天地を求め、機械仕掛けの匣《はこ》の中に総《すべ》てを移した。

——拡張都市パンドラ。

おのが欲望から禁忌の匣を開いてしまった、はじまりのヒトから名を借りて——そう名付けられた電脳の方舟《はこぶね》は、人類の夢と希望を乗せ今日も人々と同じ希望を夢に見ている。

電子回路が刻まれたその、機械仕掛けの脳細胞で——

●

企業から買い付けた〃目〃の調子は良好だ。

男は、手のひらに拡張した〃視覚〃を正面の水球の中へと挿し入れ、ほくそ笑む。

「——来るぜ、来る来る……これで決まりだ」

高級ホテルの一フロアを借り切った、豪奢《ごうしゃ》なパーティーホール。僅かな人影だけを残した会場の中央には、直径一メートルほどの黒塗りの球体が浮いている。

巨大な天球儀のようにも見えるそれは、星の数ほどのダイスを拌《かきま》ぜる球形水槽《シャッフルボール》だ。傍目《はため》には影の塊と化した赤と黒の六面ダイス——各面にはトランプに類した数字が刻まれており、その出目のパターンはダイスを観測してみるまで解《わか》らない。プレイヤーは水槽の内からダイスを交互に五つまで獲得し、その都度好きな目を手元のボードにセットしていく。一度セットした出目の変更はできない。いい役が揃《そろ》いますように——と、思い描いた未来予想図に両手を擦《こす》り合わせながら、一つ一つ、球形水槽からダイスを抜き取っていく。

それが、パンドラゲーム『ヘクセンポーカー』のルールだった。


一見するとただの運ゲーにすぎないこのゲーム。

しかし、その男には総《すべ》てが見えていた。男が掴《つか》み取《と》ったダイスはまさに狙い通り——

「——きっと見えていますのね、おじさまには」

昏《くら》く不鮮明な水球の奥、対面に立った少女は感心したようにそう呟《つぶや》いた。

「視覚機能を別の何かに代替させたり、不規則に見せかけたデタラメから最善の一手を見極めたり。そういう感覚拡張系《センシビリティ》の『ＥＰ』が最近の流行《はや》りだって、お父様から聞いたことがありますわ」

「くく。ズルいだなんて言うなよ？　恨むんなら、そんなチートを世にばら撒《ま》いたお父様を恨むこったな。まあ明日にでもその社長様の席は、俺の物になってることだろうがな」

「……くふふ。それはユメがあって素敵なことですわね。でも、御免なさい──」

口許《くちもと》に手をやって上品に笑う少女に、男は勝負を忘れ、一瞬、気を許しそうになる。

幾多の女神様も幼き日にはきっと、この少女と似たような笑みを湛《たた》えていたに違いない。

「わたくしがゲームで負けることなんて、万に一つもありませんわ」

まだ正邪の半ばにいる、穢《けが》れも挫折も知らぬ無敵の微笑《ほほえ》みを。

「……おい、それは──何のつもりだ」

「目を瞑ってるんですのよ。だって、ずっと眺めてたら目が回りそうなんですもの」

羽根飾りを編み込んだ亜麻色の髪に、艶《つや》やかな肌を魅せる軽やかなゴシックドレス。

男の反対側から水球へと手を挿し込んだその可憐《かれん》な少女は、宣言通りに目を閉じていた。

それは運否天賦《うんぷてんぷ》を装った第六感《イカサマ》ゲームを、ただの運ゲーへと堕《お》とす自滅行為。

にも拘《かか》わらず少女は両の目を瞑《つぶ》ったまま、川面《かわも》を拌ぜる流水をそっと撫《な》でるような手つきで、偶々《たまたま》そこに流れ着いた一つのダイスを手のひらに掬《すく》い取って、こう言うのだ。

「──赤目の★は確か、〝ジョーカー〟でしたわね。これで〝A〟が五つ。

この『ヘクセンポーカー』においてファイブハンドは、あなたの最善を超える──」

「……ば、ッ!?」

勝利の宣言は鮮やかに、しかしその決着は呆気《あっけ》なく。愕然《がくぜん》と目を見開いた男の手から、最善の役の一ピースを担うはずの最後の〝A〟が、ボード上に転げ落ちた。

あらゆる手を尽くして揃《そろ》えたロイヤルフラッシュ、その最強が敗れたのだ。

「さて、ゲームにはわたくしが勝ってしまったわけだけど……。くふふ。この次は一体なにを見せてくださいますの？　お、じ、さ、ま——？」

「……ッ、冗談じゃない！　こんなの、付き合ってられるか……！　行くぞ！」

パーティーホールには、ゲームを見守る人影が他に二つあった。

華やかなバニーガールの衣装に身を包んだディーラーが二人。男は自身の付き人も務めるバニーガールを呼び付けると、憤然とした様子で踵《きびす》を返《かえ》した。

そんな主《あるじ》の背に付き人のバニーガールが「あっ」と声を掛けようとして——

「どこに行く、人間様」

「……いっ⁉」

男の逃走を妨げたのは、不意に首元に差し込まれた——二刀分の剣閃《けんせん》だった。

「貴様様にはまだお嬢様の〝希望〟を叶《かな》える義務が残っている。それを放棄して立ち去るつもりなら、こちらも相応の手続きを踏まなくてはなりませんが？」

騎士風の装いに、二振りの刀剣を携えたバニーガール。それが、男の隣には立っていた。

眼下に迫《せま》る真剣そのものの殺気を前に、男は情けなく尻もちをつく。

「……待て待て、待ってくれ！　これは何かの間違いだ……俺は完璧にやった！　一体どんなイカサマで……!?　こんなデタラメなチートがあってたまるかッ！」

「くふ。イカサマ？　チート？　そんな大それたモノじゃありませんわ」

少女は組んだ腕で胸を押し上げながら、悪戯《いたずら》っぽい笑みに人差し指を添えてこう言った。

「わたくし、運がいいんですの。それも――神がかり的なほどに」


機械仕掛けのこの世界に神様はいない。

あるのはその身で奇跡を叶えようとするヒトの意思だけだ。

そしてここパンドラには、ヒトの手で作られたあらゆる奇跡を叶える〝法〟がある。

それは神を捨てた『新世界』で行われる、夢と希望に満ちた新時代のゲーム――


「――じゃあ、ニト。あなたの力でわたくしの希望を叶えてくださいな」

「イエス、マイレディ。電脳天使の名の下に――渡鳥《ととり》メイ様の希望を徴収致します」

言葉と共に、天使を自称するバニーガールの双眸《そうぼう》が琥珀《こはくいろ》色と紅玉《ルビー》色の光を灯《とも》した。

意識の断絶と共に頽《くずお》れた男の胸中から、勝者を称《たた》える〝黄金の匣《トロフィー》〟がいま徴収される。

「くふふ。それじゃあ戴《いただ》いていきますわね。――おじさまの〝ユメ〟を」

そうして少女はウサ耳をその冠に頂いた天使を連れて、上機嫌に会場をあとにするのだった。

「――ねぇ、ニト」

ゲームのあと、少女の姿は都会の街並みを一望できる、時計台の展望にあった。

時計の針は夜の八時頃を指している。特に代わり映えのしない街の夜景を眺めつつ、少女は手のひらに載せた〝黄金の匣《はこ》〟を満月に透かしながら、ウサ耳の従者に問いかける。

「もしもこの世界が明日終わってしまうとしたら。あなたはどんな〝ユメ〟を見ますの？」

「……さぁ。私たちはユメを見るようにはできておりませんので……解《わか》りません」

「そう。それは残念ね。天使の見るユメにも興味がありましたのに」

ええ、残念です。と頷《うなず》く二刀《にとう》ウサギを傍《そば》に置き、少女はそのもしもを想《おも》う。

人工の月明かりの下。まるでいま思い出したかのように流れ始めた夜風が少女の肌をくすぐり、彼女は「くちゅん！」と可愛《かわい》らしいくしゃみで肩を震わせた。

「お嬢様。そろそろお部屋に帰りましょう。人間様の身体《からだ》に夜風は毒です」

「……ええ、そうですわね。ベッドに入る前に温かい紅茶でも淹《い》れてもらえるかしら」

少女はもう一度だけ夜の街を見やり、手に入れたばかりの〝希望〟を胸に懐《いだ》いた。

「――今日こそはいいユメが見られるといいのだけど……」

そう呟《つぶや》いた少女の姿はもう、夜の街からは消えている。

一章　はろー、ばっどらっく様

「最も悪い」と書いて〝最悪〟というくらいなのだから、きっとその〝最悪〟というやつには限度があるに違いない。あるいは、「これ以上悪くなってくれるなよ」という想《おも》いから〝最悪〟などという言葉が生まれたのかもしれないな、と、少年はふと考える。

なんにせよ、彼の口から〝最悪〟という言葉が漏れたのはこれで、四度目だった。

「はい、それじゃあ息吐いてー。はぁー、って」

昼下がりの空の下、仄《ほの》かな陽光と色鮮やかなホログラムに彩られた都市がある。

その下地となっているのは、遥《はる》か見上げるほどの超高層建築物群だ。

そして摩天楼の頭上を越えて、回路図形《ダイアグラム》の星座を浮かべた空を往《ゆ》く大きな影がある。

それは――一隻の飛行船だった。

「……最悪だ」

飛行船が地上に落としていった影の下、頭上を通り過ぎていく飛行船から地上へと視線を戻した少年は、目の前の女性警官に言われるがままに息を吐いた。

はぁ……、という深い溜息《ためいき》と一緒に。

「――ふむ。アルコールの検知はなし、っと。なんだ正常じゃない。おっかしいわねー?」

「……だから最初から言ってるじゃないですか。俺は酔っ払いなんかじゃない、って」

「そうは言ってもねぇ。……少年、君。もう一回自分の言動振り返ってみてくれる？」

少年はただでさえ猫背がちな背中をさらに低く沈めて嘆息すると、これで三回目となる説明をなかば捨て鉢になって言う。

「目が覚めたら俺、何か見覚えのない路地裏で寝てて。しかも辺りは全然知らない場所で……俺、ここがどこなのかも、自分が誰なのかも忘れちゃってるみたいなんですよ」

「それでお仕事中のお巡りさん捕まえて、こう訊《たず》ねてきたんだったわよね。

――『ここどこですか？　俺って、誰ですかね？』って」

そうだ。そしたら未成年飲酒の疑いをかけられ、現在に至る。

「……いい加減信じてくださいよ。俺、マジに記憶喪失なんですよ。助けてくださいよ」

「そう言われてもねぇ。君の記憶がどこに行っちゃったのかなんて、お巡りさんに解《わか》りっこないし。それより気になってたんだけど――少年、君。肩のとこ鳥のうんち付いてる。あそこのビルにトイレあるから、染みになる前に洗ってきな？　その間にお巡りさんは、迷子になった君の記憶でも探しにパトロールに行ってくるから――じゃ」

「じゃ、って――見捨てる気マンマンじゃないかよ、あんた……！」

女性警官は「バレたか」と舌を出すと、さも面倒臭そうな顔でパトカーに寄りかかる。

少年はさっきまで、ガラクタが散乱した不法投棄のホットスポットみたいな場所に、ゴミのように転がっていた。そこは錆《さび》とケモノ臭さが充満した薄暗い路地裏で、なぜか大量の鳩《はと》に埋もれる形で目を覚ましたのが、今から三〇分くらい前の話だ。

群れた鳩たちに追い立てられるようにその〝巣〟を飛び出し、天井にビルの蓋がされた複雑な路地の迷宮から抜け出すのに約十数分。途中、柄の悪そうな集団にぶつかって因縁つけられたり、野良犬の尻尾を踏んづけ怒らせてしまったりと度々〝最悪〟に見舞われつつも、ようやく外の景色が拝めたと思ったら今度は視界に飛び込んできた見覚えのない街の風景に、愕然《がくぜん》とする。それが数分前。

あとは女性警官が語った通り、だったのだが……

(……人選ミスったよなぁ、これ……)

まさか第一村人との会話でこうも躓《つまず》くとは。そう後悔し始めた矢先、無線が鳴った。

『――六號《ろくごう》本庁より通達。六號第四区、中央スクランブルにて乱闘事件が発生……まあ、なに。いつもの――賭けありのストリートファイトだ。なんにせよ観客《ギャラリー》に不都合がないようにと、〝天使様〟たちから交通整理のご依頼だ。至急対応に向かわれたし』

そんな緊張感皆無の呼び出しに対し、女性警官は無線越しに一言二言返すと、

「悪いわね、少年。お仕事入っちゃったみたい。事件よ、事件」

ナイスタイミングとばかりの表情で、「オッズはどんなもんかなぁ」などと呟《つぶや》きながら運転席に乗り込んでしまう。彼女の興味はすっかり手元の『表示窓《ディスプレイ》』に向いていた。

「……ちょ、ちょっと待ってよ……！」

バタン、と無情にもドアを閉じたパトカーに、少年はなおも縋《すが》りつくようにして言う。

「頼むよ。第一村人のあんたに見捨てられちゃったら、俺は誰を頼ったらいい？　目が覚めたら記憶はない、持ち物もない、自分の家がどこにあるのかも解《わか》らない。友達の顔も親の顔だって思い出せないのに、このままじゃ俺ははじまりの村で野垂れ死にエンドだ」

必死の訴えに、女性警官は半分だけ開けた窓の向こうで「う〜ん」と腕を組むと、

「そういえば少年、君――《NAV.bit《ナビット》》は使ってみた？」

「……何です、それ？　ウサギ？」

「ラビじゃなくて、ナビ。この街のみんなが使ってる素敵なアプリよ。本当に行き詰まってるんなら、まずは〝天使様〟を頼ってみたらいいわ。案外、助けになってくれるかも」

「……天使、って……そんなのどこにいるんですか……」

「ここよ、ここ」

女性警官は髪をかき上げるると、うなじを見せるような仕草で自分の首筋を指した。そこにあったのは、燐光《りんこう》を灯《とも》した機械的な線で描かれた『回路図形《ダイアグラム》』で――どうやらそれは、肌に直接刷り込まれた電子タトゥーか何かのようだった。

だが、それが何かと問う前に、彼女は去り際に茶化《ちゃか》したような敬礼をしてみせる。

「――ようこそ、旅の人。総《すべ》ての夢と希望が叶《かな》う街――『拡張都市パンドラ』へ」

　そう言い残して、第一村人を乗せたパトカーは都市の喧騒《けんそう》の中へと消えてしまった。

「……なにが夢と希望が叶《かな》う、だよ。困ってる一般市民を見捨ててさ。……最悪だ」

　そうして少年は改めて、自分が置き去りにされてしまった異世界の姿を見渡した。

　剣山のように地上から空に向かって伸びた摩天楼。天地を駆け巡る道路はこんがらがった配線のようで、ホログラムの装飾が街の至るところでネオン系の色彩を放っている。

　クジラをひっくり返したような飛行船が悠々と漂う空には、まるで電子回路を書き写したような星座が一面に広がっていて、なんだこりゃ……、と呆気《あっけ》に取られる。

「……てか、ホント」

　近未来的かつどこか非現実めいたテクスチャに支配された、全く見知らぬ大都市の風景を前にして、少年は堪《たま》らずその場に蹲《うずくま》ってほろりと涙を零《こぼ》した。

「——何なんだよ、ここぉ……」


　目を覚ますとなんか記憶喪失になっていた。

　彼の身に起こった〝不運〟を一言で言い表すとすれば、つまりはそういうことだった。

「くそ、最悪だ……あの鳩《はと》たち、やってくれるよ……」

公衆トイレの洗面台でジャケットの汚れを洗いながら、ふと、正面の鏡を見上げる。

癖っ毛なのか洒落《しゃれ》っ気《け》なのかパーマがかった髪は黒寄りのグレー。年齢は一六か一七かそこらだろうか。細身ながらもしなやかな体躯《たいく》、そこそこに整った顔立ちをしてはいるものの、フレッシュさの欠片《かけら》もない悲愴《ひそう》感漂う表情と、目の下に色濃くついた隈《くま》がそれらを台無しにしている。

おまけに、姿勢も悪い。鏡に映った少年はすっと背筋を伸ばして立ってみせるが、すぐにヘロリと前傾姿勢になる。きっとこいつの身体《からだ》には芯が入っていないに違いない。

「……これが俺、なんだよなぁ……。うーん、駄目だ。全く見憶《みおぼ》えがない」

着古した風のミリタリージャケットにはフードが付いていて、背中には胸を張った鳩の刺繍《ししゅう》が施されていた。ポケットを漁《あさ》ってみるが、中身は空。記憶も私物の一つも持ち合わせていない全ロス状態とあっては、もはや「詰んだ」と言っていい状況だ。

「……はぁぁ、これからどうしたものかな。行く当ても頼る当てもないし――ん？」

鏡から目を背けた少年は、鳩のフンなる不運の象徴とはさよならしたジャケットの袖に腕を通す。そこでふと、鏡に映った自分の首筋に目が留《と》まった。首の右側――そこに、先ほど見た回路図形《ダイアグラム》のタトゥーが刷り込まれていることに気付いたからだ。

「……これ。あのお姉さんの首にあったのと、同じ……？」

思い返すとあの女性警官だけでなく、街で見かけた人々の首にも同様のタトゥーがあったことを思い出す。彼らは度々その首の回路図形《ダイアグラム》に触れては〝何か〟を開いていたのだ。

これは何だ？　少年が何気なくその回路図形《ダイアグラム》に触れた、そのとき――

「――うわっ！」

ブォン、と鼓膜の奥で音が鳴ったのと同時、眼前に奇妙な『表示窓《ディスプレイ》』が現れた。

――〝《KOSM《コスモス》 - OS》activated.　Hello, new world!〟――

A4サイズの表示窓《ディスプレイ》は二つの文字列を宙に打ち出したあと、待機画面に切り替わった。

その青く透き通った半透明か半実体かの〝板〟は、少年の視線上に固定されたままだ。

「な、何なんだよ、これ……!?」

突如目の前に出現したSFチックな代物は手で振り払っても、瞬《まばた》きしても消えてはくれず、ならば振り向いたらどうかと、身体《からだ》を勢いよく一八〇度反転させたところで――

「あっ」丁度、少年の後ろを通ろうとした男の顔面に表示窓《ディスプレイ》が直撃した。

「おい、危ないだろ！　気を付けろ！」

「す、すいません……」

男は画面を顔面に貫通させたまま怒鳴ると、表示窓《ディスプレイ》をすり抜けトイレの個室へと消えた。

もう一度振り返って見た鏡には、自分の顔と、透過する形で表示窓《ディスプレイ》が反射している。そこに映る瞳の虹彩《こうさい》は黒から翡翠《ひすい》色へと変わっていて、微《かす》かな燐光《りんこう》を放ってもいた。

「……もしかしてこれ、俺の眼《め》が投影機《プロジェクター》になってるのか？　しかも操作できるみたいだ」

ホーム画面には幾つかのアプリ——ネット、通話、ＩＤ、電子マネー、ＳＮＳ等々——が表示されていた。なるほどこれなら情報収集に役立つかもしれない。そう得心する一方で、どうやら自分はこれらが〝何なのか〟の判別はつくようだ、と気付く。

記憶というモノはそれぞれの入れ物が違うと聞いた憶《おぼ》えもある。たとえ自分の過去を忘れてしまっても、パンはパンであるとか、服の着方や九九の解き方なんかは憶えているとか、そういうやつ。記憶喪失モノの鉄板だ。

だがその割には、この世界で見かける光景になに一つピンと来ることがないのは、一体どういうわけなのだろう？　この世界はパンと何が違うのか？　そもそもこれは、本当にただの記憶喪失なのだろうか？

……まあ、頭を捻《ひね》って思い出せるくらいなら、最初から苦労はしない。

さて何から手を付けるべきかと指先を迷わせていると、定番のアプリに交じって一つだけ、プルプルと自己主張する用途不明のアプリがあることにも気が付いた。

それは匣《はこ》の中から兎《うさぎ》がぴょこんと顔を出したデザインのアイコンで、注視していると、そのタイトルがふっと画面上に跳び出《ポップアップ》した。

「……何だこれ？　なびっと――で、いいのかな？　どっかで聞いたような……」

そうだ。確か、天使がなんとかって。あの女性警官が言っていたやつだ。

「――〝案外、助けになってくれるかも〟――か。まさかね……」

その言葉を本気にしたわけではなかったが、まさかとは思いつつも、少年は半信半疑でそのアイコンに触れてみる。人差し指の先に、ブルッ、とした振動が伝わった。

そしてその直後――少年は〝それ〟と出逢《であ》ったのだ。

『――おかえりなさいませ、波止場《はとば》皐月《さつき》様――』

「…………は？」

人だった。

〝ヒト〟かどうかは定かではない……が、前後関係を無視して言うのであれば、今、少年の目の前には人型の――〝少女〟の姿があった。まるで二次元の壁を越えるかのように、表示窓《ディスプレイ》の内からこちら側へと抜け出てきた少女の頭にまず見えたのは、耳だった。

天を突くように逆八の字にピンと跳ねた、ウサ耳だ。

次に、横髪の長いスミレ色の髪が見え、瞼《まぶた》を伏せた少女の横顔が見え、胸部を大きく開いた和装風の袖付きレオタードに身を包んだ肢体が、ぬっ、と現れた。宙に生まれ落ちたその少女は、最後にヒール系の下駄《げた》で表示窓《ディスプレイ》をカツンと蹴ったあと、膝を抱える姿勢で丸くなり、宙にふわりと留《とど》まった。そして目を瞑《つぶ》ったまま、『おかえり』と言ったのだ。

あざといウサ耳と、幼顔に似合わぬ艶《つや》やかな華衣装。

そのシルエットは、まるで――

「――バニー、ガール……？」

『このたびは希望コンシェルジュアプリ《NAV.bit《ナビット》》をご利用いただき、まことにありがとうございます。波止場様の担当コンシェルジュ――Mu《ミュー》-2001は現在、初期化状態より解凍中です。再起動までしばらくお待ちください――』

「え、なに？　何の話？　波止場って、もしかして俺のこと……？」

『――契約内容の更新を確認。新規アーカイブを作成。人格プロトコル再構築。コスモスネットワークに接続完了――《NAV.bit》再起動まで、3、2、1――』

「ちょっと待って、それ、何のカウントダウン……!?」

聞き慣れない単語の羅列に困惑する少年をよそに、推定バニーガールは突然に――

「……ん。おやー、ここは……？」

琥珀色《こはくいろ》の瞳と紅玉色《ルビー》の瞳を、それぞれ左右にパチリと開いて覚醒する。

「――それに妙な浮遊感――っ、んぎゃ！」

——そして、落ちた。

「うわっ、お尻冷た！　水ッ⁉　なんで私、トイレの洗面台でお尻洗ってるんですか⁉　てか、このっ誰ですか！　私をこんなとこに呼び出し腐った人は！　『初回起動《アクティベート》のときは周りに人や物がない開けた場所で』って、マニュアル読んでないんですかっ⁉」

オッドアイのバニーガールは剝《む》きだしのお尻を洗面台に突っ込んだ格好のまま、指先までを覆うように大きく膨らんだ和装の袖を振って、猛烈抗議してくる。

対して少年は手のひらをこめかみに当て、少し考えた上で…………なんだこれ？

「……あー、えっと、ごめん……でもって——誰？　ってか君、なに……⁉」

「なに、とは。自分で呼び出しておいて妙なことを聞きますねー？」

「呼んだ？　俺が？　もしかしてさっきのアプリが……いやいや、そんな馬鹿な……」

さっきから彼女が口にしている言葉の意味が、少年には何一つ理解できなかった。

「——ま、いいでしょう。最初はツカミが肝心ですからねー、ええ」

バニーガールはよく解《わか》らない納得を口にしつつ、洗面台の縁に器用にも立ち上がると、

「えー、おほん」と芝居がかった咳払《せきばら》いを一つ挟んで、こう言うのだ。

「私はあなた様の〝希望〟の実現をナビゲートする希望コンシェルジュ、ツキウサギ。——さあ、私と一緒に欲望の限りを叶《かな》え尽くしましょう！」

地図の中心に、コインを一枚置いて砕いたような景観の水上都市《メガフロート》――『六號《ろくごう》』がある。

その広大かつ歪《いびつ》な円盤を基点に、一から五までの番号が割り振られた『號』と呼ばれるまた別の都市、あるいは土地が環状に拡《ひろ》がっていて、各々が独立した〝色〟とコミュニティを世界地図の上に築き上げている。

そして、それらの周辺を取り囲むように世界の縁を閉ざした海の向こうには何もない。

終点が定められた円形の海に浮かぶ、六つの號からなる巨大都市群《メガロポリス》。

――拡張都市パンドラ。

それこそが、少年が目の当たりにしたこの世界の姿だった。


「ふむふむ、なるほど。記憶喪失ですかー。それは大変ですね。――あ、私はこの黒胡麻《くろごま》ソルベサンドを一つと、フルーツジュレオで。えっ、これニンジン入ってるんですか？　じゃあ抹茶の方でお願いします。――です、会計はあちらの波止場《はとば》様持ちで」

パンドラ六號、第四区――出店の並ぶマーケットを兼ねた屋外広場にて。

《KOSM‐OS《コスモス》》の表示窓《ディスプレイ》と睨《にら》めっこしていた少年――波止場は、出店の前で丸い尻尾を振るバニーガールに手招きされ、世界の俯瞰図《ふかんず》を表示していた地図アプリを閉じた。

「ちょっと、勝手にうろつかないでよ。……てか、俺が払うの、それ？」

「当たり前じゃないですか。波止場様は私の契約者様なんですから」

「……はぁ。出逢《であ》ったばかりのバニーガールにたかられるなんて、最悪だ」

「等価交換と言って欲しいですねー。物忘れの激しい契約者様にここパンドラのことや、その《KOSM - OS》について教えてあげたのは誰ですか？」

「……しかも弱みを突いてくる」

渋々ながらカウンターに置かれた会計用デバイスに手をかざすと、ポコン、と支払いが完了した音が鳴り、表示窓《ディスプレイ》に表示された電子マネーの残高が減るのが解《わか》った。

どうやら首の回路図形《ダイアグラム》と連動している《KOSM - OS》なるハイテクは、人々の脳に直接刷り込まれた生体情報端末、とのことだった。生体制御により外部のツールに頼ることなく気軽にネットワークに接続することが可能で、アプリの操作や個人情報《パーソナルデータ》の管理なんかも一括で担っている電脳ツールなのだと、このバニーガールは言っていた。

パンドラの住人にはなくてはならない、あって当たり前の機能なのだ、と。

当然、波止場はそんな《KOSM - OS》の存在など全く憶《おぼ》えてはいなかったのだが、会計の仕方や地図の操作なんかは意外にも身体《からだ》が憶えていた。それはつまり、波止場が過去に《KOSM - OS》という異物に慣れ親しんでいたことの証明に他ならない。

そして、なんだ俺お金持ってるじゃん、と会計してからふと気付き——

「残高があと、一一〇八エン……これ、死活問題だよなぁ……」

「んはっ、熱視線。そんな見つめてもあげませんよ？」

死活問題を加速させた張本人は、黒胡麻《くろごま》アイスを挟んだクレープとゼリー状の抹茶オレを交互に味わいながら、マーケットの活気と誘惑とを愉《たの》しむようにふよふよ飛んでいる。

頭の天辺《てっぺん》にウサ耳こそ生えてはいるものの、天使の翼は生えていない。だというのに彼女にはまるで重力というものを感じないのが、波止場《はとば》には不思議でならなかった。

「正直他にも聞きたいことは色々あるんだけど……ええと、ツキウサギさんだっけ？　結局君って……何なの？」

「——です。私たち《NAV.bit《ナビット》》は、人間様が快適なパンドラライフを送れるよう設計された、コンシェルジュアプリです。

パンドラを支える最大級の情報インフラ——『コスモスネットワーク』の高次運用システムを基に、ご契約者様の希望を叶える、という一点に特化した夢のサポートＡＩ。

キャッチコピーは『あなた様のニューロンに住まう電脳天使』です」

「……アプリ、ね。つまり君は——人間じゃない、ってこと？」

「です。とはいえこの柔肌《やわはだ》ボディはナマモノ同然。ですので、大切に扱ってくださいね」

彼女は宙で着物の袖を振って振り返る。内ももを擦り合わせるように閉じたむっちりとした太ももは血の通った色をしていて、確かに、ナマモノって感じだ。

「そもそもなんでバニーガール？」

「古くから夢の国への案内人は〝兎《うさぎ》〟と相場が決まってますからねー。あとは需要と供給。波止場様みたいな思春期回路直結型男子は、こういうコスプレがお好きでしょう？」

そう言って、ツキウサギは身を滑らせ波止場の懐にスス－、と急接近。ぷにん、と天体級の立体物が二の腕と触れ合い、その圧倒的なまでの弾力を相手にキョドる思春期回路。

「――ちょっ、柔らか！　じゃなくて、近い近い……俺の腕でドリブル決めないで……！」

「んはっ！　どうです？　喋《しゃべ》って楽しい、触れて嬉《うれ》しいバーチャル系バニーガールちゃんのリアルな感触は――あ、どうせなら味の方も確かめてみます？」

「……た、確かめなくていい！」

舐《な》めるように纏《まと》わりついてくる誘惑から逃れようと身を引いたところで、波止場は足をもつれさせ転んでしまう。目が覚めてからというもの、こんなことばかりだ。

「んはは。これはまた遊び甲斐《がい》のありそうな契約者様ですねー。まぁからかうのはこれくらいにしておいて、トイレで私をびちゃびちゃにした件については水に流してあげましょう。……お、これトイレだけに」

「……おじさん回路でも積んでるんじゃないの、このアプリ」

彼女の中身はともかくとして、和風にアレンジされたレオタードベースの衣装は上も下も露出が凄《すさ》まじく、正直、目のやり場に困った。帯と襟とに押し上げられた柔肌《やわはだ》の大福×2は隙あらば胸元でふるふる揺れているし、尻尾の生えたお尻なんてほぼ丸出しだ。

(……こんなえっちな子がコンシェルジュって、どうなのよ。昔の俺……)

人間とそれに付き従う《NAV.bit《ナビット》》という構図自体は、この街では至極ありふれているようだ。

ロボット系の外見をした卵型《エッグス》や、マスコット系の妖精型《ノーム》など。如何《いか》にも電子ペットといった姿かたちの《NAV.bit》が一般的だが、中にはツキウサギのような人型《ドール》もちらほらと見かけることがあった。デザインに共通しているのはその頭部にはウサ耳が生えているということで、とりわけ人型の《NAV.bit》は皆一様にバニーガールスタイルの衣装に身を包んでおり、どうしても目のやり所に困る。

しかしツキウサギのような和装系のバニーガールは珍しいらしく、通行人がチラチラと彼女に目をやっているのがよく解《わか》る。人外のモノであることを考慮した上でも彼女が魅力的に過ぎる女の子(?)であることは間違いないのだが、波止場《はとば》としては先ほどから危険物を取り扱っているような気がして、どうにも落ち着かなかった。

「そういえば」と、波止場は彼女の谷間に覗《のぞ》いたブラックホールから目を逸《そ》らしつつ、

「ツキウサギさんって俺の担当、だったんだよね? 昔の俺のこと、何か知らないの?」

「さあ」

「さあ、って……」

「私とて初期化から目覚めたばかりの身ですからねー。必要な機能や知識はバックアップがあるので問題なしですが、波止場様に関する個人ログは一つも残ってないんです。過去に契約してたのは間違いないですが――ま、記憶喪失同士傷を舐《な》め合っていきましょう」

ツキウサギはまるで他人事《ひとごと》のように言うと、口端についたアイスをペロリと舐める。

「それで？　波止場様はこれからどうするつもりなんです？」

「どう、って。どうもこうも……」

と、波止場は思案顔で空を仰いだあと、今にも泣きそうな顔で肩を落とした。

「……どうしよう？」

《KOSM-OS《コスモス》》という文明の利器を手にしたまではよかったが、そこに搭載されていたどのアプリを開いてみても、肝心の〝波止場の過去〟に繋《つな》がる情報はなに一つ残されていなかった。

アドレス帳には連絡先一つ載っていなかったし、SNSのアカウントは削除されてしまったのかアクセス不可。自宅の住所は地図アプリにもIDにも記載がなかった。

解ったことといえばせいぜい自分の名前や年齢（一七歳）といった簡単なプロフィールくらいのもので、今まで自分はどこに住んでいたのか、どうやって生きてきたのか、どんな人間だったのか、家族は、友達はいたのか……肝心なことは解らず仕舞《じま》いだった。

そういうわけで波止場《はとば》は今、六號《ろくごう》と呼ばれる街で途方に暮れていたところだった。

六號は、枝分かれした河川によって一三区のエリアに区分けされた水上都市《メガフロート》で、それら貯水湖《プール》と、円形の人工島が鎮座している。〝砕けたコイン〟の中心部——第一区には、河の源流となる貯水湖と、円形の人工島が鎮座している。地図で見ただけでは解《わか》らないが、そこがここ六號の要地であることは間違いない。そしてその中心地からおよそ三〇キロ離れた第四区は、六號の中でも特に都会寄りで、キャットタワーのように肩を組み合った複合型の高層ビル群が特徴の大都市だった。

そんなダウンタウンの街並みを見晴らせる屋外広場は、商業ビルの七層目にある。もうじき日も暮れる時間帯だ。マーケットの賑《にぎ》わいから少し離れ、波止場は展望台からその雑多な街を見下ろした。見れば見るほどに異世界としか思えない風景に、うんざりする。

（……俺は今日からここで生きていかなきゃならないのか……）

そう思うと、途端に不安が押し寄せる。さらには溜息《ためいき》と共に、くぅぅ、と切なそうな音をお腹《なか》が奏でるものだから、いよいよ惨めな気分にもなってきた。

「……はぁ。金なし宿なし、記憶もなし……もう詰んでるでしょ、これ……」

「んはは、すっかり傷心モードですねー。波止場様」

「そりゃそうだよ。目が覚めたらいきなりこんな最悪な状況に追い込まれて、俺が何をしたっていうんだ……こんな状況、どうしたらいいんだよ……」

「どうとだってなりますよ。波止場様が〝希望〟を持つことさえ忘れなければ、ね」

展望台の柵に寄り掛かって項垂《うなだ》れる波止場の隣に、ひょいとツキウサギはやってくる。柵に腰掛け足をぷらぷらとさせる彼女の表情は、どこか得意げだ。

「いいですか、波止場様。今あなたの目の前にいるエロキュートなバニーガールちゃんは、なにもおやつと引き換えにデートの相手を務めるだけの存在ではないんですよ？」

「……希望コンシェルジュ、だっけ？　それって結局なんなの？」

「そうですね。大なり小なり、誰もが心に秘めている夢や願望、そして欲望。私たち希望コンシェルジュ──通称《NAV.bit《ナビット》》は、それらの希望《リクエスト》を叶《かな》えるお手伝いをしています。早い話が、希望すれば〝どんな望みだって叶う〟──と、そういうことです」

「……それはまた、夢みたいな話だ……。どんなって、なんでもいいわけ？」

「です。一夜にして一攫千金《いっかくせんきん》を手にすることも、トップスターの座に上り詰めることも、はたまたそれ以上に荒唐無稽な希望を叶えることだって夢じゃありません。

──ま、百聞《ひゃくぶん》は一見《いっけん》に如《し》かず。お試し感覚でサクッとリクエストしてみては？」

「……俺みたいな全ロス人間引っかけても、大して毟《むし》り取れる物はないと思うけど……」

「私たち《NAV.bit》をそこらの悪徳商法と同じにしないでください」

「上手《うま》い話には裏があるもんだ。でなけりゃ俺をからかってるかのどっちかだよ」

「んはー、ネガティブ思考な方ですねー。一つ言っておきますがこのツキウサギ、契約者様に嘘《うそ》は吐《つ》きません。それにからかうならもっとエロくやります！」

神にでも誓いそうな真面目な顔の下で、豊満な胸をたゆんと張るツキウサギ。

「……はぁ。そこまで言うなら――この最悪な状況を〝なんとか〟してよ。このままだと今日から野宿確定だ」

「んはー、夢がないですねー。それでも思春期真っ盛りの男子ですか。異世界に転生して俺ツエーしたいとか、異世界で可愛《かわい》い女侍《はべ》らせてエロエロしたいとか、異世界に転生して新世界の神になりたいとか、そういう欲望にまみれた感じのはないんですか？」

「せめて現世で叶《かな》えてくれよ……」

そういうところがいまいち信用できないんだ、と言ってやりたかったが、今は少しでも無駄なカロリー消費は抑えたい。波止場《はとば》は眼下に広がる繁華街の風景に力なく視線を落としながら、切実な想《おも》いでその〝希望〟を改めて口にする。

「今は夢なんかよりも、当面の寝床を確保する方が先決だよ……あと今日のご飯も」

とはいえ、こんなのは空《むな》しい独り言だ。どんな望みも叶えてくれるバニーガールだなんて、そんな都合のいい話などあるはずもないのだから。すっかり諦めの面持ちで、野宿ができそうな場所でも探しにいこうと波止場が思い立った、そのときだった。

「――ま、いいでしょう。それも一つの希望のカタチ。ここは私自身の試運転も兼ねて、チュートリアルでも挟むとしましょうか」

「……え？」

絶望の淵《ふち》で叶わぬ救いを待つ少年に手を差し伸べる天使が如《ごと》く、ツキウサギは応えた。

「それが波止場様の希望とあらば、私が〝なんとか〟して差し上げましょう！」

気付くと、幼くも超越者染みたツキウサギの顔がすぐ目の前にあった。唐突に彼女が波止場の正面に回り込み、その目と鼻の先まで顔を近付けてきたのだ。

蠱惑的《こわくてき》なオッドアイの瞳。その双眸《そうぼう》が、ぽうっと淡い光を灯《とも》したその直後――

「ちょっとくすぐったいですよ」

「……え、なに――を⁉」

バチッ、と視界が瞬《またた》き、次の瞬間――

波止場の意識は真っ白な空間へと放り出されていた。

全身の神経が電子回路となって弾《はじ》け飛《と》ぶような感覚があった。前後不覚の背景に刻み込まれた回路図形《ダイアグラム》、夥《おびただ》しい数の数列の流動に呑《の》まれ、個と世界とが繋《つな》がったような、けれどもそれは恐らく一秒にも満たないゼロコンマの体験で――

「――！」

次に瞬《まばた》きをしたときには、先ほどまでと同じ広場の喧騒《けんそう》が視界には広がっていた。

「――ッ、今のは、一体……」

「波止場様のリクエストを登録《アップロード》したんですよ。これでマッチングの用意は整いました。あとは〝希望〟が合う相手が現れるかどうか、ですが――」

「……マッチング？　君は何を言って……」

なに一つ状況が呑《の》み込《こ》めず当惑するばかりの波止場《はとば》をよそに、ツキウサギはふっと地上に降りて、カツン──と下駄《げた》のヒールを打ち鳴らす。そして、

「ときに波止場様。ゲームはお好きですか？」

「……は？」

回路図形《ダイアグラム》が浮かぶ街の上空を見上げたところで、彼女は天を指差してニヤリと笑った。

「──希望、合いました──距離二〇メートル、頭上注意です！」

ツキウサギと共に見上げた頭上に、いきなりスクーターが降ってきた。

二章　パンドラゲーム、オンエア！

繁華街上空に架かる高架道路を飛び越えて、地上よりビル七階分の高さにある広場へと飛んでくる影がある。宙で車体をウイリーさせたそのスクーターはまるで前脚を高く掲げた獣のようで、空転したゴム製の蹄《ひづめ》が着地地点に見定めた先には、波止場が立っていた。

「――って、なんで空からスクーターが落ちてくるんだ……ッ!?」

「――人ッ!?　ちょっ、やばっ――！」

暴れ馬の如《ごと》きスクーターの鞍《くら》に跨《また》がっていたのは、波止場と同年代くらいの少女だった。

思わぬアクシデントを前に吃驚《きっきょう》する波止場と少女。しかしそこで、彼は見た。

あわや衝突寸前といったところで、少女は車体の正面に差し込むようにして、爪の先端から種子にも似た〝つけ爪《ネイル》〟を弾《はじ》き出したのだ。そしてそれは合図と共に――

「――《#気まま羊雲《クリック・パフ》》！　開花《クラック》！」

割れた種子が巨大な〝綿花〟を――ボンッ！　と宙に咲かせてみせた。

「……な、綿ぁっ……!?　――ぐむッ！」

まるで手品か魔法でも目の当たりにしたような光景を仰ぐその一方、宙に花開いた綿花のエアバッグを足蹴にしたスクーターは、弾むように宙で一回転。広場に着地する。

そして二度目の開花が、スクーターの暴走をその柔らか素材で受け止めていた。

「…………ぷはぁ！　間一髪、免停回避！」

息継ぎでもするように綿から顔を出したのは、ビーグルにも似たお団子ツインテをピンクとブロンドのツートンカラーで染め上げげた、見るも派手な風貌の少女だった。

「よしよし、バイクは無事、だね。――おーい、そっちの二人も大丈夫そ――？」

少女はバイクの安否を触診で確認したあと、思い出したようにこちらに駆けてくる。

「です、です。人間様の超ファインプレーのおかげで、二人とも超無事です」

「うんうん、それならよかった。……で、その無事なもう一人の方は、どこ行ったの？」

「おや。さっきまで私の隣にいたはずなんですが――」

「――全然大丈夫じゃ……っ、ない……」

不意に地べたから上がった抗議の声に目を向ければ、綿花製のエアバッグの下敷きになっていた灰色の癖っ毛頭が、もそもそと蠢《うごめ》きながら這《は》い出《だ》してきたところだった。

「おや、波止場《はとば》様。そんなところで何してるんですか？　鳩《はと》に埋もれて目を覚ましたとのことでしたが、よもや古巣のぬくもりが恋しくなって」

「……そんな快適そうに見える、これ？」

憤懣《ふんまん》やるかたない面持ちで、今やメレンゲ状に萎《しぼ》んだ綿から波止場は脱出する。

「――まったく、酷《ひど》い目に遭った。最悪だよ。……てか、君も何なの？　こっちはマジに死ぬかと思ったよ……」

「あはは、ごめんごめん。丁度収録の帰りにむーとんがマッチングに気付いてさ。つい、ショートカットしてきちゃった。――あっ、あたし櫃辻《ひつつじ》ミライね。よっろしくぅ♪」

「つい、で飛び越していい高さじゃないでしょ、これ……」

前屈《まえかが》みに片合掌しつつ、次にはもう握手を求めてくるお団子ツインテの少女。

天性のアイドルを思わせる人懐っこい顔つきと、仕草、そして陽の気を衒《てら》いなく振りまく朗らかな人柄。思春期男子には眩《まばゆ》いばかりの美少女が、そこにはいた。

なにより波止場の目を眩《くら》ませたのは、彼女のそのエキセントリックな出で立《いた》ちだ。

彼女はワンピースタイプのパーカーを素肌の上に羽織っていて、O字形に切り開かれた素敵峡谷《ジッパー》の谷間には、大胆にも省面積系のアンダーウェアが覗《のぞ》いている。服の裾からじかに伸びた流線形の生足といい、惜しげもなく曝《さら》け出《だ》した胸元やお腹《なか》といい、その健康的で魅惑的なプロポーションは、バニーガールの艶姿《あですがた》ですでに肥えた思春期の目を以《もっ》てしても些《いささ》か刺激的で、ここにきてまた波止場は目のやり場に悩むことになっていた。

「さっすがノモリンの新作〝ＥＰ〟。まさかこんなすぐに役に立つとはね。――でも、使ったあとの処理がちょい面倒かなー。あとでログ送っとかないと」

櫃辻と名乗った少女は独り言を呟《つぶや》きながら、メレンゲ状の綿花を摘《つ》まみ上《あ》げる。するとその綿花は原子の海に還《かえ》るように、青白い粒子となって溶けてなくなってしまった。

もしやこの少女は魔法使いか何かなのだろうか？　スクーターに乗った魔法使いだ。

「それで、キミは？　名前なんてーの？」

「え、名前？　えっと、俺は波止場《はとば》、皐月《さつき》……多分だけど」

「多分？　あはっ、面白いこと言うね。──波止場君、波止場君かぁ、ふ～ん」

櫃辻《ひつつじ》は品定めするような眼差《まなざ》しで波止場の周囲をぐるりと一周したあと、

「──それで、むーとん。このポッポ君が今回のマッチング相手、でイイんだよね？」

首の回路図形《ダイアグラム》に触れながら、ここにはいない誰かに問いかけた。するとその呼びかけに応えるようにして、表示窓《ディスプレイ》から彼女の隣に、ポン、と現れた小さな姿がある。

それは手のひらサイズの毛玉ウサギ──妖精型《ノーム》の《NAV.bit《ナビット》》だった。

「……ん、むにゃ……あってる。ミライの彼氏こーほ……希望、合いました」

櫃辻はふんふんと満足げに毛玉に頷《うなず》きを返すと、一人納得した素振りで言う。

「よし。それじゃあ自己紹介も済んだことだし、早速ヤっちゃう？」

「……え？　ヤるって、何を？」

「そんなの決まってるじゃん──ゲームだよ、ゲーム！」

ピースでもするような仕草で掲げた櫃辻の指先には、どこから取り出したのか板ガム大の小型機器が挟んである。それを彼女は笑みと共にくるりと回すと、その先端を首の回路《ダイア》図形《グラム》へと挿し込んだのだ。

「──ん、っ──」

　プシュッ、と炭酸の抜けたような音と共に、櫃辻の首から〝何か〟が注がれ、それに呼応するように彼女の瞳が明滅する。直後、彼女の衣装をゲーミングカラーの装飾が飾り立て、巻き角型のヘッドセットが彼女の耳元に、ポゥ、と線を描くように出現した。

「──《#おはよう子羊《ストレイ・ノーマッド》》──モード、配信開始《オンエア》！」

　さらに続けて櫃辻が両手を左右に掲げると同時、周囲にポン、ポンと弾《はじ》けるように幾多の〝綿毛〟が群れをなして舞い上がり、広場には幾数枚ものモニターが浮かび上がる。

　そして一呼吸ののち──世界の色と空気が変わった。

「──はろぐっなーい！　子羊のみんな、イイ夢みってる──？　未来ときめく女子高生ストリーマー、櫃辻ミライだよ──っ！」

　舞台に上がった主役の名を自ら謳《うた》い上げるように、マイク越しの櫃辻の声が、広場に出現したモニター群をスピーカーに明瞭なサウンドを響かせた。

「いきなりのゲリラ配信でびっくりしちゃったかな──って、いつも見てくれてるみんなはもう慣れっコだよね。──希望、合いました！　今日もみんなが最っ高に楽しい夢を見られるように、櫃辻、夢叶《かな》えちゃうから。最後まで応援よっろしくぅ──♪」

誰もいない虚空に向かって——否、綿毛たちの視線に向かって声高らかに櫃辻《ひつつじ》は言う。

するとまもなく、その虚空に集った〝声〟が一斉に広場に溢《あふ》れた。

『——うぉおお、きちゃ！』『はろすみ！』『はろすみ！』『ヒツジちゃんきちゃ！』『ヒツジちゃあぁん！』『どうも子羊です』『仕事中だけど夢見にきました』『はじめてリアタイできた！』『今日も衣装がエッッ……』『なんか男いるぞ？』『ひつじちゃんがんばえー』

ゲリラ的に始まった櫃辻の生配信《ライブ》。主役のコールに応えるとめどない歓声《レスポンス》。

宙に熱狂の声を打ち込んでいるのは無数とも呼べる数の文字列《コメント》たちで、軽快なＢＧＭが即興の舞台を盛り上げる。広場の背景はポップなエフェクトで色めき立ち、見上げたモニターの一つには、状況が呑《の》み込《こ》めずに唖然《あぜん》とする間抜け面の少年が映し出されていた。

——登録者数三〇〇万人超えの超人気配信コンテンツ——『櫃辻ちゃんねる♪』。

その舞台こそが、いま波止場《はとば》を取り巻く異常事態の正体だった。

「んはっ、波止場様。私たち配信に映ってますよ？　ピースしときましょう、ピース」

「……次から次へと……ついていけてない俺が悪いのかなぁ、これ……」

そんな波止場の呟《つぶや》きが誰かの耳に届くことはなく。幾多の船員《リスナー》を乗せた方舟《はいしん》は、リアルとネットの大海原へとヨーソローと漕《こ》ぎ出《だ》した。船の操舵《そうだ》を握る船長は当然、櫃辻だ。

「さぁて、みんなお待ちかね！　早速今日のコラボ相手を紹介しちゃおっかな――
――って、あれ？　ちょっとちょっと――ッ！　どこ行くのさ、ポッポ君！　配信中に
コラボ相手がログアウトとか、前代未聞すぎて配信事故だよっ！」
何か大きな波乱に巻き込まれそうな予感に、波止場《はとば》はコソコソとフェードアウトを図っ
たのだが――逃走失敗。あっという間にチャンネルのヌシに回り込まれてしまった。
「いや、多分人違いじゃないかな……その『ポッポ君』って人には心当たりがないし」
「鳩《はと》ポッポーで、ポッポ君。キミのことだよ！　なんか鳩好きそうな服だって着てるし」
「……生憎《あいにく》、鳩にはいい思い出がないよ」
「じゃあ今日作ろう。ほら、これ。コラボの記念にステッカーあげる。コラボ相手にしか
配ってない超激レアアイテムだよ。――うん、イイね。超似合ってる！」
ジャケットの襟元にペタリと貼られたステッカーは、デフォルメされた櫃辻《ひつつじ》のイラスト
が3Dとなって踊り出す仕様になっていて、ファンからすれば垂涎《すいぜん》物の代物なのだろうが、
波止場はいよいよ逃げ場がなくなっていくのを察して愛想笑いを浮かべる。
「……ツキウサギさん、これどういう状況？　君に『なんとかしてくれ』って頼んだら、
もっと訳わかんないことに巻き込まれてる気がするんだけど……」
「そうですか？　希望に叶《かな》う相手としてはこれ以上ない優良物件だと思いますが」
「どういう理屈だよ、それ。彼女に『今晩泊めてくれ』ってお願いしろとでも？」

悪くないアイデアですね、とツキウサギ。冗談でしょ、と波止場は頭を抱える。

やっぱりこうなるのだ。碌《ろく》でもないことになる予感は当たっていた。

「……あれ？　もしかしてポッポ君、《NAV.bit《ナビット》》に希望《リクエスト》するの初めてだったりする？」

「すみません、櫃辻様。実はこの波止場様、ただいま絶賛記憶喪失中でして。初めてどころかこれから何をするのかも全然解《わか》ってないんですよ」

「記憶喪失……って、マジ!?　そんなめちゃバズ設定隠し持ってたの、ポッポ君！」

櫃辻は同情するどころか、むしろ波止場への関心を強くして目を輝かせる始末だ。

（……なんでみんなこうも、他人《ひと》の記憶喪失に対して反応が能天気系なんだ……）

波止場は自分の猫背がさらに落ち込んでいくのを自覚しながらも、形式的に訊《たず》ねる。

「……はぁ。そろそろちゃんと説明してよ。今から俺に、何をさせようっての」

ツキウサギは、です、と頷《うなず》くと、勿体《もったい》つけた口調でこう語り始めた。

「これから波止場様には、櫃辻様と〝あるゲーム〟をしていただきます」

「……ゲーム？」

「です。簡単に言えば、波止場様がそのゲームで見事勝利することができれば、櫃辻様が波止場様の希望を叶えてくださる――要は〝なんとかしてくれる〟というわけです。

ですが、もしも波止場様が負けてしまったそのときには、ペナルティとして櫃辻様の希望を叶える〝義務〟が発生します。つまりこれから波止場様に行っていただくのは、自らの総《すべ》てをチップとし、互いの希望を賭けた勝者全獲《ゼロサム》りゲーム。それこそが――」

ツキウサギは告げる。

――〝どんな望みも叶《かな》う〟という希望に蓋をする、革命的なゲームの名を。

「私たち希望コンシェルジュが叶える希望への特急券――『パンドラゲーム』です！」

●

パンドラゲームは、ご契約者様の〝希望〟を叶える夢のゲームです。

パンドラゲームの勝者は、自らの〝希望〟を敗者から〝徴収〟することができます。

パンドラゲームの敗者は、勝者の〝希望〟を叶える〝義務〟が課されます。

パンドラゲームでは、対戦相手が〝希望〟するモノこそがあなたの〝チップ〟となります。

パンドラゲームに必要となる手続きは総て《NAV.bit《ナビット》》にお任せください。

あなたの夢や理想、そして欲望の総ては必ずやこのパンドラで見つかることでしょう。

さあ、《NAV.bit》と共にあなたと〝希望〟が出逢《であ》うためのゲームを始めましょう――

「――そんな話、聞いてない」

広場のモニターに映し出された『パンドラゲームのご案内』を読み終えた波止場《はとば》は、開口一番にそう言った。やっぱり詐欺じゃないか。

「だからいま説明したじゃないですか。ここはもっとテンションぶち上げるとこですよ？」

「ゲームで希望を叶えろだなんて急に言われて、すぐに納得できるわけないよ……」

そんな簡単に未知の世界に飛び込んでいけるのは、漫画やアニメの主人公だけだ。

「……悪いけど、俺はやらないよ。やらない。そんな胡散臭《うさんくさ》いゲーム、どうせ碌《ろく》でもない結果になるに決まってる。これ以上よく解《わか》らないことに関わるのは御免だ」

「でも、いいんですか？　このまま何もしなければ野宿確定、なんですよね？」

踵《きびす》を返《かえ》しそそくさと立ち去ろうとした波止場の足が、止まる。

「見知らぬ土地でひもじい思いをしながら夜を過ごす。あぁ、なんて憐《あわ》れな波止場様」

ヨヨヨ、と泣《な》き真似《まね》付きで弱みを突いてくるツキウサギに、波止場は言い返せない。

――ゲームの勝敗によって、対戦相手に自分の〝希望〟を叶えてもらう。

ツキウサギの言うパンドラゲームとは、簡単に言えばそういう理屈だ。

それが確かなら、さっき出逢ったばかりの女の子に「今晩家に泊めてよ」という突拍子のない望みを叶えてもらうこともできるわけだ。それが本当なら渡りに船。だが……

「――ところでポッポ君はさ、そのバニーちゃんに何をリクエストしたの？」

煮え切らない波止場《はとば》を見かねてか、視聴者の反応も気にしつつ櫃辻《ひつつじ》がそう訊《たず》ねる。

「……それは、その――〝なんとかしてくれ〟って」

「なんとか？」

「俺、帰る家も頼れる人の顔も憶《おぼ》えてなくてさ……それでまぁ、今日行く当てがない」

「ふんふん、なるほどなるほど。よーするにポッポ君は、櫃辻に助けて欲しいわけだ」

「そう、なるのかな？」

「うん、イイよ」と即答。

「ポッポ君が櫃辻にゲームで勝てたら、櫃辻がキミの願いを叶《かな》えて進ぜよう！」

「……えっ、いいの？　そんなあっさり……」

「櫃辻のリスナーが証人になるよ。それなら少しは信じられるでしょ？」

やけに物分かりがよすぎる展開に、波止場は素直に喜んでいいのかが解《わか》らない。

しかし彼女の言葉には、「けど」と続く当然の要求があった。

「だけど、もし櫃辻が勝ったらそのときは――」

櫃辻はモニターに映った自分の姿を目の端に意識しながら、悪戯《いたずら》っぽく笑った。

「そのときはポッポ君には――櫃辻の〝彼氏〟になってもらうよ♪」

「………………えっ？」

照れも脈絡もない唐突な告白に、宙に浮かんでは消えていくコメント欄も『えっ……』

と動揺を隠せない様子で、波止場は故の解らぬ殺気に怯《おび》えながらも訊ねる。

「か、彼氏って……俺が？　なんで……？」

「櫃辻にはね、夢があるんだよ。それも夢を一〇〇個叶えるっていう、超壮大な夢がね。題して──『ユメ一〇〇企画』！　大きな夢も些細《ささい》な夢も全部含めて、思いついた夢を全部叶えてみるっていう夢凸《とつ》企画なんだけど、次でその夢も丁度折り返しになるんだよね。せっかくの節目だし、なんか記念になりそうな夢を叶えてみたいなー、ってさ」

「その記念になりそうな夢ってのが、彼氏作ること？」

そ、と櫃辻は爽やかなウインクを一つ。それが偶々《たまたま》キミだったわけ、と指を差す。

（……なるほど。つまり誰でもよかったってわけ……）

波止場は密《ひそ》かに肩を落とした。一瞬でもドキリとした自分が恥ずかしい。

「──だからそろそろ始めよーよ。待ちくたびれた子羊諸君《リスナー》が、嫉妬のあまりポッポ君をリアルでもネットでも焼き鳥にしちゃう前に、ね♪」

広場のモニター群には、波止場の逃げ場を閉ざすように彼の顔が映し出されていて、コメント欄は推しに男の影が迫《せま》る危機に阿鼻叫喚《あびきようかん》。やらなきゃ野宿、やったらやったで彼女のファンからは総叩《そうだた》きに遭いそうなこの状況。今日という日はとんだ厄日かもしれないなあ、とは思いつつ──やらないという選択肢はもう、波止場の頭から消えていた。

「……解ったよ、やるよ。これ以上俺みたいな一般人に尺使わせるのも悪いし、どうせこっちも余裕なくて困ってはいたんだ」

波止場《はとば》は今日で何度目かも知れぬ溜息《ためいき》をついて、どうとでもなれ、と諸手《もろて》を挙げた。

「──で、俺たちは何のゲームで戦えばいいわけ？　じゃんけん？　にらめっこ？　俺でも解《わか》るような簡単なやつだと嬉《うれ》しいんだけど……」

「櫃辻《ひつつじ》は何でもイイよ。でもどうせなら、子羊たちも一緒に盛り上がれるのがイイかな」

「です、ゲームのことなら総《すべ》て《NAV.bit《ナビット》》にお任せください。お二人の希望に叶《かな》う最高のゲームと舞台をご提案致しますよ」

そう言ってツキウサギは大仰な仕草と溜《た》めを作ると、カメラ目線に口を開いた。

「──整いました。今からお二人にプレイしていただくゲームは、ツキウサギ式かくれんぼ。題して──『ハイド＆シープ』です！　ええ、ヒツツジ様《シープ》だけに」

ダジャレじゃないか……と早くも不安に駆られる波止場をよそに、ツキウサギは宙に投影したモニターの一枚を背に、すっかり進行役モードで話を進めていく。

「ルールは簡単です。お二人には狩人《かりうど》役と羊役とに分かれていただき、狩人は羊を見つけることで勝利とし、羊は制限時間いっぱい逃げ切ることで勝利とします。ですが、普通にかくれんぼするだけでは面白味《おもしろみ》に欠けるので、狩人には〝これ〟を使っていただきます」

ツキウサギはやおら両手を波止場の眼前に掲げると、指を「」の形に構え——

「——ふぉーかす、おん」

ウインクの直後、パシャッ、というシャッター音と眩《まばゆ》いフラッシュが炸裂《さくれつ》した。

「——ッ、眩《まぶ》し！　いきなり何するんだよ、ツキウサギさん……!?」

「んはは。使うのはこれ——〝カメラ〟です」

不意の目眩《めくら》ましに波止場が怯《ひる》むのも構わずに、ツキウサギは説明を続ける。

「ゲーム中、羊役には撮影箇所《ヒットポイント》となるアクセサリーを装備していただきます。場所は頭部と胸と背中、両手両足にそれぞれ一つずつ。これらはカメラで撮られることで反応し、砕ける仕様になっています。つまり、この——計七ヵ所の撮影箇所《ヒットポイント》を総て刈り撮ることができたら狩人の勝ち。撮影箇所《ヒットポイント》を一つでも守り切れたら羊の勝ち、ということですね」

「はい、質問！　撮影に使うカメラはなんでもイイの？」

「です。先ほどは説明のため、お二人の《KOSM‐OS》《コスモス》にも標準搭載されているカメラアプリを使いましたが、実際にゲームで使用するアプリに制限はありません。ただ、動画や切り抜き《スクリーンショット》はダメです。撮影箇所《ヒットポイント》が反応するのはあくまでリアルタイムに撮影されたその瞬間に限りますので。まぁ、それさえ守っていただければ基本なんでもありです」

「そっか。それなら一応ポッポ君にとってもフェアになるのかな」

どうやら櫃辻には初心者を気遣う余裕もあるらしい。ゲーム慣れしている、という印象を受ける。その一方で、彼女の相棒であるはずのむーとんは主《あるじ》の肩で洟提灯《はなぢょうちん》を膨らませてこっくりこっくりと船を漕《こ》いでいた。随分と余裕だなぁ、と敵ながら心配になる。

「さて、補足ルールとしては——」

一つ、ゲームの制限時間は一時間。

二つ、六號《ろくごう》第四区の一部地域より半径一キロ圏内を移動可能範囲とし、建物構内への立ち入りは禁止。移動可能範囲外に出たプレイヤーはその時点で敗北。

三つ、暴力行為はダメ絶対。

「——ま、こんな感じですかね。他に質問ありますか？」

一通り説明を終えたところで、ツキウサギはプレイヤー二人を交互に見やる。

ルール自体はそう難しいものではない、と思う。ゲームの細かい仕様に関してはゲームを通して慣れるしかないだろう。しかし、ここで一番の問題となるのは——

「狩人《かりうど》役と羊役。配役はどう決めるわけ？」

「そうですねー。別にじゃんけんでも、コイントスでも結構ですが——」

「じゃあ、はい！　櫃辻《ひつつじ》、狩人やりたい！」

と、まさかの挙手制に波止場《はとば》は目を丸くする。

「……え、いいの？　多分これ、狩人役の方が結構不利じゃない？」

「ポッポ君、パンドラゲーム初見でしょ？　土地勘皆無のフィールドに慣れないゲーム。

そんな状態で初心者のキミが街中駆け回って、本気で隠れてる人間一人見つけるのって、けっこー無理ゲーだと思うんだよね。だから未来ときめく配信者的には、少しでもフェアにやりたいわけだよ。――それに、そっちの方が配信映えしそうだしね♪」

「もしかしてめっちゃいい奴《やつ》？　君」

出逢《であ》い方こそ衝突事故一歩手前だったが、なんなら炎上不可避の飛び火まで喰《く》らったが、ここにきて初めて人の優しさに触れた気がして、不意に目頭が熱くなる。

……あとでチャンネル登録しておこう。

「では、説明パートはこれくらいにして。そろそろゲーム開始の宣言《コール》といきましょうか」

ツキウサギが袖を振ると、波止場と櫃辻との間に割り込むように六角形の表示窓《ディスプレイ》が二つ、それぞれの正面に現れた。そこにはただ一言――《Ready?》とだけ書かれている。

言葉の意味は解《わか》る。ついに始まるのだ。

「それでは皆々様方、準備のほどはよろしいですか？　――あー、ゆー、れでぃ？」

フラッグでも掲げるように両袖を振り上げて、ツキウサギは問いかける。

「ポッポ君。櫃辻を本気で惚《ほ》れさせてみせてね？」

「……え？」

「じゃないと、すぐフっちゃうから」

宣戦布告にも似た言葉と不敵な笑みを添えて、櫃辻は目の前の表示に手を重ねる。

波止場《はとば》も遅れて彼女と同じように手を重ね――

「――Ready!」

「……れ、レディ」

二人分の宣誓を開始の承認とし、二つの表示窓《ディスプレイ》が光に溶けた。そして――

「です。それでは――」

始まる。ツキウサギは宣言と共に、スタートフラッグを振り下ろした。その直後、二人は人ならざる力によってスタート地点へと――〝転送〟された。

「――パンドラゲーム『ハイド&シープ』！　ゲームスタートです！」

●

六號《ろくごう》第四区のメインストリート。幾多の屋外広告《ビルボード》をまるでアクセサリーかのように着込んだ摩天楼の囲いと、十字架を横たえたような大通りが走るスクランブル交差点。

そこは今、人垣とパトカーのバリケードに囲われた即席の闘技場《リング》と化していた。

「――やれッ！　ぶちこめ！　アーマーごり押しで畳みかけてけッ！」

「何してんだ！　そんな見え見えの大技ぶっぱじゃ簡単にスカされるだろうが！」

「ほら、いけ！　そこよ！　こっちは君に万賭けしてるんだから負けたら逮捕よ、逮捕！」

交差点で行われていたのは、なんとストリートファイトだった。

闘志に燃えた男たちが殴り合い、掴《つか》み合い、ときには両手から〝飛び道具〟を吐き出したりとしながら、アクションゲームさながらの大立ち回りで観客たちを沸かせている。

白熱する観客の中からどこかで聞いたような声が聞こえた気もしたが、それもすぐに別の歓声にかき消された。交差点付近は交通規制が敷かれていて、人が渋滞していた。

「――っ、なんでこんなときに。最悪だ……！」

荒い呼吸を整えつつ、ツイてない、と波止場は人垣に阻まれ立ち止まる。やはり自分は不運に憑《つ》かれてるのかもしれない。フードを深く被《かぶ》り直しながら、視線と頭を巡らせる。

これ以上は進めない。引き返すか？　いや、追っ手はもうすぐそこまで迫《せま》っている。

波止場はいま駆けてきた背後を何度も振り返りながら、通して、通して、と人垣の隙間に身体《からだ》を埋《うず》めるように人混みを横断する。

交差点を囲むビルの入口には総《すべ》て『KEEP OUT』と書かれた投影式のテープが張られていた。テープを素通りして人の行き来があるのは、彼らにはその進入禁止の表示が見えていないからだ。波止場にはそれが、獲物を追い込む柵のように見えて仕方ない。

「――何あれ、雪……？」

歓声に混じって、観客の中からそんな疑問の声が聞こえた。

──来たか、と空を見上げれば、日が暮れつつある緋色《ひいろ》の空があり、綿雪のような白い粒がふわふわとした軌道で頭上を漂っているのが、見える。しかしカレンダーを見たところ今は五月の中旬。降るとしてもあれは雪じゃない。あれは── 〝綿毛〟だ。

『──はろぐっなーい！』

波止場《はとば》がその正体に気付くと同時、交差点の屋外広告《ビルボード》に映し出されていた画面にノイズが走り、すぐさまそれらのモニターが一斉に一人の少女の姿を映し出した。

『はい注目、子羊のみんな！　未来ときめく女子高生ストリーマー、櫃辻《ひつつじ》ミライだよ！「櫃辻ちゃんねる♪」ではただいま視聴者参加型企画《ストリームイベント》──「ポッポ君を探せ！」を開催中！こんな感じのネガティブっぽい顔の鳩《はと》ポッポ系男子を見かけたら、コメントで情報よっろしくぅー♪』

屋外広告《ビルボード》をジャックし手配書を晒《さら》し上げた櫃辻の言葉に、交差点に集まった観客全員の視線と関心が瞬く間に拡散する。

どんな感じだよ……と思って波止場が顔を上げると、フード付きのミリタリージャケットを着た、姿勢も人相も悪い根暗そうな少年が画面に映っているではないか。

俺じゃん、と思ったその直後には、自分に向けられている幾つもの視線に、気付く。

『あはっ、ポッポ君みーっけ！』

（……まずい、バレた……!?）

波止場は即座に駆け出していた。振り返ればその背を追ってくるのは〝綿毛〟の群れ。綿毛の先端には単眼《モノアイ》のレンズがぶら下がっていて、それらは綿毛状の笠《かさ》をプロペラのように震わせながら飛んでくる。綿毛の正体は撮影用のドローンだったのだ。

『イイ顔して走るね、まさにベストアングル。そんなキミにフォーカス、オンだ』

視界の端、屋外広告《ビルボード》には二種類の映像が流れている。カメラを積んだドローンの群れから逃げる波止場と、その後ろ姿に「⌐」の形に構えた照準を向ける、櫃辻の笑みだ。

『──はい、シープ！』

パリン、と──波止場の背後と足元で〝それ〟が打ち砕かれる音と飛沫《しぶき》が起こった。

波止場の背中と左足に表示されていた、撮影箇所《ヒットポイント》が刈り撮られた音だった。

「くっ、まただ……！　もう間違いない。櫃辻ちゃんはあの綿毛で、俺を撮ってる……！」

撮影箇所《ヒットポイント》は各部位に浮かび上がった投影型装飾《ホロアクセ》だ。それが計七ヵ所。

しかし今は胸に一つと、左の手首に一つ、右の足首に一つしか残っていなかった。

ゲーム開始から約二〇分──計七ヵ所のうち、すでに四ヵ所もの撮影箇所《ヒットポイント》が撮影されてしまった。それも、ドローン撮影なる反則級のチートによって、だ。

背後から追ってくる綿毛の視線を遮るように、死角を背に、折れて曲がってと波止場は進路を変えながら街路を駆け抜ける。それでも綿毛型のドローンは追ってくる。

「──ってか、かくれんぼじゃなくて鬼ごっこじゃないかよ、これぇぇぇ……ッ！」

緋《ひ》の色を灯《とも》し始めた水上都市《メガフロート》に、脱兎《だっと》の如《ごと》く駆ける少年の叫びが木霊した。

半径一キロ。移動可能範囲を示す円は先ほどの交差点を中心に、高層建築物群が形作る六號《ろくごう》第四区の繁華街を切り取っている。建物構内への侵入は禁止されているとはいえ、無造作に生い茂ったビルのおかげで死角も多い。キャットタワーのように立体的に入り組んだ街並みは、逃げ易《やす》く、見つけ難《がた》い。かくれんぼするにはあまりにも広すぎる都市迷宮。

しかし今、その優劣はものの見事に逆転していた。

「――おい、あれ！　あいつじゃないのか⁉　ヒツジちゃんが追ってる奴《やつ》！」

「コメントしろ、コメント！　近くで生ヒツジちゃんが見れるチャンスだぞ！」

「でもいいのかよ、もしヒツジちゃんが勝ったらあいつが彼氏になるんだろ？」

「いいんだよ、いいんだよ！　面白ければ！」

頭上に架かる空中歩道から、こちらを指差して叫ぶ通行人らと目が合った。

「……くそっ、大人気じゃないかよ、俺……！」

波止場《はとば》は舌打ちすると、すぐさま細い路地に逃げ込んで反対の通りに出る。

櫃辻《ひつつじ》が放った綿毛ドローンの姿があれば慌てて姿を隠し、隠れ潜もうとすれば櫃辻が呼び寄せた観客たちに追い立てられる。走って、隠れて、また走って――ゲームが始まってからというもの、波止場はこんな指名手配犯ごっこを何度も繰り返していた。

『さてさて、ポッポ君はどこ行ったのかなー？　子羊の目撃情報によるとここら辺に逃げたはずなんだけど——っと、羊分隊長さん、エンチャありがとー♪　んー、Chu^★』

波止場は屋外駐車場に停《と》めてあったバンを背もたれに、辺りに人の気がないことを用心深く確認すると、《KOSM-OS《コスモス》》を起動し配信アプリを開いた。

表示窓《ディスプレイ》に映した配信画面には、散歩でもするような気楽さで闊歩《かっぽ》する櫃辻の姿がある。画面の端には、目で追うのもやっとな速度で流れていくコメント欄。玉石入り混じったそれらの情報を、彼女は一体どうやって処理しているのだろう？

波止場は早々にコメントを追うのを諦め、配信画面のボリュームをゼロにする。

「……てか、あれってズルじゃないの？　あの綿毛、数が多い上に撮影機能まで備わってるとかチートじゃないか。……ゲーム終了までまだ三〇分。本人にまだ直接会ってもいないってのに、俺の撮影箇所《ヒットポイント》はもう三つしか残ってないよ？　ツキウサギさん」

『——んはは、思ったよりもお早いピンチですねー。波止場様』

波止場は、ここにはいない和装系バニーガールに向かって泣き言を言う。すると、脳に直接息が吹きかかるような至近距離で聞こえたのは、ツキウサギの応答だ。ゾクゾク系の感覚に思わず身震いしつつ、依然として声だけの彼女を頭の中で睥睨《へいげい》する。

「他人事《ひとごと》だなぁ……君はどっちの味方なの」

『もちろん波止場様の味方ですよ。ですがまあ、この場に限っては——』

と、そこで言葉が途切れたかと思えば、

「──ゲームの味方、とでも言っておきましょうかねー」

配信画面を映していた表示窓《ディスプレイ》から、ぬっ、とツキウサギの頭が唐突に生えてきたのだ。

「おわっ！」と素っ頓狂な悲鳴を上げてしまい、波止場《はとば》は咄嗟《とっさ》に自分の口を押さえて周りを見渡す。幸い、誰かに聞かれた様子はない……はずだ。

「今の私たちは、ゲームの進行と審判を務めるディーラーですからね。お二人が快適に、そして公正公平にゲームが執り行われるよう見守るのが私たちの役目です。無論、向こうの《NAV.bit《ナビット》》が櫃辻《ひつつじ》様の不正を看過することもないので、その点もご安心ください」

「そ、そう……君たちが仕事熱心なのは解《わか》ったから。次からはもっと普通に登場してくれ」

ツキウサギは半身だけ表示窓《ディスプレイ》から飛び出た格好で、ウサ耳付きの幼顔と天体級の胸の谷間が波止場の目の前に生えている。いきなり出てきた時点で心臓が止まるかと思ったが、これは別の意味で心臓に悪い。

彼女を見ているとつい忘れそうになるが、《NAV.bit》とはあくまでアプリだ。人の脳と直結した《KOSM‐OS《コスモス》》という生体情報端末に住み着いた、電脳の存在。

契約者の〝希望〟に合った対戦相手とのマッチングを取り付け、パンドラゲームを開催することでその〝希望〟を叶《かな》える。彼女たち《NAV.bit》にはその手続きに必要な総《すべ》ての機能と権限が備わっている。ツキウサギはそう言っていた。

　ゲームが始まると同時に行われた、スタート地点へのプレイヤーの〝転送〟然《しか》り、六號《ろくごう》第四区の各所に一瞬で張り巡らされた進入禁止テープ然り、そんなことに呆気《あっけ》に取られている間に、手錠をかけるよりも速やかに波止場の全身にくまなく装備されていった撮影箇所《ヒットポイント》然り、今さっき彼女と交わした脳内でのＶ　Ｃ《ボイスチャット》然り……

《KOSM - OS》を持たない彼女たちだが、その万能っぷりは一アプリの域を超えているように思えた――が、そんな当たり前なことに一々驚いているのは自分だけのようで、しかも波止場が過去と共に忘却してしまった〝未知〟は、それだけではないらしい。

「……で、質問くらいは聞いてくれるんでしょ？　さっきの質問だけど」

『です。櫃辻様が使用しているのは〝Ｅ　Ｐ《Expansion Parcel》〟と呼ばれる――所謂《いわゆる》、拡張アプリです』

　波止場の動揺を知ってか知らずか、ツキウサギはほぼ密着した状態でさらに身を乗り出して、周りに声が漏れないよう再び《内緒話《ウイスパー》モード》で囁《ささや》いてくる。

『人間様に刷り込まれた回路図形《ダイアグラム》から直接《KOSM - OS》へと投与《インストール》することで、各媒体に記録されている拡張機能の使用が可能になるんですが……。ほら、広場で彼女が自分の首に何かを打ち込んでいたのを憶《おぼ》えていますか？　こう――プシュッ、てな感じで』

「え、あぁ……確かにそんなことやってた気も……」

『あれがＥＰです。あのとき衝突を回避した綿毛のエアバッグも、綿毛のドローンもＥＰの一種です。あれはその中でも、機殻拡張系《アクティビティ》と呼ばれるタイプのやつですね』

ツキウサギ曰《いわ》く、ＥＰは誰しもが使うことのできる拡張アプリなのだという。

ガジェットや日用系アプリといった便利な機能を追加、拡張する機殻拡張系《アクティビティ》。

身体能力の向上を目的に肉体機能を強化、拡張する身体機能拡張系《アビリティ》。

感覚機能を強化し、ときに超能力染みた第六感へと進化、拡張する感覚拡張系《センシビリティ》。

――等々。より根深くネットワークに繋《つな》がれた人類が、自らの可能性をさらに拡《ひろ》げ、更なる拡張性を求め開発された公認チートアプリ、それが――ＥＰ、とのことで。

「……そんな便利なモノがあるなら、ゲームが始まる前に教えて欲しかったよ」

『んはは、だから言ったじゃないですか。これはチュートリアルだ、と。今の波止場《はとば》様はこの世界に生まれ落ちたばかりの雛鳥同然。言葉で語るよりも直接体験してもらった方が、経験値的には美味《おい》しいかと思いましてねー』

「ポッポ君だけに？　こんな不利なゲームだと知ってたら、スタートボタンだって押さなかった、って言いたかったんだけど……」

『期待してますよ。これでも私は、波止場様の勝利に賭けてるんですから』

「……だとしたら君は、見る目がない」

そこで不意に、チリッ、と右目に違和感があった。体内に入り込んだ異物に警鐘を鳴らすかのような微々たるノイズ。誰かに覗《のぞ》かれているような、他人《ひと》の気配。

その直後、ガタンと背にしたバンが揺れた。頭上を見上げるとそこにいたのは――

「ポッポ君、みーっけ！」

「――おわぁっ！　ヒッツツジちゃん……ッ!?」

「あはっ、ナイスリアクション！　でも〝ツ〟が一個多いぞ♪」

突如バンの屋根の上に落ちてきたのは、ゲーミングカラーが眩《まぶ》しい派手やかな装飾で衣装を飾り、瞳には翡翠《ひすい》色の虹彩《こうさい》を宿したカラクリ遣いの狩人《かりうど》――櫃辻《ひつつじ》だった。

「てゆーか、ポッポ君。バニーちゃんのおっぱい見すぎだよ。これから櫃辻の彼氏になるかもってときに、それはちょっとどうかなーって櫃辻思うよ？」

「……なんで知って……っ、じゃなくて……どっかから見てた……!?」

「そーゆー視線には敏感なんだよ、女のコってのはさ」

答えになってない。取り繕うように波止場はツキウサギの方を見るが、彼女はとっくに表示窓《ディスプレイ》を潜《くぐ》って姿を消したあとだった。助け船は当然、期待できない。

バンの上に立ち上がった櫃辻の肩越しに、綿毛がカメラを携えて飛来する。波止場は弾《はじ》けるように地面を蹴って、車と車の間から飛び出した。予《あらかじ》め脱いでおいたジャケットで、後方からの死角となるように壁を作る。残り三ヵ所の撮影箇所《ヒットポイント》を隠すために、だ。

「逃がさないよ――《#気まま羊雲《クリック・パフ》》！」

櫃辻は、波止場の背中に向けて人差し指の銃口を構えていた。正確には、その足元。

櫃辻は波止場の足元に向かって、人差し指の先からネイルの弾丸を弾き出した。

「──開花《クラック》！」

合図と共に、ひび割れたネイルから巨大な綿花が──ボンッ！　と弾《はじ》け咲く。

「……ッ、のわぁぁ──ッ！」

それは爆発レベルの生長で、しかし柔らかな衝撃にピンボールの如《ごと》く弾き出された波止《はと》場《ば》は絶叫と共に駐車場の宙に打ち上げられた。波止場は宙で、歯噛《はが》みする。

（……この体勢は、まずい！）

「そんで《#おはよう子羊《ストレイ・ノーマッド》》──散開！　シャッターチャンスだよっ！」

シャッター音とフラッシュが全方位から瞬いた直後、足首の撮影箇所《ヒットポイント》が砕け散った。

ガラスのように砕け散った破片を足元に見上げながら、波止場はその勢いのまま反対側の車上へと墜落した。その落下地点には、綿花のエアバッグが咲いている。

「惜しい！　服でガードされなかったら全抜きできたかもだったのにぃ！」

「……っ、ちょっと、暴力禁止じゃなかった⁉　今の、結構危なかったけど……⁉」

『……ん、むにゃ……ミライ、安全対策ばっちり……高評価ぽちぃ』

『です。危険行為はありませんね。ゲーム続行です』

波止場の抗議も虚《むな》しく、耳に届いたのは審判二人からの無情なジャッジだけ。

波止場は自分を受け止めてくれたエアバッグから、車上、地面へと段々転げ落ちると、車列の死角を利用しながらも走って駐車場から脱出する。

撮影箇所《ヒットポイント》は残り二つ。胸と左の手首に残されたそれのみだ。

『ほら、早く逃げないとまた大事な撮影箇所《ヒットポイント》が刈り撮られちゃうよ？　撮れ高的にはまだもうちょっと、ポッポ君には頑張ってもらいたいとこなんだけどなぁ』

「だったら、もうちょっと手加減してよ……」

配信画面に映る櫃辻《ひつつじ》にこちらの声は届かない。肩越しに後ろを振り返ると、追ってくるのは綿毛だけで、櫃辻自体に焦って追いかけてくる様子はなかった。

索敵、追跡、撮影までもこなす優秀なチートがあるのだから、その余裕も納得だ。対して、こちらにできるのは走って逃げることだけ。

「――EP、か。やっぱあれ、ズルくないかなぁ……」

『んはは。それを攻略するのもまた、パンドラゲームの醍醐味《だいごみ》ですよ。EPは確かにゲームバランスを揺るがすものではありますが、あくまで戦略性を拡張するための道具でしかありません。ゲームの主人公はあくまで、プレイヤー自身です』

「……道具《チート》は所詮、道具《チート》。ってことか」

です、と短い応答だけが返ってくる。波止場は緩みかけてたペースを再び速くする。

当面の問題となるのはあの綿毛型ドローンと、積極的にこちらの居場所を発信する観客《リスナー》たちだ。綿毛の方は幸いにも、その綿毛ボディ故か飛ぶ速度はあまり速くはない。全力で走れば振り切れないこともない……が、こちらは観客の目も気にしなくてはならない。

そして土地勘を得ぬ未知の街、見える街路は全て迷える羊を取り囲む迷宮の路だ。闇雲に逃げ回ってるだけでは、知らず知らずの内に袋小路へと追い込まれてしまうだろう。

だが、一度見た景色なら、辿《たど》った順路ならば寸分の違いなく頭に思い描くことができた。

「……参ったな」

相手は『一〇〇の夢』をゲームで叶《かな》えてみせると豪語する熟練者。片や自分はチュートリアル真っ最中の雛鳥《ひなどり》だ。勝てるとは思っていなかった。だが、その後ろ向きな思考に反して、このゲームをどう攻略するか、に考えが傾きつつある自分を波止場《はとば》は自覚する。

思いの外身体《からだ》は動く。疲労のせいか思考から余分な贅肉《ぜいにく》が剥《は》がれ落《お》ちていく。

脳細胞に深く記憶された〝過去の経験〟が、波止場を僅かな勝ち筋へと導いていく。

——人の目と、機械の目。

その両方を攻略しないことにはこのゲーム、かくれんぼにすらならない。なら——

「残り時間はあと二三分。さて、どうやって残り二つの撮影箇所《ヒットポイント》を守ろうかな」

辺りを見渡すと、見知った景色に近付いていることに気付く。きっと、帰巣本能というやつに違いない、と、彼はこの街で目覚めてから初めての笑みを口端に浮かべた。

波止場の動きが変わったのを見て、「おっ？」と櫃辻《ひつつじ》は声を漏らした。

宙に複数枚展開した表示窓《ディスプレイ》に映しているのは、綿毛型ドローン――《#おはよう子羊《ストレイ・ノーマッド》》がリアルタイムで送り届けてくる配信画面と、リスナーたちのコメントだ。

一度に数十、数百と寄せられるコメントは一々内容を精査するのも馬鹿らしくなるほどに雑多で、とりとめもないが、それらの情報は《#ふるいわけ》の機能を持った別のＥＰが自動で取捨選択をし、地図アプリに波止場の足跡を書き込んでくれる。

ＥＰによる情報収集能力の強化と〝目〟の拡張。それが櫃辻の選んだ戦略だった。

「イイよ、子羊たち。その調子でバシドシゲームを盛り上げちゃって！　みんながポッポ君を追いつめれば追いつめるほど、この世界は喜んでくれるんだから！」

リスナー向けにそう言葉をかけつつ、櫃辻は波止場の足跡を追う。

波止場が逃げ込んだ辺りは複合型のビルや、立体交差橋によって土地が連結していたりとにかく複雑で、住み慣れた人間であっても見知った道を逸《そ》れると簡単に迷子になる。

マーケットの辺りはこの時間帯でも人で賑《にぎ》わっているが、奥へ奥へと潜っていくにつれて退廃的な雰囲気が濃くなり、人通りも少なくなる。実際、リスナーの目撃情報もその辺りになると途端に散発的になり始めた。逃げ込むにはまさに絶好の場所と言える。

彼がここを目指したのも、そういった効果を狙ってのことだろう。――けど。

「櫃辻《ひつつじ》の〝目〟になってくれる子羊はどこにだっているんだよ。だからほら、みーっけ」

濃いグレーのパーマ頭、夢遊病者染みた目元の隈《くま》、今にも重力に負けてしまいそうな酷《ひど》い猫背、背中に鳩《はと》の刺繍《ししゅう》が施されたミリタリージャケット、襟元の激レアステッカー、胸と左手首に煌《きら》めく撮影箇所《ヒットポイント》——目印となる彼の特徴ならば幾らでもあった。

《#ふるいわけ》によりコメントからピックアップされた目撃情報を頼りに、櫃辻は地図に描画された逃走経路を俯瞰《ふかん》して、徐々に追いつめるように綿毛を配置していく。

ＥＰとは想像力を叶《かな》える魔法だと、櫃辻は考える。

凡人と天才との差を埋めるドーピングアイテム。一期一会のゲームをより面白おかしく魅せる演出道具。そのどちらの意味でも櫃辻はＥＰを愛用していた。

だからこそ波止場《はとば》がＥＰを使ってこない今の状況は、少し物足りないのが本音だ。

彼は見るからに凡人の側の人間だ。よく頑張ってはいるが、それだけ。一方で櫃辻にはＥＰがあり、頼れる味方がいて、地の利がある。勝敗は決まったも同然だ。リスナーたちの誰一人として、彼の勝利を想像している人はいない。おまけにこちらにはリスナーにすら見せていない秘密兵器だってあるのだ。この優位が覆ることはまず、ない。

だが、もし——彼の想像力がこちらの想像を上回ったなら、あるいは……

（……ま、それが簡単にできたら苦労はしないよね、っと）

櫃辻の淡い期待をすり抜けるかのように、綿毛型ドローンが彼の姿をあっさりと捉えた。

彼は撮影箇所《ヒットポイント》を盗み見られないようにと、身体《からだ》の死角に抱え持っている。フードで頭部を隠してはいるが、背中の鳩マークは見つけてくれと言っているようなものだった。

自らもその跡を追っていた櫃辻は、そんな獲物の後ろ姿を目視する。ビンゴだ。

「――あっ！」

と、櫃辻の存在に気付いた彼は、慌てた素振りで路地の奥へと走っていった。左手首と胸の撮影箇所《ヒットポイント》を隠すような前傾姿勢で、その先が終点であるとは知らずに逃げていく。

「ここって結構、行き止まりも多いんだよね。道に迷った観光客が路地裏にたむろってる不良に出口まで送り届けてもらう、なんて光景がプチ名物だったりして。特に建物に入っちゃいけないってルールだと、ここは詰みポジだらけの袋小路君なんだけど――」

そこは、不法投棄されたガラクタの墓場。多少のスペースはあれど逃げ場などはない路地裏の最奥で、錆《さび》とケモノ臭さが鼻につく袋小路になっていた。

そういえばポッポ君も似たような臭いがしたなぁ、と益体もないことを思い出しつつ。

「逃げ込む場所をミスったね、ポッポ君。キミはすでに包囲されているっ！」

櫃辻は堂々と道の真ん中で仁王立ち。行き止まりを前に立ち往生する彼の背中を前に、彼女は孔雀《くじゃく》が羽を広げるように〝目〟を展開する。

「――いけっ、《#おはよう子羊《ストレイ・ノーマッド》》！　ドン詰まったポッポ君に凸撃《とつげき》だ！」

主人の命令に従い、綿毛の猟犬たちが一斉に袋小路へと雪崩《なだ》れ込んでいく。

絶体絶命を悟って振り返ったその姿は、当然、波止場《はとば》のものであるはずだった。

「えっ……？」

戸惑いから漏れた櫃辻《ひつつじ》の声に、目の前の〝男〟は振り向いた。

その直後、バサバサッ！　と騒がしい羽音と共に〝彼ら〟は一斉に飛び立ったのだ。

「……ええっ、鳩《はと》……っ!?」

突如櫃辻の視界を埋め尽くしたのは——鳩だった。

突然住処《すみか》に飛び込んできた綿毛を外敵と思ったのか、餌と思ったのか。路地裏にわっと広がった数十もの鳩たちが、綿毛の群れに飛び掛かってきたのだ。

「ちょっ、わわっ、何これ！　なんでこんなに鳩が……って、こら——ッ！　櫃辻のカメラ突《つつ》くな、食べるな！　勝手に持ってくな——ッ！」

綿毛のカメラと連動した配信画面が次々とブラックアウトしていく惨状に、櫃辻は慌てふためき絶叫する。そのとき、櫃辻と同じように困惑する悲鳴が近くでも上がっていた。

「うわッ、ぺっ——何だよ!?　何なんだよ、ここ……！　あの野郎、こんなことになるなんて、聞いてないぞ……ッ!?」

聞き憶《おぼ》えのない声だった。思わぬ鳩の強襲に、尻もちをついてへたり込む男がいる。

ジャケットのフードが捲《まく》れていた。その陰から露《あら》わになったのは、ストレートの黒い髪をした見憶えのない顔で、目の下に隈《くま》もない。そして胸と左の手首にあるはずの撮影箇所《ヒットポイント》は、ない。いや、あるはずがなかった。

だってそこにいたのは波止場なんかじゃない——全くの別人だったのだから。

「——って誰ぇぇぇぇ⁉」

二度目の絶叫。櫃辻は予期せぬ事態に目を回しながらも、見知らぬ男に詰め寄った。

「ちょっと、キミ、ポッポ君はどこっ⁉　なんで入れ替わってるの……⁉」

男は櫃辻の顔を見るや否や、憧れの推しを前に喜びと緊張の両方が振り切れてしまったファンのような顔になった。それからバツが悪そうな表情にもなり、

「……ごめん、ヒツジちゃん。俺、あの男に『この服着てここまで逃げて』って言われただけで、どこに行ったかまでは……あっ、もちろん最初は断ったんだよ。でも『協力した方が君たちのためになる』とか言うから、断れなくて……」

別に責めてもいないのに、懺悔《ざんげ》の言葉を並べ立てる偽ポッポ君。

いつの間にこの入れ替わりを行ったのかは解《わか》らないが、彼は自分の服を着せることで第三者を影武者《スケープゴート》に仕立て上げ、あえて櫃辻たちの目に触れるように仕向けたに違いない。

単純なトリックだが、こうして欺かれた身としてはその手際の良さに舌を巻く。

コメント欄は未《いま》だ黒画面のままの配信に戸惑っていて、綿毛のドローンも壊滅状態。

今、本物の彼を追っている〝目〟は一つもない。

「……あ、そのステッカー」

櫃辻《ひつつじ》は男が変装のために羽織ったジャケットを見て、それに気が付いた。

「あぁ、これ。あの男が忘れてったんだ。もったいないよね。あいつ価値解《わか》ってないよ」

その通りだ、と櫃辻は大いに賛同したかった。それは櫃辻がコラボ相手にだけ配っていた、本当の意味での限定品だったからだ。それを思うと多少なりともムッとするが……

「──イイね、ポッポ君。やっぱゲームはこうでなくっちゃね！」

強がりでも負け惜しみでもなく、それは本心から出た言葉だった。

想像力が足りなかったのは自分の方だ。だったら補えばいい。想像力の魔法で、だ。

櫃辻は追加のＥＰを投与《インストール》して、新調した目と爪を研ぎ澄ます。再び宙に舞い戻った綿毛の群を背に片目を閉じた櫃辻の瞳には、翡翠《ひすい》色の輪郭が楽しげに廻《まわ》っている。

●

「──あと一〇分……！」

波止場《はとば》は走っていた。複雑に入り組んだ都市迷宮を掻《か》き分け進みながらも、度々表示窓《ディスプレイ》に映したカウントダウンに目をやって、その都度口にする。

まだ一〇分もあるのか、という思いから全身に圧《お》し掛かる重りのような疲労をつい自覚してしまうが、それでも足を止めるわけにはいかない。振り返れば、綿毛がいる。

「……っ、さっきまでより数多くなってない⁉　気のせいかなぁ、これ……！」

気のせいじゃない。一度は櫃辻を撒《ま》くことに成功した波止場だったが、彼女が返しの手として選んだのは物量に物を言わせた人海戦術だった。しかも、これまで以上に正確に、執拗《しつよう》に追ってくるのだ。どう考えても〝目〟の精度が上がっていた。

（……本気になった、ってことなのかな……最悪だ）

数刻前——波止場は、櫃辻を欺くために影武者《スケープゴート》となってくれそうな協力者を探すことから始めた。それはこちらの事情を知っている方がいい。なにせ自分の代わりに追われてくれ、あと服も交換してくれ、というのだ。だから彼は路地深くへと逃げ込む合間に、櫃辻のリスナーを探すことにした。条件に合った代役を見つけるのは簡単だ。

手元の配信画面とこちらの姿を見比べて、あっ、というような顔をした人物がそれだ。

あとはどう説得するかが問題だったが、そのための言葉は淀《よど》みなく口から溢《あふ》れてきた。

「——ねえ、君。これと交換で、俺の頼みを聞いて欲しいんだ。まあ、なに。別に難しいことを頼むんじゃない。君にとっても悪くない話だよ」

男は解りやすく興味を持ってくれた。「このままだと俺が君の推しの彼氏になるかもしれない」と言うとむしろ乗り気にさえなった。あとは目的地までのルートと、簡単な指示だけを伝え、男にジャケットを手渡した。おまけで付いてきた襟元のステッカーを見て、男は誇らしげな面持ちでフードを被《かぶ》る。

「――ありがとう。じゃあ、推しとの追いかけっこ楽しんで」

そこから先は櫃辻《ひつつじ》と配信画面が捉えた通りだ。櫃辻が偽ポッポ君を追いかけるのを遠くから見守り、素知らぬ顔で路地から抜け出した。入れ替わりには一分とかからなかった。

『よくあんな急ごしらえの替え玉作戦で乗り切れたものですねー、波止場《はとば》様』

「あんな場所であんな目立つ格好の奴《やつ》が逃げ回ってたら、誰だって〝そう〟だと思う。俺みたいな冴《さ》えない奴の顔なんて、一々誰も気にして見てないだろうしね」

薄暗い路地裏、という環境も容姿の細部や雰囲気を誤魔化《ごまか》すのには最適だった。

『むしろ私は、瞬く間に彼をその気にさせてみせたその手口の方に興味がありますけどね』

「話が解る相手で助かったよ」

ともあれ、自分でも意外なほどに時間稼ぎは上手《うま》くいったと思う。歯車がカチッと嚙《か》み合ったような爽快感すらあった。そして実際、そこまでは順調だったはずだ。それがどうしてまたこうも逃げ回る羽目になっているかと言えば、不運、としか言いようがない。

『さて、波止場様の勝利まであと少し……だったのに。案外余裕なさそうですねー』

「……ああ、ホント。まさか犬に吠えられたせいで見つかるとか、最悪だよ」

上着を脱いだところで撮影箇所《ヒットポイント》はよく目立つ。だから波止場は人目につかない場所を選んでコソコソと隠れていたのだが、そこでどういうわけか見覚えのある野良犬とばったり遭遇。前に尻尾を踏んづけたその仕返しとばかりにワンワンと吠《ほ》え回された挙句、新たに補充されたらしき綿毛型ドローンに見つかってしまったのだ。

元々ただの時間稼ぎのつもりだったとはいえ、こんなアクシデントは流石《さすが》に想定外だ。

『波止場様はきっと、幸運の女神様に嫌われているんでしょうね』

「……それか悪戯《いたずら》好きの疫病神でも憑《つ》いてるか、のどっちかだ」

『よかったですね、見るも眼福なエロ可愛《かわい》いバニーガールちゃんがついていて』

ツッコむ余裕もない。波止場は、息を切らしながら歩道橋を疾駆する。

歩道橋は四車線の車道を跨《また》ぐように架かっていた。植栽やベンチなどもあり、遊歩道としても機能しているようだ。その中ほどまで走ったところで、波止場はまたあのノイズを右目に感じた。一ビット単位の粒子が瞳の中で、ジジッ、と震えるような感覚だ。先ほどから度々襲ってくるこの違和感。その正体こそ掴《つか》めなかったが、嫌な予感は、当たる。

「……っ！」

波止場は、歩道橋の途中で足を止めた。突然橋上に人影が一つ増えたからだ。

まさか本当に、と思い頭上を見上げた直後——櫃辻が空から降ってきた。

「——ガッチャ！　追いついた！」

「櫃辻ちゃん⁉　なんでいつも上から——ってか、なんかデジャブ……！」

なんてイレギュラーに波止場が怯《ひる》んでいる隙に、櫃辻は着地姿勢のまま綿毛を展開すると、それら数機の単眼をレンズに、間髪入れずにシャッターを切った。

対して波止場《はとば》は、咄嗟《とっさ》に右手に掴《つか》んだ〝それ〟を正面に掲げてボタンを押した。途中で拾っておいた傘だった。勢いよく開いた黒布が、正面からのフラッシュの連続を遮った。

「……あはっ。完璧に不意突いたと思ったのに、用意がイイんだから……！」

櫃辻《ひつつじ》は残念そうな、あるいは嬉《うれ》しそうな表情を浮かべ立ち上がる。正面は塞がれた。

波止場はすぐさま踵《きびす》を返《かえ》し来た道を戻ろうとする——が、そこには先ほどまで追ってきていた綿毛の群れが退路を塞いでいるわけで、つまりは、挟み撃ちだ。

右からは綿毛が、左からは櫃辻が徐々に距離を詰めてくる。完全に退路を断つ動きだ。

波止場は傘を広げたまま、歩道橋の欄干に踵《かかと》をぶつける形で後退《こうたい》する。

「ひどいじゃん、ポッポ君。人がせっかくプレゼントしてあげた物を、さ」

「あんなに喜んでもらえるとは思ってなかったんだ。それに、発信機かと思ってた」

歩道橋の下には車道がある。軽く首だけで振り返ると、バス停の前に停《と》まったバスが見える。右側の車線。数人ほどの客が乗り降りしている最中だ。まだ、少しかかるか。

「櫃辻ちゃん、なんか息上がってない？　もしかして意外と体力ない？」

「ポッポ君こそ。見かけによらず、体力あるね……鬼ごっこ勝負なら、負けてたかも……」

「俺なんか彼氏にしたって、何の記念にもならないよ？　だから見逃してよ」

「今更ダメだよ。櫃辻いま、けっこー本気でポッポ君のこと狙ってるんだから」

「……やっぱあれ、本気じゃなかったんだ」

「だって櫃辻、超人気者だからね。嫉妬の炎に焼かれてもフェニックスになって生き返るくらいのタフさがないと。だからさ……ポッポ君のイイとこ、もっと櫃辻に見せて♪」

「……期待に添えるとは思えないけど。焼かれるのは、困るな」

プシュー、とドアが閉じる音がする。アクセルを踏む。音が近づいてくる。

──今だ！　と波止場は空想上のフラッグを叩《たた》き下ろし、広げた傘を宙へと放った。

「んなっ！」

一瞬、櫃辻の視界から波止場の姿が傘の裏に隠れた。傘が無軌道な動きで橋上に落ちたあと、波止場の姿が歩道橋から消えていることに櫃辻は驚愕《きょうがく》する。飛び降りたのだ。

欄干から身を乗り出した櫃辻は、バスの屋根へと降り立った波止場の姿を目撃する。波止場を乗せたバスは歩道橋の下を潜《くぐ》って、そのまま車道を走り去っていく。

波止場からは、歩道橋の上で立ち尽くす櫃辻の姿が見えた。

彼を追って数機の綿毛が飛んでくるが、綿毛との距離はぐんぐん開いていき、やがて角を曲がったところで、櫃辻の姿はビルに隠れて見えなくなった。

「……ッ、ふう……上手《うま》くいった。案外やれるもんだな……もう、二度とやらないけど」

そう嘯《うそぶ》いてみたものの、冷静になって初めてどれだけ危険な真似《まね》をしたのかと戦慄する。

大量の脳内物質が脳細胞の隅々にまで駆け巡っているのが、自分でもよく解《わか》った。

波止場《はとば》は時計を見る。ゲーム終了まで、あと五分だ。

櫃辻《ひつつじ》の追跡はこれで完全に振り切った。勝利は目前。そう安心しきった矢先——

「……ハハ、嘘《うそ》でしょ……」

置き去りにしたはずの陰から、宙を蹴って、跳び出した人影がある。

改めて言うまでもない。櫃辻だ。櫃辻は今、宙に浮いた綿花製の雲を踏み、踏みつけ、地上を往《ゆ》くこちらを追って、宙を跳んできていたのだ。

「——イイね、イイよ。ホント、ポッポ君ってさあ！　絶対櫃辻の彼氏にしちゃるッ！」

櫃辻は《#気まま羊雲《クリック・パフ》》を内包したネイルを発射し、開花《クラツク》、開花《クラツク》を繰り返し、その度に宙には綿花のエアバッグが花開き、それを踏んだ櫃辻を前へ前へと弾《はじ》き出している。

波止場と櫃辻の距離は、もうあと五メートルにも満たない距離にまで縮んでいた。

櫃辻は身体《からだ》を宙に置いたまま、「□」の形に指を構え、波止場へとカメラを向ける。撮影箇所《ヒットポイント》は胸と左の手首。それを直接撮りにくる動きだ。波止場は身を捻《ひね》って撮影箇所《ヒットポイント》を死角の内側へと隠そうとする——が、そのときバスが進路を変えた。

「……！」

波止場は不意の遠心力に引っ張られてよろめき、屋根の上に尻もちをついて転んでしまう。その直後、櫃辻と共にフラッシュの光が飛び込んできて、光から視界と胸を庇《かば》うように構えた左手の撮影箇所《ヒットポイント》が——ガシャン、と砕けた。……残りは一つ。

「——次で、ラスト！」

仰向《あおむ》けになった波止場のもとに大股で歩いてきた櫃辻は、波止場に跨《また》がる格好で腰を下ろした。この狭いバスの屋根の上でなお、さらに退路を断つために、だ。

「……っ、櫃辻ちゃん……これは、えっと……暴力反対」

「……ぁ、はぁ……逃げたかったら、逃げてもいいよ？　櫃辻は、動かないから」

ジッパーを大きく開いたパーカーワンピ、その裾から伸びた肉付きのいい太ももが左右への逃げ道を塞いでいる。視線を下げれば裾の陰になった部分が見えてしまいそうだ。

頬を上気させ、呼吸の度に上下する彼女の腰つきは危うい情欲を掻《か》き立てる。

汗の流れ落ちる胸元からへそにかけてのラインに、つい、目がいってしまう。

「あはっ……逃げないなら、これで終わり。なんてフラグは……もう立てないよ」

櫃辻はマウントポジションを確保したまま、跨った波止場の胸元に照準を向けた。

「フォーカス——」

オン、と——櫃辻がシャッターの引き金を引き絞る、その寸前——櫃辻のシャッターに先んじて、交差する二人の視線上でフラッシュが一つ瞬《またた》いた。

「フォーカスオン！」

「んうッ……!?」

下から上へと見上げるように瞬《またた》いた光は、波止場《はとば》が構えたフラッシュの光だった。

やり方はツキウサギが見せてくれた。そのカメラが自分の《KOSM - OS《コスモス》》にも搭載されていることも確認済みだ。あとは起動キーを口にして、シャッターを切るだけだった。

突然の閃光《せんこう》に意表を突かれた櫃辻《ひつつじ》は、フラッシュに目が眩《くら》み、体勢を崩した。その隙に波止場は彼女の股下から脱出する――だが、それが不運の引き金となった。

「あっ」

不意に、車体が傾いた。バスが坂に入ったのだ。ただそれだけのことだったが、タイミングが悪かった。丁度身体《からだ》を浮かせたばかりだった櫃辻は、首根っこを後ろに引かれるようによろめき、屋根の上から滑り落ちた。

後続には等速で突っ込んでくる車の連なり。あっ、と――それ以上の言葉は続かなかった。

などと連想するまでもなく、波止場の身体は無意識のうちに動いていた。この状況でバスから落ちたらどうなるか、

「――――!」

身体ごと腕を伸ばす。自分自身を遠くへと放り投げるように、後先は考えない。思考と視界が一瞬白んだ。衝撃と感触の連続すらも遠く、正否の実感は白昼夢のようで――

「ナイスキャッチです、波止場様」

その声は、波止場の背後から聞こえたものだった。

和装のバニー衣装に身を包んだ彼女の姿はバスの上にあり、屋根から上半身を投げ出した格好の波止場の腰を、引っ張り上げるようにして支えていたのだ。

窮地を救ってくれたのは、ツキウサギだった。

そして波止場が伸ばした手もまた、バスから転落しかけた櫃辻の腕を掴《つか》んでいた。

……間一髪。ツキウサギの支えがなければ今頃は、波止場も櫃辻と一緒に道路に転がっていたに違いない。そんな最悪な想像をはたして彼が口に出していたかどうか。

「まさか。私たち《NAV.bit《ナビット》》が見ている限り、そんなことにはなりませんよ」

「……確かに、余計なお世話だったかな」

波止場は腕の先に繋《つな》がれた櫃辻の背中を覗《のぞ》き込《こ》んで、苦笑する。

櫃辻の背中、そこに――「んむむーっ！」と必死な顔をした毛玉ウサギのむーとんが、主《あるじ》の身体をその小さな体躯《たいく》で支えているのが見えたからだ。

電脳の天使とやらは確かに、自分たちのことを見守ってくれていたらしい。

「……ありがと、ポッポ君。今のは本気で死んだかと思ったよ。むーとんもありがとね」

「そうならなくてよかったよ、ホントさ」

波止場は、櫃辻をバスの上に引き上げたところでようやく一息ついた。

バスは屋根上の騒ぎには一切足を止めることなく、今もまだ平然と道なりを走っている。

櫃辻《ひつつじ》が膝に乗せた毛玉ウサギを撫《な》でてやっている傍《かたわ》ら、表示窓《ディスプレイ》を出し、時計を見る。

あと一二〇秒。それでこの〝かくれんぼ〟も終わる。

「……で、これからどうしよう？　まさかこの流れで俺のこと撮ったりはしない、よね？」

「そんな寒いことしないよ。そんなカッコ悪いとこ、子羊たちに見せられない――」

爽やかに顔を上げた櫃辻は、そこでふと、何か信じられないものでも見たような顔で固まった。さらには波止場《はとば》の背後に目をやって、あはっ、と噴き出したのだ。

「――でも。ポッポ君がツイてないのは、櫃辻のせいじゃないよね」

含みのある櫃辻の視線。一体何が……と、波止場は後ろを振り返った。

バスの進行方向には橋が架かっている。六號《ろくごう》第四区から隣の区へと架かる、河越えの連絡橋だ。そしてその橋の中ほどに、『KEEP OUT』と書かれた帯状の壁が聳《そび》え立っていた。

それは、半径一キロ――移動可能範囲の限界を示す円の外縁だった。

「……勘弁してくれ……」

「それじゃあお先、ポッポ君。ゲームはゲームってことで、悪く思わないでね。――あ、そのバス無人運転だから、途中で止まってくれるとかは期待しない方がいいよー！」

あっという間。櫃辻は宙に取り出した《#気まま羊雲《クリック・パフ》》に掴《つか》まって、バスを正面に蹴飛ばすように途中下車を完了していた。

バスの屋根に不運な少年を取り残したまま、だ。

「んはは。エリア外に出たらその時点で敗北。まさか忘れてないですよね、波止場様」

「……憶《おぼ》えてるよ。もう関係ないと思ってたけど」

ウイニングランのつもりが、いつの間にやら終着駅が敗北の二文字に変わってる。

最悪だ、と己の不運を嘆きながらも、波止場は橋と交差して流れる大きな河を見やった。

バスは左車線に寄っている。バスから橋の端までの距離は何メートルだ？　河までの高さは？　橋の下は安全か……などと逡巡《しゅんじゅん》している間にも、バスはゴールテープを目指して突っ込んでいく。そのゴールテープを切ったが最後、波止場の負けが確定する。

残り時間は六〇秒。到達までの猶予はあと一〇秒もない。あとは、決断だ。

「ツキウサギさん」

「なんです、波止場様？」

「俺の希望を叶《かな》えてくれるって話、マジに頼んだよ……！」

なに、一度も二度も同じことだ。そう思い――波止場は跳んだ。

車上を切る突風がその身を横薙《よこな》ぎに攫《さら》い、風までもが自分の勝利を全力で妨害しているような錯覚に襲われながらも、波止場は最大限の跳躍を試みた。

視界の端では、雲に掴まった櫃辻が「……すっご」と口を開いていて、その姿もすぐに橋の死角に隠れて見えなくなり――ザボン！　と、水音と衝撃が全身を包み込んだ。

飛び込んだ五月の河は、酔った脳みそを醒《さ》ますにしてもまだ少し、冷たかった。

▸ツキウサギ

「さてチュートリアルも終わったことですし、物忘れの激しい波止場様でもわかるパンドラ講座パート2のお時間といきましょうかね」

▸波止場

「なんかぬるっと始まった上にパート1の記憶もないよ、ツキウサギさん」

拡張都市パンドラ

【六號】パンドラの中心。あらゆる分野の最先端が集うファッショナブルな企業都市。
【五號】同じく企業都市だが堅物系二番手ポジ。地元愛は強いタイプ。
【四號】異国情緒あふれる芸術の都。パンドラで唯一の王様が存在している。
【三號】牧歌的で自然豊かな都。老後のまったりスローライフにおすすめ。
【二號】カジノが盛んな大人な街。やや閉鎖的で怪しい噂が絶えない。
【一號】島まるごとテーマパーク化したアミューズメントシティ。
年一で大規模なゲーム大会を開催している。

▸ツキウサギ

「これら六つの“號”からなる巨大都市群(メガロポリス)——それが拡張都市パンドラです。
今度こそちゃんとニューロンに刻み込みましたか?」

▸波止場

「うーん、相変わらず異世界に来たような気分だけど……なんで世界の中心が“六號”なの?」

▸ツキウサギ

「です。“一號”だから一番偉い、みたいに勘違いされるのも癪じゃないですか」

▸波止場

「世界規模で捻くれてるなぁ」

三章　とある新世界のメーデー

時刻は午後八時頃。六號《ろくごう》の街には夜が訪れていた。

超高層建築物群を彩るネオン系のホログラムは、それ自体がまるでイルミネーションかのように夜の街を飾り立て、昼よりも一層妖しく、騒がしい街並みを演出している。

回路図形《ダイアグラム》がペンを走らせた夜空には、欠けのない満月と幾多の星座が描かれていた。

その、人工物めいた風景の中を、少年少女二人を乗せたスクーターが走り抜けていく。

「――はっくしゅい……ッ！」

不意に後ろから湧いたくしゃみに、「うわっ」と櫃辻《ひっつじ》は肩を跳ね上げた。驚いた拍子に蛇行しかけた愛機をどうにか御しつつ、後部の荷台で寒さに震える少年に声をかける。

「ポッポ君、大丈夫そー？　寒いなら櫃辻の上着貸そっか？」

「…………遠慮しとくよ」

「あ、いま櫃辻がこれ脱いだ姿想像したでしょ。えっちだなぁ、ポッポ君は」

「素肌面積ほぼ一〇〇％の女の子と相乗りするリスクを想像しただけだよ……」

「肌と肌を寄せ合っての密着状態……うんうん、ドキドキしちゃうよねー。わかる」

「おかしいな。認識が噛《か》み合わない」

度々話が飛躍する子だなぁ……と嘆息したところで、波止場《はとば》はまたも「しゅん！」と肩を震わせる。河に無謀なダイブを決めたあととなっては無理もないが、今の波止場は濡《ぬ》れ鼠《ねずみ》の有様で、今更ながら偽ポッポ君にジャケットをあげてしまったことを悔やんでいた。

「……それより櫃辻《ひつつじ》ちゃん、ホントによかったわけ？」

「ん、なにがー？」

「ほら。櫃辻ちゃんの家にしばらく俺を置いてくれる、って話だよ」

「イイも悪いもそーゆうルールだしね。――ま、任せてよ。ポッポ君のことは約束通り、櫃辻が〝なんとか〟してあげるからさ」

彼女の返答は先ほど聞いた答えと相違ない。むしろその声音は楽しそうですらあって。

「……俺が聞くのもなんだけど、何でそんな乗り気なの？」

「だって面白そうじゃん、記憶喪失の男のコなんてさ。ポッポ君と一緒にいれば、なんか楽しそうなことがいっぱい起こる気がするんだよねー」

「そのポジティブさ、俺も見習いたいよ」

櫃辻の自宅は河を越えて隣の区にあるらしい。今はそこに向かう道中だった。

波止場は手持無沙汰に後方へと流れていく夜の街並みを漫然と眺めつつ、その合間に思い起こされるのは、さっきまでこの街で行われていた奇妙なゲームのことだった。

（……希望が叶《かな》う、か。まさか本当にあんなので……）

パンドラゲーム『ハイド&シープ』は、波止場の勝利に終わった。

決死のダイブで僅か数秒後に迫《せま》った危機を回避することに成功した波止場は、ツキウサギが高らかにゲーム終了の宣言をするのを、河に漂ったままで聞いていた。そしてツキウサギの手によって無事地上に引き揚げられた波止場は、そこで櫃辻と、彼女を取り巻く綿毛型ドローンとに迎え入れられ、改めてゲームの勝者として称《たた》えられたのだった。

そして互いに健闘を称え合ったそのあとには、パンドラゲームというお祭りの最後を締《し》め括《くく》るメインイベントが執り行われる。──即ち、〝希望〟の成就だ。

「──ではこれより。波止場様の希望を、櫃辻ミライ様より徴収致します」

それは配信を観《み》る聴衆を意識してのことか、和装のバニーガールは努めて大仰な口調と動作で櫃辻の許《もと》へふわり降り立つと、彼女の瞳を深く覗《のぞ》き込《こ》んだ。

ツキウサギの双眸《そうぼう》が妖しい光を伴ったそのとき、櫃辻の胸元から〝それ〟が具現する。

「──ん、っ」

それは、純然たる黄金の色に包まれた──〝匣《はこ》〟だった。

光沢による照り返しではなく、その物質それ自体が燦然《さんぜん》と輝く黄金の匣。手のひらの上に収まるほどの、しかし少女の胸部に収まっていたにしてはあまりに大きすぎる異物。

そうまでして人々の関心を焚《た》きつけてなお、その匣はただの入れ物にすぎなかったのだ。

「さあ、どうぞ波止場様。開けてみてください。

この匣《はこ》に納められているモノこそが、波止場《はとば》様が勝ち獲《と》った希望です」

一二の線と六の面で構成された立方体、それを匣たらしめるスライド式の蓋。ごくり、と知らず知らずのうちに唾を呑《の》みつつ、波止場は緊張の面持ちでその匣を、開いた。

はたして希望と対面を果たした彼は、その中身を見て困惑に顔をしかめ呟《つぶや》いた。

「……指輪、か……これ？」

「です、それは契約の象徴。パンドラゲームで徴収された希望は、最も相応《ふさわ》しいカタチとなってこの匣と共に具現します。形ある物であればそれに代わる代価《トークン》が、形なきモノであればその象徴《シンボル》が。その指輪は——波止場様と櫃辻《ひつつじ》様を繋《つな》ぐ契約の証《あかし》、というわけですね。効力は——〝波止場様の最悪な状況がなんとかなるまで〟——です」

波止場はその指輪らしき輪っかを摘《つ》まみ上《あ》げると、訝《いぶか》しげにその孔《あな》を掲げて見る。すると輪っかのフレームに収まるような格好でこちらを覗《のぞ》き込《こ》む櫃辻と、目が合った。

「あはっ。櫃辻の方が、ポッポ君にゲットされちゃったね♪」

右の人差し指に焼き付いたペアリングを掲げ、いじらしくもはにかんだ顔の櫃辻。

そのとき彼女の配信が、波止場に対する怨嗟《えんさ》の声で溢《あふ》れ返ったのは言うまでもない。

正味のところ、波止場はその効力を信じたわけではない。ただ単に、偶々出逢《たまたまであ》った少女が超イイ奴《やつ》で、その善意によって自分の希望は叶《かな》えられたのだと、そう理解していた。

（……まぁ、それだけでも。パンドラゲームをやった価値はあった……のかな）

波止場は右の人差し指に填《は》めた指輪を想《おも》う。あの黄金の匣は中身を取り出したあと消えてしまったが、その指輪は確かに自分が勝ち獲ったモノとして、この手に残されている。少なくとも今日自分が体験した総《すべ》ては、夢や幻なんかではなさそうだった。

「それにこれってさ、チャンスとも言えるよね」

「……チャンス？　何の？」

「櫃辻、ゲームには負けちゃったけど。ポッポ君のこと本気で欲しくなっちゃったんだよね、実は。だから楽しみにしててよ。今度は櫃辻がキミのこと惚《ほ》れさせちゃうからさ♪」

肩越しに振り向いて思わせぶりなウインクをしてみせる櫃辻に、波止場はどんな反応をすればいいか解《わか》らず、視線を街の風景へとスライドさせる。

目を疑うような現実が彼の視界に飛び込んできたのは、そのときだった。

「——何だ、あれ」

「うぅ、露骨な話題逸《そ》らし。そんな魅力ないかなぁ、櫃辻……」

櫃辻の彼氏になるより河にダイブを選んじゃうくらいだしなぁ、と一人いじける櫃辻。

波止場は、そうじゃない、という言葉すら吐く息と共に呑み込んで、高層建築物群の切れ間から覗いたあまりにも異様すぎる〝巨像〟に、しばし圧倒されていた。

そこにあったのは——巨大な〝塔〟だった。

「あー、そっか。もしかしてあれも初見ってことになるのかな、ポッポ君は」

櫃辻《ひつつじ》は少しだけスクーターの速度を緩めると、横目にその塔を見ながらこう言った。

「あれはね——『管理塔《サーバー》』だよ」

「……さー、ばー？　あれが？　あんなデカいのが……？」

「あそこにはね、パンドラを運営してる『新世界運営委員会』って組織の本部があるんだよ。ほら、コスモスネットワークってあるでしょ。そのシステムを管理してるのがその新世界運営委員会で、あの塔自体が超でっかいサーバーになってるんだって」

「……ちょ、ちょっと待って。えぇーと、つまり……何だって？」

言葉のノックを受けた気分だった。右に左に、ノロマな脳みそが駆け回っている。

まずサーバーとは本来、一種のコンピューターを指す言葉ではなかっただろうか？

だが、あれは……六號《ろくごう》第四区から約三〇キロ先——その方角には、六號の中央に鎮座する湖上の人工島がある。地図で見たときにはただの円にすぎなかった土地、その総《すべ》てを土台とし、遠方にあってなおこちらを見下ろすその巨柱は、はたして人工の物なのか……

塔の頂上は遥《はる》か高みにある夜空に突き刺さってなお限りが見えず、街一個分は抱え上げられそうなほどに胴の太い円柱形をしている。

天を突くほどに巨大なその塔の表面には、電子回路のような脈が走っていた。その脈を極彩色のグラデーションが下から上へと、脈動しながら昇っている。

それはまるで地上から吸い上げた養分を天へと運ぶ、大樹のようにも見えて……

「詳しいことは櫃辻も解《わか》んないけど、櫃辻たち人類がパンドラの中でずっと生きていけるようにって、頭のイイ人が創ったんだってさ。なんでも櫃辻たちの〝思考〟をネットワーク経由でエネルギーに変換して、それがあの管理塔《サーバー》を動かす動力源にもなってるとか。だからあの管理塔《サーバー》は言っちゃえば——パン、ド、ラ、そのものなんだよ」

あれほどの威容を前に、櫃辻はまるで観光名所でも紹介するような口ぶりだった。

記憶喪失というやつは、あんな強烈なインパクトを残す存在すらも綺麗《きれい》さっぱり忘れてしまえるものなのだろうか？　どうして俺は、そんなことすら憶《おぼ》えていないんだ。

「……はぁ。目が覚めてからずっと、驚くことばかりだ。こんなこと聞くのもどうかと思って今まで言わなかったけど。この街……パンドラって一体なんなの？」

波止場《はとば》の突飛な疑問に対し、櫃辻は「あはっ」と身を竦《すく》めるように笑って、

「じゃあきっと、これを聞いたらもっと驚くよ。だってこの世界は——」

と、櫃辻はそこで不自然に言葉を区切った。

「……？　櫃辻ちゃん？」

櫃辻はハンドルを握ったまま、こちらを肩越しに振り返る姿勢だ。口は言葉の途中で開

いたままで、しかし続く台詞《せりふ》はない。いつの間にブレーキを踏んだのだろう。二人を乗せたスクーターは道のなかばで止まっている。櫃辻《ひつつじ》はまだ、身じろぎ一つしやしない。

　櫃辻はそこで不自然に言葉を区切っている。櫃辻はそこで不自然に言葉を区切ったまま、そこで不自然に不自然に不自然に言葉を区切——ったまま、と、言葉をくぎtttttt

　櫃■はそこ——で、不g然に■%を区ギtっている。

「……ッ！」

——いや、違う。止まっているのは櫃辻だけじゃない……なんで気付かなかった！　車道を走る車も、街中を歩く人々も、屋外広告《ビルボード》に流れる映像も、空を往《ゆ》く飛行船も……、目に見えるモノ総《すべ》ての動きが、音も風も匂いも含めて完全に静止していたのだ。

「……っ、どうなってるんだよ……これ。これは流石《さすが》に、おかしいでしょ……」

　あまりにも現実離れしすぎた光景に、もはや波止場《はとば》にはこれが現実かどうかの判別すらつかなかった。

　俺はやっぱり夢でも見ているのか？　そうでなければこの異常事態に説明がつかない。

　だが、そんな波止場の思考放棄を否定するように——

「——おや、不思議ですね。波止場様には〝これ〟が認識できてるんですか？」

疑問する声と共に、ツキウサギが波止場の隣に現れたのだ。

ゲームが終わったあとは実体を解いて、波止場の《KOSM - OS》《コスモス》で待機する幽霊アプリと化していた彼女だが、それがまたこうして生身の身体《からだ》を伴って出てきたらしい。

すっかり見慣れた和装系バニーガールの姿に、少なからず波止場は安堵《あんど》した顔になる。

「……ツキウサギさん、これは……何が起きてるんだ」

「です。──〝静止〟してるんですよ。フリーズしている、と言った方がより近しいでしょうか。まあ、そう心配せずとも時が経《た》てば復旧するはずです。

とはいえ私にとっても初めてのことですので、保証はできませんけどね」

その〝静止〟には街中の《NAV.bit》《ナビット》たちも例外なく巻き込まれていたのだが、どういうわけか彼女だけはその縛りから逃れていた。彼女と、波止場の二人だけは……

「静止って、そんな馬鹿な……普通じゃない」

試しに波止場は櫃辻の顔の前で手を振ったり、鼻先を突《つつ》いてみたりする。やはり反応はなかったが、身体に熱は残っている。どうやら石にされてしまったわけではないようだ。

「動かないからってえっちなことは駄目ですよ、波止場様」

「……っ、しないよ……！」

波止場は走行途中のスクーターから、道路に降りた。いきなり世界が動き出して置いていかれるんじゃないかと疑ったが、依然として周囲の景色は止まったままだった。

「ツキウサギさん、ここは何なんだ。この街……いや、俺が目覚めたこの世界は——」

「なにって仮想世界ですよ」

「………………は？」

彼女があまりにもあっけらかんと口にしたものだから、波止場《はとば》は最初、何か聞き間違えがあったのかと耳を疑った。しかし、彼女はなおも静止した世界を背負うように立って、こう続けるのだ。それは本当に、本当に何よりも荒唐無稽な話だった。

「ここは人間の皆様が〝夢〟を見るために創られた、電脳の箱庭。

いいですか、波止場様。ここは仮想現実によって拡張された——〝仮想世界〟なんです」

●

この〝街〟が作られたのは、今からおよそ二〇年前。

人類が——『現世界』と呼ばれる地で暮らしていた頃の話です。

その目的は、人類が失った夢と希望を取り戻すため、という一見すると子供騙《こどもだま》しのようにしか思えない話でしたが、当時の人類は戦争や犯罪、自然災害、流行《はや》り病といった度重なる災厄に見舞われ、夢を思い描く気力も余裕もないほどに疲弊しきっていました。

そこで我らが創造主は、有志らと手を取り合って――災厄とは無縁の地にシェルターを造り、人類という種が第二の人生を送るための大規模移住計画を立てました。

――『新世界プロジェクト』

それは、人類総《すべ》てを単一のサーバーによって管理された電脳空間へ丸っと移住させるという、仮想現実《バーチャルリアリティ》への完全移行《エクソダス》を見事成し遂げました。そうして誕生した管理塔《サーバー》は、無限の拡張性を秘めた理想郷を幻想する〝頭脳〟として、世界の柱となりました。

現世界と肉体を捨て、広大なネットワークに接続された人間様の〝頭脳〟は、新世界という巨大な〝頭脳〟を駆け巡る電気信号の役目を果たし、世界を廻《まわ》す動力にもなります。

もはや一蓮托生《いちれんたくしょう》とも言える自家発電によって半永久的な持続が約束された新世界には、拡張都市パンドラという名前が与えられ、災厄とは無縁の平和な日常が今日まで続いています。それも、仮想現実という現身《うつしみ》を宿さぬ電子の海に、新たな生命が宿るほどに。

こうして人類の皆様がかつて思い描くことすら叶《かな》わなかった夢も、希望も、総てはこの〝街〟で成ったのです。

総てはそのためだけに創られた機械仕掛けの仮想世界、それこそが――

「――この世界のあらすじです」

道路上に静止《とまっ》した車のボンネットに腰掛けたツキウサギは、宙に投影した表示窓《ディスプレイ》を紙芝居のように展開しながら、物語を読むような口調でこの世界の真実を語った。

そしてその話を聞き終わったとき、波止場《はとば》は無意識に自分の頭に触れていた。世界と繋《つな》がれている、世界と共に仮想現実という名の〝夢〟を見ているというこの、アタマに。

「……仮想世界、って……また、俺をからかってるんだよね？」

「信用ないですねー。言ったじゃないですか、私は波止場様に嘘《うそ》は吐《つ》かないと。からかうときはもっと――」

「エロくやる、でしょ。知ってる。君は多分、嘘を吐かないんだろうなってことも……」

そもそもの前提として、ＡＩにすぎない彼女が嘘を吐いて主《あるじ》を謀《たばか》る理由などないはずだ。だとすれば、逆説的に考えると彼女の話は本当ということになってしまうわけで。

「……最悪だ。こっちは記憶喪失ってだけでも参ってるってのに。じゃあ、なにか……俺がいま見てるのは全部仮想現実ってやつで、つまりここにいる俺も、現実じゃない？」

「前半については、です。後半については――いいえ、違います」

どう言ったものかと思案顔になったツキウサギは、ややあって何か閃《ひらめ》いた様子で波止場の許《もと》へと飛んでくる。無音の世界に、カツン、と下駄《げた》の足音が響いた。

「――はむ、っと」

一瞬、どうしてツキウサギの顔がこんなにも近いところにあるのか解《わか》らなかった。熱を帯びた柔らかな感触が、意識するよりも早く波止場の唇と触れ合って、そのまま舌なめずりでもするかのような妖しい動きで、彼女の舌がむっと閉じた主の唇を抉《こ》じ開《あ》ける。

キスをされたのだと気付いたそのときには、バニーガールの姿はすでに波止場からは離れていて、遅れて、口端にビリッとした痛みが襲ってきた。

手で拭うと、赤い液体が手の甲に付いていた。……血だ。噛《か》み切られたのだ。

「んはっ。どうです、波止場様？　これでもまだこの世界が現実じゃない、と」

「……っ！」

「…………夢じゃないことは、なんとか……」

「です。今日波止場様が心に感じた感情も、五感を通して感じた刺激の総《すべ》ても、そのどれもが嘘じゃないことは波止場様自身が一番よく解ってるはずです。

この世界にログアウトはありません。ですので、信じようと信じまいと、波止場様はこの世界で生きていくしかないんです。記憶を失《な》くした波止場様には酷かもしれませんが、いつかその記憶を取り戻したときのために、存分にこの世界を謳歌《おうか》してみてください」

ツキウサギの言葉は、しんとも鳴らない無音が支配する世界によく響いて、波止場の耳には唯一真摯に届いていた。彼女の言う通り、思い出すだけでも本当に激動の一日だったが、そのどれもが嘘だったとは到底思えなかった……否、思えるはずがない。

なにせこの身体《からだ》で、心で、脳で感じる総てがあまりにもリアルにすぎたから。

「……ところで、血止まんないいんだけど、これ……」

「んはは。忘れっぽい波止場《はとば》様には丁度いい刺激でしょう？」

　涙目になりながら次第に痛みを増す傷口を労《いた》わる波止場。ツキウサギは自分の唇についた血を舐《な》めとりつつ、和装の袖で波止場の口を拭ってくれる。キス、というには刺激が強すぎた気もするが、彼女の荒療治のおかげか先ほどまでよりもずっと落ち着いてきた。

（……そうだよな。どのみち今の俺には、信じる以外に道なんてないんだ……）

　せめて記憶さえ戻ってくれれば判断もつくのだが、生憎《あいにく》と記憶が戻る気配はない。なら、彼女の言うようにこの世界に順応する道を見つけた方が得策だ。うん、それは、解《わか》る。

　波止場はこめかみに手を当て、はぁぁ……、と長めの溜息《ためいき》を吐き出した。

「その話が本当だとして……いや、多分本当なんだろうけど。じゃあ、これは？　みんなが動かなくなっちゃってるのは、世界がフリーズしてるのは……これも正常？」

　そこでツキウサギは言葉に悩む素振りを見せた。ややあって、こう口を開く。

「……いいえ。これは〝バグ〟ですね。本来の仕様には存在しない、バグ」

「バグ？」

「です。あそこに見える管理塔《サーバー》、あれは櫃辻《ひつつじ》様が仰《おっしゃ》った通りこの世界の根幹を支える維持装置なのですが、実は只今《ただいま》少々問題を抱えていまして。記録によれば、一年ほど前から原因不明のエラーが多発してるんです。そのせいか、今回のような不具合が度々発生して、それは日々悪化しています。ですので、もしこのままバグが解消されなけれくない未来、拡張都市パンドラはサービス終了を余儀なくされるでしょう」

困りましたね、と、彼女は他人事《ひとごと》のように「んはは」と笑う。

話の内容から察するにとても笑いごとじゃ済まなそうな雰囲気だが、もしかの認識の方が間違っているのかもしれない。なにせ自分は記憶喪失だしなぁ、

「……一応聞いてみるけど。サービス終了すると、どうなるわけ？」

波止場の問いに、ツキウサギはやはり緊張感のない面持ちでこう告げた。

「──終わるんですよ。この世界はもうまもなく、終了します」

波止場は再びスクーターに跨《また》がって、櫃辻の腰に腕を回した。それから数秒後、と動きが戻ってきた。街の喧騒《けんそう》がすぅーと後ろに流れていき、お団子ツインテの毛先が向かい風になびいている。櫃辻は言いさした台詞《せりふ》の続きを、波止場に向かって言う。

「だってこの世界はバーチャルな世界なんだから！　どう、驚いた？」

「…………うん。今日一、びっくりした」

六號《ろくごう》第七区の街並みは、これまでに見上げてきた都市景観とは一風変わって、比較的低階層のビルや家屋が中心となった住宅街だった。閑散としているわけではないが、都市部の喧騒《けんそう》と比べるとやや落ち着いた雰囲気がある。櫃辻《ひつつじ》の自宅は、そんな住宅街ではそう珍しくはない外観のアパートメント、その七階にあった。

非常階段を上って最上階——七階のフロアに到達したのと同時、先ほどまで故障していたはずのエレベーターにランプが灯《とも》ったのが見えた。

「あれ、もう直ってる。せっかく慣れない階段使ってきたのにぃ……ツイてないねー」

「櫃辻ちゃんは悪くない。エレベーターが壊れたのも直ったのも、俺のせいだよ」

「ポッポ君、ツイてないもんねー。その口もさっき噛《か》んで怪我《けが》しちゃったんでしょ？」

「……うん、まぁ。事故みたいなもんだよ」

そんな会話を交わしながら、櫃辻のあとについて廊下の突き当たりまでやって来る。

「とうちゃーっく！　ここが櫃辻の家、そして今日からポッポ君の家だよ」

そう言って櫃辻が手を翳《かざ》すと、ガチャ、と扉の鍵が開かれた。開け放たれた扉の前で立ったままでいると、どうぞどうぞ、と櫃辻が背中を押してくる。

「……お邪魔します」

ぎこちなく波止場《はとば》がそう呟《つぶや》くと、「おかえりー」と櫃辻の陽気な声があとに続いた。

玄関に入ってすぐ、広々とした空間に出る。今にも映画の主役たちが集って作戦会議でも始めそうな、ガレージ的な趣のあるリビングだった。家具も小物も、雑多で統一感がなく、これまでに見てきた櫃辻のイメージ通りの物もあれば、そうでない物もあった。

「……今更なんだけど、櫃辻ちゃんって一人暮らし？」

「ううん、今はノモリンと一緒に住んでる。──あ、ノモリンってのは櫃辻の大親友で、いつも部屋に籠ってＥＰばっか作ってるんだけど、これがまた天才でね──」

初耳だった。同居人がいると知っていれば、もう少し躊躇《ちゅうちょ》したし、遠慮したはずだ。

本当に今更ながら、波止場は自分の迂闊《うかつ》さに呆《あき》れてしまう。

「……その人は、俺が来ること知ってるの？」

ううん、と櫃辻が首を横に振るのを見て、波止場は呆れて物も言えなくなった。

「大丈夫、大丈夫。ノモリンには今から櫃辻が話してくるからさ、ポッポ君は先にシャワー浴びてきなよ。そんなびしょ濡《ぬ》れの格好のままじゃ、櫃辻の彼氏って紹介できないし」

「……頼むから、普通に紹介してくれ。──てか着替え持ってないよ、俺」

「それならこっちでイイ感じに頼んどくよ。『アメゾン』で注文したら三分で届くから」

今では、パンドラのインフラ事情には疎い波止場ではあったが、ここが仮想世界であると知ったネット通販って便利だなぁ、と流せるくらいの順応性は育っていた。

それでも、同居人への挨拶もまだなのに勝手にシャワーを借りるのはどうか……と至極真っ当な逡巡《しゅんじゅん》に固まる波止場《はとば》に対して、櫃辻《ひっつじ》は風呂場の場所だけ教えると、表示窓《ディスプレイ》に通販サイトを開きながら奥の部屋へと向かってしまった。

「……至れり尽くせり、と言えば聞こえはいいけど……」

足下を見れば、カーペットに水の染みを拡《ひろ》げてしまっていることに気付く。河から上がったあと多少水気を絞ったとはいえ、こんな有様ではどこのドブネズミを拾ってきたんだ、と櫃辻が同居人に叱責されかねないのも事実。

そしてそんな事情を抜きに本音を言えば、一刻も早くシャワーを浴びてスッキリしたかった。

（……それに、今日はもうこれ以上なにも考えたくない……）

切にそう思い、波止場は櫃辻に教えてもらった風呂場の前までやって来ると、なんの警戒もなくドアの取っ手に手を、伸ばした。

「ノモリーン、ただいまー！　起きてるー？　遅くなってごめんね――！」

目の前のドアが開いたのはそのときだ。

風呂場のドアは自動扉だった。恐らく取っ手に触れたら自動で開く仕組みになっていたのだろう。ドアは勝手に横にスライドした。目の前には洗濯機と洗面台が置かれた脱衣所があり、浴室の扉は開かれていた。浴室から漏れた湿気を含んだ湯気には、仄《ほの》かにシャンプーの香りが混じっていた。取っ手を掴《つか》み損ねた指先が、宙を彷徨《さまよ》う。

「──ヒツジ？」

その視線の先に、先客がいた。

今まさにシャワーから上がったばかりといったその少女は、バスタオルを頭に被《かぶ》せるようにして髪の水気を取っている最中だ。こちらにお尻を向けるように立っているせいで、脱衣所にやってきた波止場の存在には気付いていない。少女は全裸だった。

「おかえり──てか、遅い。遅くなるならメッセくらい送りなさいよ。起きたらなんか配信終わってるし。ゲーム、どうだったの？　あたしの新作、使ったんでしょ？」

少女の口調はややキツいものではあったが、その声音はしとしとと降る雨音のように落ち着いていて、耳なじみがいい。櫃辻よりも一回り小柄で、灰色がかった空色の長髪は線の細い身体《からだ》のラインに沿って流れている。程よく上気した肌には水の玉が浮いていた。

水の玉が下着を身に着けていない少女のお尻を、つぅー、と撫《な》でるように落ちていく。対して、波止場の頬を伝い落ちるのは冷や汗だ。

（……やばいやばいやばいやばい、なんでお風呂に素っ裸の女の子がいるんだ……!?）

波止場は脱衣所の前で立ち止まったまま、無防備な少女の裸体を眺めている。わざとじゃない。さっきからドアを閉めようと手を伸ばしているが、スライド式のドアは溝にすっぽり収まっていて、取っ手が見当たらない。そういえばこれ自動扉だったな、と気付く。

（……後ろだ。後ろに下がれ。何も見なかったことにして、ドアを閉めるんだ！）

自動扉のセンサーから離れるように、波止場《はとば》は一歩身を引いた。

「おや、波止場様。シャワー浴びないんですか？　せっかく『エロキュートなバニーガールちゃんと全裸でばったり系ドッキリ』を仕掛けようと思ってたんですが——」

「——！」

隣に立っていたのはツキウサギだった。彼女は脱衣所を覗《のぞ》き込《こ》んで、「ハハー」とにやけた表情で事情を察している。このタイミングで彼女が、よりにもよって実体化して現れたことには悪意を感じずにはいられない。

波止場は、ギギッ、と錆《さ》びたブリキのような緩慢な動作で、再び脱衣所の方に目を向けた。

灰空色の髪の少女と——目が合った。

「…………」

少女はキュッと眉根を寄せた表情でこちらを睨《にら》んでいた。鋭い眼光に思わずたじろぐが、どうやら彼女は目が悪いらしい。ぼやっとした視界を晴らすため洗面台にかけてあった眼鏡に手を伸ばすと、首にバスタオルを巻いた格好で眼鏡をかけた。

クールでいてあどけなさの残る少女の顔《かんばせ》に、アンダーリムの眼鏡がフィットする。

視界に見知らぬ男が現れる。

「——、〜〜〜〜〜〜〜〜ッ!?」

裸にタオルと眼鏡だけを身に着けたその少女は、シャワーで火照った頬をさらに熱で染め上げると、声にならない悲鳴を発して自らの裸体を抱き込んだ。

さて、この最悪な状況で少女にかけるべき言葉は何だろう?

「……えーっと、お邪魔してます?」

「解《わか》ってるなら出てけッ!」

返事と共に飛んできたプラスチック製のコップが、スコーン、と小気味いい音を立てて波止場《はとば》の額にヒットする。ピンクとブルーの歯ブラシが宙に飛び出したのが見え、遅れて、風呂場の自動扉がピシャリと閉じた。

▸ツキウサギ

「さて仮想世界パンドラの嬉し恥ずかしカミングアウトも済んだことですし、
波止場様の活動拠点となる“六號”もついでに丸裸にしちゃいましょう」

▸波止場

「もうすぐ世界が終わるかもって話なのに呑気だなぁ」

六號MAP

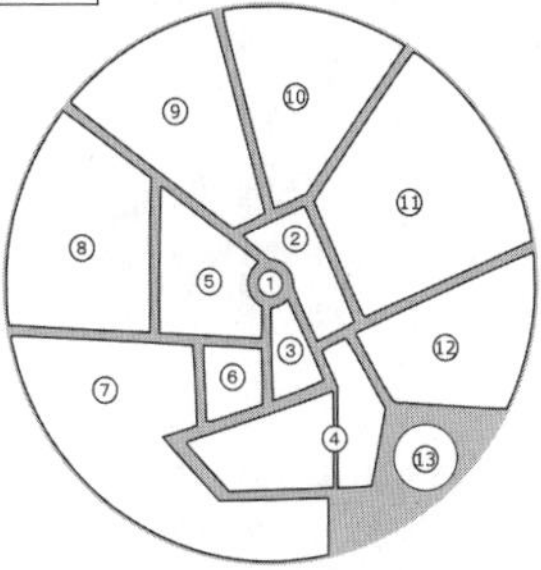

①管理塔
②旧導入区画
③ターミナル区
④第一都市区
⑤第一居住区
⑥学園都市
⑦第二居住区
⑧第二都市区
⑨工業区
⑩環境再現区画
⑪新興開発区
⑫第三居住区（富裕層向け）
⑬独立特区ヘイブン

▸波止場

「丸裸って言った割には意外とあっさりした紹介だね」

▸ツキウサギ

「です。一三区もあったところで、どうせほとんど死に設定になるに決まってますし」

▸波止場

「赤裸々がすぎる……!」

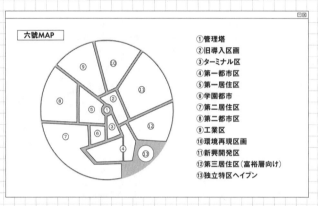

四章　ニューゲーム、ニューライフ

六號《ろくごう》の空に雲一つない晴天と回路図形《ダイアグラム》を描き出した気象パネルに、『五月・初夏』に設定された心地よい太陽が昇っている。その下を、今後確定した『お天気スケジュール』をモニターにてお知らせする飛行船が、無謬《むびゅう》の空に轟々《ごうごう》と重低音を響かせ飛んで往《ゆ》く。

時刻は午後一時二〇分。世界を脈々と巡るコスモスネットワークにも乱れなし。

電脳の箱庭——拡張都市パンドラは、今日も平常通りに運行している。

「——うん、イイね！　新衣装もバッチリキマってるよ、ポッポ君！」

六號第四区にある若者向けのブティックにて。試着室から出てきた波止場《はとば》を見て、櫃辻《ひつつじ》は得意満面の笑みでそう言った。新調したばかりのミリタリージャケットに、上下ともにカジュアルに落ち着いたコーディネート。約一時間半かけて櫃辻が選んだだけあって、なかなか様になっている。元々素材は悪くないのだろう。あとは——

「目元の隈《くま》はメイクでなんとかできるとして、おじいちゃんみたいな前屈《まえかが》みスタイルは……整体師案件かなぁ。それよりEP使って肉体改造しちゃった方が早いかも」

「……っ、いいよ、そこまでしなくて。どうせ記憶失《な》くす前からこんな調子だったんだろうし。それにこの調子だと、街を回る時間もなくなっちゃうよ？」

「あ、そだね。ごめんごめん。こうやって男のコの服一緒に選ぶの初めてだったからさ、つい一人で楽しんじゃったよ」

照れくさそうに頭のお団子を撫《な》でる櫃辻を前に、着せ替え人形も同然となっていた波止場は、疲れた表情をほっと緩める。

「それよりこの服、ホントにもらっていいの？　俺……いまマジでお金ないよ？」

「イイのイイの、彼氏のコーディネートの面倒見るのは彼女の特権だし」

「彼氏じゃないけど」

「未来の、だよ。それに櫃辻、このエリアの〝ＶＩＰ〟だから」

そう言って得意げに櫃辻が宙に取り出したるは一枚のカード。まさに『ＶＩＰ』と書かれたそのカードを見るや、ブティックの店員はにこやかに手を振った。

波止場たちが訪れていたのは、六號第四区にあるカジュアルな雰囲気の繁華街だった。通称、ミライストリート——櫃辻曰《いわ》く、駅チカで学生に人気の寄り道スポットとのことで、周辺を彩るホログラムや建物の外観もどことなくポップな装いをしており、休日遊びに繰り出した若者たちの姿でごった返している。驚いたのは、街の各所に掲げられた広告の中に、よく見知った女子高生ストリーマーの姿を度々見かけることがあったことだ。

店を出たあと、櫃辻はそんな浮かれた街並みを勝手知ったる素振りで歩きながら、

「この〝フリーパス〟はね、前にむーとんに希望《リクエスト》してゲットしたやつなんだ。だから櫃辻《ひつつじ》はそのおかげで、ここら辺のお店一帯を〝お友達価格〟で遊べちゃうってわけ」

「リクエスト……。パンドラゲームで勝ち獲《と》った、ってこと？」

「そ。色んな人とバトってスポンサーになってもらってね――〝櫃辻の街《ホーム》が欲しい〟って夢を叶《かな》えてみました。ほら、自分の旗を街に掲げるのってやっぱ憧れじゃん？」

「……武士の発想だ」

プレイヤー同士の希望を賭けてその権利を争う、パンドラゲーム。

その勝者に与えられる黄金の匣《はこ》には、手に入れた希望が最も相応《ふさわ》しいカタチとなって具現化する。櫃辻の持つ〝フリーパス〟はまさにその希望の象徴というわけだった。

波止場《はとば》の右の人差し指には、昨日獲得した契約の証《あかし》が填《は》められている。

〝波止場の最悪な状況がなんとかなるまで〟効力を持つというこのペアリング――その片割れは、櫃辻の指の同じ位置にも痕《タトゥー》のような形で現れたわけだが、そのおかげと言うべきか、波止場は櫃辻の自宅に居候として招かれる事態になっている。

櫃辻が気合い十分で振る舞ってくれた手料理はプロ顔負けの腕前だったし、寝床は部屋の空きがなかったもののリビングのソファを借りることができた。そして今日も櫃辻は街案内も兼ねて、波止場を街に連れ出してくれている。未《いま》だ契約が未履行のままというのが気掛かりではあったが、当面は流浪に身を落とさずともなんとか生きていけそうだった。

――〝それが波止場様の希望とあらば、私がなんとかして差し上げましょう〟

昨日そう言ってのけた和装系バニーガールの姿がふと頭に浮かんだ。彼女は今も頭の中で待機しているはずだが、こうも静かだとその存在自体が都合のいい幻だったんじゃないか、と心配になる。そういえば彼女にはまだちゃんとお礼を言えていない。

「櫃辻ちゃん、夢を一〇〇個叶えるとか言ってたけど。他にはどんな夢叶えたの？」

「それはもう色々だよ。モデルやったりライブやったり声優やったり、こうして配信者やってるのもそうだし、校庭に子羊《リスナー》集めて巨大パンケーキ作ったりもしたっけ」

「なんでもありだなぁ……」

「あはっ、みんなそんなもんだよ。あれが欲しいとかあれがやりたいとか、そーゆう欲望を叶えてくれるのが《NAV.bit《ナビット》》で、パンドラゲームだからね」

それに知ってる？　と、遠くに聳《そび》え立つ管理塔《サーバー》の方を指差す櫃辻。釣られて波止場も空を見上げると、ゲーミングカラーの帯が塔に沿って天へと昇っていく様がよく見えた。

「櫃辻たちが欲望を叶えようとすればするだけ、この世界はたすかるんだよ」

「……脳への刺激がパンドラの動力源になってる、って話じゃなかったっけ」

「パンドラゲームの話だよ。ほら、あれだってゲームしてるときいっぱい頭使うでしょ？　身体《からだ》だって動かすし、欲望を叶えるためには想像力だって必要だもん。特に希望が叶った瞬間なんて、脳内物質《ドーパミン》ドパドパらしいよ？」

聞けばパンドラは、人々の〝脳のはたらき〟を動力源にしているらしい。

思考し、身体《からだ》を動かし、心が、五感が刺激を受けることで脳は活性化し、その際に得られる脳内物質をネットワーク経由で回収、それを管理塔《サーバー》を稼働させるためのエネルギーとして運用している。人は生きているだけで脳を酷使する生き物なのだから、極端な話、人が生き続ける限りこの仮想世界も安泰というわけだ。

無論そんな単純な話でもないのだろうが、少なくとも大半の人々はそう信じていた。

「……じゃあ櫃辻《ひつつじ》ちゃんは、世界のために夢を叶《かな》えてるわけ？」

「あはっ、まさか」ナイスジョークとばかりに櫃辻はケラケラと笑う。

「やりたいことやってみんなもたすかるなら、それって超イイよねって話」

「まぁ、確かに。ＷＩＮ‐ＷＩＮだ」

「そうそう、それ。だからさ、ポッポ君ももっと自分の欲望に素直になってイイんだよ。ポッポ君にも何かないの？　叶えたい夢とか、理想？　みたいなのとかさ」

そう問われ、波止場《はとば》は不意に居心地の悪さを感じ眉をひそめた。

「……ない、かな。あったとしても記憶と一緒に忘れちゃってるよ」

「そっか。じゃあ、早いとこ思い出さないとね」

そう言うと櫃辻は波止場の肘に腕を絡めて、人懐っこい仕草で寄り添ってくる。

「……っ、ちょっと——櫃辻ちゃん！　くっつきすぎだ……！　人が見てる」

「これも刺激、刺激。世界をたすけると思ってさ」

仮にも櫃辻は三〇〇万人以上のリスナーを抱える超人気配信者《アイドル》だ。知名度などはこのストリートの在り様を見ても一目瞭然で、ただ街を歩いているだけでも注目の的だった。

そんな中を気後れした様子もなく闊歩《かっぽ》する櫃辻を見ていると、女子高生ストリーマーという肩書きも伊達《だて》ではないのだなぁ、と波止場は感心する一方で、そのうち誰かに刺されたりしないだろうな、俺……と最悪な結末を想像しては内心ビクビクしてもいた。

「それじゃあポッポ君の記憶探しの旅兼、六號《ろくごう》案内ってことで――デートの続き、しよっか！」

くの字に背中を丸め、可能な限り世間の目から忍ぼうとする波止場などお構いなし。

自分のペースで走り出す櫃辻に、彼は為《な》す術《すべ》もなく引《ひ》き摺《ず》られていくのだった。

●

電子の海と溶け合ったヒトの頭蓋の、さらにその深奥。上下逆さまになるのも構わず和装の電脳天使がふわふわと漂っているのは、電気的に模倣された仮想頭脳――波止場の《KOSM - OS《コスモス》》内部である。

「……ふーむ。やはり波止場《はとば》様の過去に繋《つな》がる情報はなに一つ残されてませんね。ログのバックアップも見当たらないし、記憶痕跡が不自然なまでに綺麗《きれい》に切り取られてる。考えられる理由は一つしかありませんが……私の記憶もそっちに引っ張られた、か？」

生体情報端末でもある《KOSM - OS《コスモス》》は、膨大な量の電子情報で緻密に組み上げられたパズルのようなものだ。ヒトはその難解なパズルを解き明かすことにロマンを見出《みいだ》し、多大な労力と時間を費やしてきたそうだが、一度解かれたパズルほどつまらないものはない、とツキウサギは思う。

少なくともここでは、ひとときの退屈を紛《まぎ》らわすことにも限度がある。

「波止場様の恥ずかしいエピソードの一つでも見つかれば、と思ったんですが……」

主《あるじ》の居ぬ間の家探しごっこにも飽きが見え始めた頃、無重力に身を預け逆さまに漂っていたツキウサギは、遠く《KOSM - OS》の深奥を見やって険しい顔になる。

そこには壁がある。あるいは扉、あるいは蓋か。とかく閉ざされた空間だ。

そこから滲《にじ》み出した黒い歪《ゆが》みが、チリ、チリ、と不可解な軋《きし》みを上げていた。

電脳天使を形作る電子の細胞一つ一つが、あれはよくないモノですよ、とざわざわ警鐘を鳴らしている。わざわざ言われなくても、見れば解《わか》る。

——あれは、面白くなるモノだ。退屈を殺すモノ。

オッドアイの瞳から漏れた金と紅の眼光をふっと消し、ツキウサギは肩を竦《すく》めた。

「んはは。どうやら私の想像以上に〝最悪〟なことに巻き込まれてるようですねー、うちのバッドラック様は。それだというのに――」

度々外から聞こえてくる楽しそうな声に、ウサ耳型のアンテナがピクリと反応する。

「お留守番系バニーガールちゃんを放置して、自分は呑気《のんき》にイチャコラデートとは……波止場様の恩知らず！　薄情者――っ！」

両の拳を突き上げ、ムキーッ！　と無重力の中で地団太を踏むツキウサギ。そこにはさっきまでの超越者染みた雰囲気などは微塵《みじん》も残ってはいなかった。

●

ホログラムの装飾と軽快なポップス、そして雑踏の賑《にぎ》わい。次に櫃辻《ひつつじ》が案内してくれたのは、六號《ろくごう》第四区のメインストリートだった。摩天楼が見下ろす大通りは、波止場にとってもすでに見知った場所ではあったものの、昨日即席の闘技場《リング》と化していたその場所は今、全く別の見世物によって熱気と活気に沸いていた。

「――おい、そっち飛んでいったぞ――ッ！」

「へ……おわぁッ！」

怒声にも似たよく通る大声が響いた直後、波止場《はとば》の眼前に時速一五〇キロ超のスピードでメロンサイズの〝球〟が飛来した。顔面直撃コースかと思われたそのボールは、彼にぶつかる直前に投影式のフェンスに阻まれて、宙にバウンドする。

その刹那、波止場の頭上を颯爽《さっそう》と飛び越えた男の影がある。

コート上に舞い戻ったボールを宙で鷲掴《わしづか》みにしたその勇壮なる姿は、〝壁〟に足をついた勢いで空高く跳ね上がると共に、雄叫《おたけ》びを上げた。

「いいパスボールだ！　このまま追い風に乗るぞ、てめぇらッ！」

そのあとに「応！」と、あるいは「否！」と続いたのは――それぞれ赤と緑のゼッケンを身に着けた、空駆けるバスケプレイヤーの集団だった。

「……人が空飛び跳ねてバスケしてるよ……」

大通りをバッタのように跳び回るそのバスケ集団は、踵《かかと》から放出された各チームカラーの光跡を、明確な仕切りのないコート上に描きながら、地上やビルの壁面でボールをドリブルし、パスをし、奪い合いながら宙に投影された両陣営のゴールを争っていた。

「このメインストリートは『Vスポーツ』の聖地なんだよ。ストリートファイトにストリートバスケ。ここならいつでも生で試合観戦できちゃう。ね、面白いでしょ！」

思わぬデッドボール未遂に心底びっくりさせられた身としては、素直に面白いとは言い難《がた》く。悪戯《いたずら》っぽく笑う櫃辻《ひつつじ》を横目に、波止場は呆《あき》れ顔で肩を落とす。

「……EPを使ったスポーツ、ってとこか。櫃辻ちゃんのとは毛色が違って見えるけど」

「あれは身体機能拡張系《アビリティ》ってやつだね。感覚拡張系《センシビリティ》と並ぶVスポーツの花形」

如何《いか》に仮想世界といえども、誰も彼もがスーパーマンではあっという間に無法地帯と化してしまう。それに元来の肉体を捨てたとはいえ、歴々と遺伝子に刻み込まれた限界というう名のリミッターはパンドラの住人の〝脳〟にも深く染みついており、人はEPという拡張機能を追加することでようやく、そのリアルの枷《かせ》から解き放たれることができるのだ。

その最も解《わか》りやすい例が、脳のリミッターを外しフィジカル面を強化する身体機能拡張系《アビリティ》のEPだ。競技で、球技で、格闘技で――人間離れしたアクションで華麗に豪快に人々を魅了する。今まさにコートを縦横無尽に駆け回る彼らの源が、それだった。

そしてもう一つが、人の〝センス〟の可動域を超常の域まで拡《ひろ》げる感覚拡張系《センシビリティ》――

「そうだ。せっかくだしポッポ君も使ってみる？　丁度スポーツ観戦にぴったりのEPがあるんだよ。確かまだ一個ストックが残ってたはず――」

と、櫃辻は手元にディスク型の表示窓《ディスプレイ》を開いた。

《KOSM - OS《コスモス》》には、物質をデータ化してストックしておける拡張ポケットがある。俗に『インベントリ』と呼ばれる機能で、櫃辻は普段よく使う日用品やらEPやらをまとめてそこに放り込んでいた。先ほど繁華街で買い込んだ手荷物も一緒に入れてある。

馴染《なじ》みに馴染んだ動作でインベントリを開いた櫃辻は、そこからキューブ状に圧縮されたデータの塊を一つ摘《つ》まみ上《あ》げると、それを波止場《はとば》の許《もと》へと指で弾《はじ》いて渡した。

キューブは彼の手元で開封され、板ガム型注射器みたいな形状の小型機器が展開される。

「ほらこれ、使ってみて。投与《インストール》の仕方は解《わか》る？」

「首にこう、プシュッと？」

正解、と頷《うなず》く櫃辻《ひつつじ》に見守られながらも、波止場は昨日彼女がそうしていたのを思い出しつつ、ＥＰの先端を首の回路図形《ダイアグラム》へと挿し込んだ。

「――！」

プシュッ、という音が耳に馴染《なじ》むのと共に、それはじわりと波止場の神経回路に沁《し》み込んでいく。初めて得た感覚のはずだが、身体《からだ》は自然とその熱を受け入れている。ＥＰから投与された〝それ〟が、耳元から脳へ、そして右目へと流れていくのが解った。

右目にチリッ、とした違和感。見ている景色に異変が起きたのはそのときだ。

「……これは――俺……!?」

波止場が瞠目《どうもく》するのも無理はなかった。なにせいま彼の目には、波止場自身が映っていたのだから。左の目には楽しげな表情の櫃辻が、右の目には驚いた顔の自分自身。見えている景色が左右それぞれで違っていたのだ。

それこそは、今しがた投与《インストール》したばかりのＥＰの機能だった。

「――《#うたた寝羊飼い《シェパード・ラン》》――視覚を拡張して他人の〝目〟を盗み見る、感覚拡張系《センシビリティ》の

ＥＰだよ。使うときは視界がダブらないように左目を閉じて、右目に集中。あとはチャンネルを変えるみたいに右目で〝視点〟を合わせるイメージで――」

櫃辻は波止場の後ろに回ると、片手で波止場の左目を目隠しする。彼女の視線を介し、猫背のせいで低くなった自分の後頭部が見えた。背中にむにっと圧《お》し掛かる柔らかな立体物の感触に気付く。慌てて背筋をピンと正すと、後頭部の位置がやや高くなった。

「あはっ、ポッポ君は解りやすいなぁ。ほら、集中集中」

（……やりづらい……）

ひんやりとした人肌の感触を左の瞼《まぶた》に感じながら、波止場は他人の視界をザッピングするのに意識を傾けた。

大通りの景色を見渡す通行人、路上の売店でホットドッグを客に手渡す店主、受け取る客、推しのチームを応援するサポーター、コート上でボールを追いかける選手――

チリッ、チリッ、というノイズが連続し、他人の視界が次々に現れる。

一度選手の視点を捉えると、波止場はまるで自分がコートに立ってプレイしているような錯覚に陥った。赤のゼッケン、緑のゼッケンと視点は切り替わり、その度にその選手に最も近い視点から試合に没頭するこの臨場感は、なるほど確かに観戦にぴったりかもしれない。ゴールを自分の手でぶち込む瞬間は、外野からは到底味わえない体験だろう。

「……へえ。これは確かに、凄《すご》いな……」

「でしょ、それもノモリンが作ったんだよ。どの企業からも出てない特注品！」

櫃辻《ひつつじ》はまるで自分のことのように誇らしげに、フフンと鼻を鳴らす。そこに登場した人物の名前に気を重くしながらも、波止場《はとば》は今更ながらに腑《ふ》に落ちた気分だった。

「……櫃辻ちゃん。多分だけど、俺とのかくれんぼのときも使ってたよね、これ」

「え、なんで解《わか》ったの？」

「ゲームのときにもこれと似た感覚がしたんだ。チリッ、チリッ、ってさ」

「へぇー、それは初耳。確かに視界ジャックしてポッポ君のこと見つけたりはしてたけど……ノモリンには内緒ね。これってまだ試作らしくって、人前で使うなって言われてたんだよね。——実際、近くに人が多いとチャンネル合わせるだけでも一苦労だし、誰の視点覗《のぞ》いてるかまでは解んないから、櫃辻もここぞってときにだけ使ってたんだけど」

「……試作、って……。まぁ、俺からあの子に喋《しゃべ》ることはないけどさ……」

「櫃辻とノモリンで試したときにはノイズなんて感じなかったんだけどなぁ。ポッポ君ってけっこー敏感体質なんだね」

波止場にしていた目隠しを解《と》くと、櫃辻は興味深そうに彼の目を覗き込む。

櫃辻と自分——両方の顔が重なるように正面にあって、かと思えばまたも別の視点が現れたりするものだから、頭がバグりそうになる。ぐるぐる、ぐるぐる、と。

「……それで、どうやって止めるの、これ——ずっと視点変わってて、吐きそうだ……」

「うわっ、大丈夫ポッポ君⁉　右目だけなんかぐわんぐわんしてるけどッ！」

ついにはめまいを起こしてその場に膝をつく波止場。その右目だけが絶え間ない視点の変更に耐えかね荒ぶっていた。まるでホラーである。

波止場は櫃辻に教わり〝視界ジャック〟を止めると、未《いま》だ込み上げてくる嘔吐《おうと》感をなんとか押し留《とど》めながら、《KOSM‐OS《コスモス》》のアプリ一覧からそれが削除されるのを見届けたところで、ようやくほっと一安心する。ＥＰは使い切りの物がほとんどらしく、その機能をオフにした時点で自動的に排気《アンインストール》されたようだった。

初めてのＥＰでまさかトラウマを植え付けられることになるとは、なんたる不運。

「うーん、自動切換え《オートザッピング》モードなんて機能なかったはずなんだけど……さっきのノイズと併せて、一応ノモリンにも相談してみた方がいいかなぁ」

「……ノモリン、か……。俺あの子に嫌われてるから、それでバチが当たったのかも……」

「あはっ。ポッポ君、まだ昨日のこと気にしてるの？　ノモリンシャイなとこあるけど、あれでけっこー物分かりイイ方だから。大丈夫だと思うよ？」

「ファーストコンタクトミスってから、まだ一度も口利いてくれてないんだけど……」

「でもほら、なんやかんやでポッポ君と一緒に住むことは許してくれたし」

「……許してくれたのかなぁ、あれ……」

櫃辻宅には波止場とは別にもう一人、井ノ森《いのもり》ナギという同居人が住んでいた。

灰空色の長髪とアンダーリムの眼鏡が特徴のクール系美少女で、年齢は波止場《はとば》と櫃辻《ひつつじ》の一個下。櫃辻よりも一回り小柄でスレンダーな彼女だが、眼鏡越しにすっと細められた眼光には臆病な野生動物なら一発で失神しかねない威圧感があり、気弱なポッポ君などは彼女に睨《にら》まれる度にぶるりと震えあがって萎縮してしまうほどだった。

風呂場での一件が、そんな同居人との今後に致命的な軋轢《あつれき》を残したことは言うまでもなく、波止場は未《いま》だ『第一印象：覗《のぞ》きクソ野郎』の称号を払拭できないでいた。

――〃あんたが負けた結果がこれなら、あたしは何も言わない〃
――〃でも、あの変質者のことはあたしには関係ない。見えても、無視する〃
――〃それ以上のことは契約外。それ以上は、期待しないで〃

居候の可否を巡って、櫃辻と井ノ森《いのもり》との間で交わされたやり取りもそんな感じだった。問答無用で警察に突き出されなかっただけ、まだマシと言えるのかもしれない。

そんな井ノ森は普段、自室に引きこもってEPの製作に励んでいるらしい。

基本的にEPはアプリ開発の延長的発想で企業によって製作され、市場に流されるのが一般的だ。一口にEPといってもその種類は多岐に渡り、メーカーごとにその需要を食い合っているわけだが、その隙間を縫って一部ユーザーのコアな需要に応えることで生計を立てる、『デザイナー』なる存在も重宝されていた。

中でも井ノ森は、その界隈《かいわい》では名の知れたEPデザイナーとのことで。

各企業からのオファーを都度蹴って個人勢を貫き、趣味全開のピーキーなEP製作ばかりに傾倒する偏屈な職人気質《かたぎ》——それが、井ノ森ナギという少女の人間性だった。

彼女たちが同棲《どうせい》するに至った経緯は詳しく聞いていないが、ゲームの最中、櫃辻の目となり武器となり華となり舞台を彩った数々のEP——そのどれもが井ノ森による特注品《オーダーメイド》だというのだから、櫃辻が彼女の腕をどれだけ信頼しているのかがよく解《わか》る。

そしてそれはきっと井ノ森の方も同じなのだろう。

そういう第三者の目には映らない絆《きずな》が、二人の間にはあるように波止場には思えた。

「……てか、仲良しの友達と住んでるならもっと早くに教えて欲しかったよ、俺は……」

「あ、それ。ノモリンにも言われたよ。先に一言相談しろ、って」

「それは全面的にノモリンちゃんが正しい」

「えぇー、だってあのときはポッポ君のこと〝なんとかしないと〟って、そのことばっか考えてたし、ノモリンならきっと配信観《み》て察してくれてると思ったんだけどなぁ」

何が駄目だったのだろうか、と櫃辻は腕を組んで唸《うな》り——まぁいいや、と顔を上げる。

「ま、そんな心配しなくてもすぐ仲良くなれると思うよ？」

「……そうだといいけど」

「そうなるよ。だって二人とも、櫃辻《ひつつじ》が見込んだ未来のパートナーだからね」

ウインクと一緒に、ぷにっ、と波止場《はとば》の頬を突《つ》く櫃辻。その思わせぶりな仕草も表情も、どれをとっても反則級に決まっていて、波止場はしばし見惚《みと》れてしまっていた。

どうしてこんな前向きでイイ子が自分なんかに惚《ほ》れ込んでしまったのか……

それだけがどうしても解《わか》らない。

●

「んふ～、美味《おい》ひぃー♪　一度は絶対食べに来なきゃって思ってたんだよね、ここの新作ケーキ！　やっぱ未来ときめく配信者たるもの、流行の最先端じゃないとねー」

デート（？）の最中、寄り道的に訪れた陽当《ひあ》たりのいいカフェにて。

ウエイトレスが運んできた『ゲーミングティラミス』なるグラデーションの五地層ケーキに舌鼓を打ちつつ、櫃辻は今日の成果を波止場に訊《たず》ねていた。

「それで、どうポッポ君？　なんか思い出せそ？」

「……いや、全然だよ。相変わらずこの街のどこにも見憶《みおぼ》えはないし、自分のことはなに一つ思い出せそうにない。他人のセーブデータ借りてゲームしているような気分だ」

そっか、と肩を落として残念がる櫃辻。

記憶が戻るきっかけにでもなれば、という櫃辻の思い付きからあちこちに連れ出してもらった波止場だったが、それが収穫ゼロの無駄足だったとは彼も思っていなかった。

「でも、櫃辻ちゃんのおかげでようやくこの街の世界観にも慣れてきたよ」

「そっか。ならよし」

今度は誇らしげに微笑《ほほえ》む櫃辻に、波止場の方が救われたような気分になる。

「けど大変だね。櫃辻は生まれたときから〝そう〟だったから全然気にしたことなかったけど、ポッポ君的には異世界に来たみたいな感じなんだもんねー」

この世界――拡張都市パンドラは、仮想現実によって創られた仮想世界である。

そんな受け入れがたい事実を、この世界の住人は当然のこととして受け入れていた。

そして櫃辻は、そんな仮想世界で生まれたバーチャルチャイルド一世だ。

現世界から新世界へと移住してきた大人たちを親に持ち、現世界から新世界に至るまでの変遷を歴史の授業から得た知識で納得し、「つまり私たちって最高に自由の身じゃん！」と無敵モードで社会に解き放たれた新時代の子供たち。

彼女たちにとっての仮想世界とは、自分たちが生まれ落ちた箱庭の形状にすぎないのだ。

そして櫃辻が〝そう〟ということは、同年代の波止場も〝そう〟ということになる。

波止場もまた、この世界に生まれた子供の一人には違いないはずなのだが……

「……記憶が戻りさえすれば、少しはこの世界の住人だって自覚にも目覚めるのかな」

「それは解《わか》んないけど——ま、そう焦ることないよ。これからじっくりと手がかりを探していけばさ。ポッポ君の記憶探し、櫃辻《ひつつじ》も手伝うし」

「……これから、ね……。ホント、櫃辻ちゃんは前向きだなぁ」

でしょ、と無邪気な笑みを見せる櫃辻に対し、波止場《はとば》は曖昧な苦笑を浮かべる。

「とゆーかさ、そもそもなんでポッポ君は記憶喪失になったのかな？」

「それが解ればね……。別に頭をぶつけたって感じでもないし、思い出せないというよりはこう、大事な記憶だけすっぽり消えたって感じなんだよね……。大体、俺がネットワークに繋《つな》がれた存在だっていうなら、その記憶が失《な》くなるのはなんでだ？」

今度は櫃辻が「さあ」と首を傾《かし》げる番だった。

「記憶データの異常とかならワンチャン、ノモリンが何か解るかもしれないけど」

「……現状不審者の扱いだし、俺なんかの話聞いてくれるとは思えないけど……」

「とゆーかさ、それこそゲットちゃん、に、に頼んだらイイんじゃないの？」

これ名案、とばかりに櫃辻はフォークを立てて言う。

「……？　どういうこと？」

「ポッポ君の〝記憶探し《ナビット》〟をさ、ゲットちゃんに希望するんだよ！」

「俺の記憶を……《NAV.bit》で探す。そんなことできるの——ツキウサギさん？」

そう問いかけつつ波止場が顔を向けたのは、隣の席だ。

するとフォークとナイフを両手に構えた和装系バニーガールが、ふっと顔を上げた。

「おや、波止場様。てっきり櫃辻様とのデートにうつつを抜かして私のことなんか忘れてしまったのかと思ってましたが、この影薄系バニーガールちゃんに何か用ですか？」

「……なんか拗《す》ねてる？」

「女ができた途端、これまで苦楽を共にしてきた一蓮托生《いちれんたくしょう》系バニーガールちゃんの存在をガンスルーとは……波止場様がそんな薄情者だったなんて、なんて不憫《ふびん》なツキウサギ」

「ちゃっかり自分の分のケーキ頼んでおいてよく言うよ……」

私おこですといった風を演じながらも、ツキウサギはフォークでケーキを一刺し。和装の袖に気を払いつつ、大口を開いてぱくり。すぐに頬を綻ばせる。

先ほどまで頭の中で大人しくしていたかに思えた彼女だったが、ひとたび甘味の匂いを嗅ぎつけるや否や実体化して同じテーブルを囲んでいる。そもそもアプリである彼女に食事の必要があるのか甚だ疑問だったが、それを言ったら自分たちも大差ない。それにこうも美味《おい》しそうに食べているところを見ると、わざわざツッコむのも野暮《やぼ》な気がしていた。

「まぁまぁ、ゲットちゃん。ご主人様を独り占めしちゃったのは謝るからさ、ここは未来の花嫁に免じて許してやってよ。——ほら、櫃辻の分も一口あげるし」

「んはは、流石《さすが》は櫃辻様。うちの甲斐性《かいしょう》なしと違ってなんと懐が深い。——では、等価交換ということで。私の分もどうぞ一口」

「……しかもいつの間にか仲良くなってるし」

すっかり馴染《なじ》んだ様子で食べさせ合いっこする二人を前に、波止場《はとば》は苦笑する。

ちなみに『ゲットちゃん』というのは、櫃辻《ひつつじ》がツキウサギにつけたあだ名だった。

月に兎《うさぎ》で、月兎《ゲット》ちゃん――センスが独特な者同士、案外気が合うのかもしれない。

「それで、ツキウサギさん、俺の〝記憶探し〟の件だけど」

「んん？　ああ、そういえばその話でしたね。――です、できますよ」

「できるんだ……」

事もなげに言うツキウサギに、波止場は感心半分、呆《あき》れ半分の溜息《ためいき》を漏らした。

このバニーガールは、いつも大事なことを出し惜しみする。

「それが波止場様のお望みとあらば、希望コンシェルジュとしては最大限その希望が叶《かな》う
よう橋渡しをしてみせます。――ですが、私たち《NAV.bit《ナビット》》が叶えるのはあくまでパン
ドラゲームによる希望の成就。波止場様がご自分の〝記憶探し〟を《NAV.bit》に願うな
らその先には――〝希望を賭けたゲーム〟があるものと思ってください」

「ゲームで勝って初めて相手に希望を叶えてもらえる、そういうこと？」

「です。それともう一つ、マッチングの問題もあります」

ツキウサギはフォークとナイフを左右に立てて、こう説明を続けた。

「波止場《はとば》様が櫃辻《ひつつじ》様とマッチングできたのは、お二人の希望がマッチしていたからです。波止場様を〝なんとかできる〟櫃辻様と、櫃辻様の〝彼氏〟にぴったりだった波止場様。お互いが欲するモノをお互いが所持していたからこそ、出逢《であ》うことができたわけです。

もし仮に櫃辻様が〝リッチで甲斐性《かいしょう》のある超イケメン彼氏〟を希望していたならば、波止場様がどれだけ〝櫃辻様のヒモになって自堕落な生活を謳歌《おうか》したい！〟と切望しようとも、マッチングは成立しません。

パンドラゲームでは――〝相手が希望するモノ〟こそがチップになりますからね」

「……なんか不当にディスられた気がするけど……。要は、何かを叶《かな》えようとする場合、俺自身もその誰かが希望する何かを持ってないといけない、ってわけだ」

「逆もまた然《しか》りです。人にせよ物にせよ手がかりにせよ、なんらかの形で波止場様の過去に関わっている人物でなければ、マッチングしたって意味ありませんからねー。

……まあ、波止場様の〝記憶〟を直接持ち歩いているような人がいれば、話は別ですが」

ツキウサギはハーブティーに口をつけ、ほぅ、と一息つく。

「全然思い出せない記憶を思い出すより、俺を知ってる人を探す方が現実的だ。それができるならありがたい。けど――俺に賭けられるようなモノ、あるのかな……」

「さあ、どうでしょう。私たち《NAV.bit》《ナビット》は希望を繋《つな》ぐ架け橋にはなれても、片想《かたおも》いのキューピッドにはなれませんからねー。……ま、そこは合ってからのお楽しみです」

「そうそう。こうして一度は櫃辻とマッチングできてるんだし、何もないことはないよ」

正味のところ、波止場は未《いま》だパンドラゲームに関しては懐疑的なスタンスだった。

とはいえ《NAV.bit》が持つ超常的な力が自分と櫃辻を惹《ひ》き合わせたことは確かであり、その超常の出処《でどころ》が仮想世界というファンタジーの園であると理解した今では、もっと素直に物事を受け入れてみたらどうだ、と脳裏に訴えかけてくる声もある。

総《すべ》ての夢と希望が叶うというこの街の奇跡――賭けてみる価値は大いにあるだろう。

「……解《わか》ったよ、やるよ。ツキウサギさん、俺の希望をまた聞いてくれるかな？」

主《あるじ》が新たに踏み出した一歩に、ツキウサギは不敵な笑みを浮かべて応じる。

「です。波止場様が失ってしまった〝記憶探し〟――それでよろしかったですか？」

「ああ。俺の記憶に繋がることならなんでも」

です、ともう一度頷《うなず》くと、ツキウサギはテーブルの上に身を乗り出して――というよりはもうほとんど宙に浮いていたが――額と額がくっつく距離まで波止場に迫《せま》った。

「では――波止場様の記憶へと通じる縁。さっそく希望を更新致しましょう」

オッドアイの双眸《そうぼう》から零《こぼ》れた光が、まるで催眠術かのように波止場を幻惑する。

真っ白な空間。回路図形《ダイアグラム》と数字の羅列。それら世界を構築するネットワークとの接続を全神経を以《もっ》て体感した刹那、景色は再びカフェテラスへと帰ってきている。

波止場の希望が、コスモスネットワーク上に登録《アップロード》されたのだ。

「……で、どう？　ツキウサギさん？」

しばらく瞑想《めいそう》に耽《ふけ》るように瞼《まぶた》を閉じていたツキウサギだったが、波止場《はとば》はすぐにそれが無為に終わったのだと察した。やがて彼女は、肩を竦《すく》めて検索の結果を報告する。

「……ふむ。残念ながら。今のところ該当するマッチングはありませんね」

「そっか……まぁ、そう上手《うま》くはいかないよなぁ……」

「がっかりするのはまだ早いよ、ポッポ君！　櫃辻《ひつつじ》もまだマッチングできてないキープ中の希望がたくさんあるし、気長に待ってみるのも夢を叶《かな》える一つのコツだよ？」

珍しく期待があった分、肩透かしを食らったような失望があった。そのせいか、前のめりに励ましてくれる櫃辻の言葉も今はどこか空虚に聞こえて——

「……待つ、か……。待ってる間に全部台無しにならないといいけど……」

「ん？　台無しって？」

ふと自嘲気味に漏れた独り言に、櫃辻は疑問符を浮かべて首を傾《かし》げる。

「——あ、いや、何でもないよ！　そうなる前になんとかしたいな、って話……！」

つい滑らせてしまった口に慌ててチャックをする波止場。そんな主《あるじ》を横目にじとっと見てくるツキウサギからも目を逸《そ》らしつつ、取り繕う言葉を求めてメニュー表を指差した。

「それより、俺が頼んだプリンがまだ来ないんだけど。どうしたのかな」

露骨すぎるかな、とは思ったが、事実気にはなっていた。幸いにも櫃辻はそれ以上深掘りしてくることもなく、プリンの行方を追って視線を巡らせている。

「そーいえばそうだね。三人一緒に頼んだのに……櫃辻もう食べ終わっちゃったよ」

「忘れられてるんじゃないですか？　さっきまでの私みたいに」

「……まだ言ってる。別に、忘れてたわけじゃない」

「でも、ポッポ君ならあり得るかも。一人だけ頼んだのが来ないって不運も」

そんなまさか、と不安になった波止場が店内の方へと身体《からだ》を捻《ひね》ると、視線の先に、丁度こちらのテーブルにやって来るウエイトレスの姿が見えた。大事そうにトレーを両手に抱え持っていて、慌てているのか、その足取りは危うい。そして案の定——

「お、お待たせいたしました！　お客さ——まッ！」

あっ、と思ったそのときには、ウエイトレスはお手本のような転び方でトレーを宙に放り投げており——あっ、と視線を落としたそのときには、運ばれてきたばかりのプリンがお皿の割れる音に続いて、べちゃ、とクリームと共に床に飛び散っている。

「あっ、もしかしてポッポ君が言ってた『台無し』って、こういうこと？」

「……そんな伏線回収はない」

「――ポッポ君、やっぱ呪われてるんじゃないかなぁ」

会計を終えカフェを出たところで、櫃辻《ひつつじ》はしみじみと縁起でもないことを呟《つぶや》いた。

「……まさか、大袈裟《おおげさ》だよ。あのウエイトレスさんまだ入ったばかりの新人で、俺が注文したプリンを別のテーブルに運んじゃったせいで慌てて、ミスを取り返そうと焦ったところでうっかり転んじゃった――って自分でそう言ってたし。偶々《たまたま》だよ」

「だってほら、昨日も頼んでた着替えがなんか配送トラブって、結局慌てて乾かす羽目になったでしょ？　いつもなら三分でパッと届くのに」

「そのあと波止場《はとば》様は、すっぽんぽんでリビングをうろつく変質者と化したんですよね」

「タオルはちゃんと巻いてた」

「ポッポ君、意外とイイ身体《からだ》してるよね。櫃辻、結構ドキドキしたよ」

「井ノ森《いのもり》様はそんな波止場様のことを害獣でも見るような目で見てましたけどねー」

留守番に飽きたらしいツキウサギは、そのまま二人に同行することにしたようだ。

両手に花という見方もできるが、この二人相手ではそれも荷が重い。

「やっぱ呪われてるよ。昨日のかくれんぼでもポッポ君、不運連発してたし」

「……呪い、かぁ……。バーチャルで呪われるだなんて、欠陥じゃないか……」

「でも、あり得ない話じゃないよ。世の中には〝神がかり的に運がイイ人〟もいるくらいだし、その逆があってもおかしくはないんじゃないかな」

「……何それ？　神がかり的……そんな人がいるの？」

「ガチャを回せばSSR、カードを引けば上から五枚がロイヤルフラッシュ、ゲームをやれば全戦全勝。雨は避けて通り、一石三鳥は当たり前。何をやってもやらなくても全部上手《うま》くいく。そういう人がね、この六號《ろくごう》にはいるんだよ」

　櫃辻はまるで都市伝説でも語るかのように、喜々と声を弾ませてそう言った。

「へぇ、それは羨ましい。そんな人がいるならぜひともご利益にあやかりたいもんだ」

「もし二人が出逢《であ》ったら、不運と幸運が化学反応を起こしてきっと大変なことになるね」

「大変なことって？」

「それはもう、世界がひっくり返っちゃうようなことが」

　櫃辻が大真面目な顔でそんなことを言うものだから、波止場は思わず笑ってしまう。

　……世界ならもう大変なことになっちゃってるよ、と。

『──あのことは他言無用、ですよ。波止場様』

　不意に脳裏に響いたのはツキウサギの声だった。《内緒話モード》《ウィスパー》によるVC《ボイスチャット》だ。

『人間様のほとんどはあのフリーズ現象自体を認知すらしていません。パンドラを脅かすバグは元より、この世界に終わりが迫《せま》っているなどと知られたら──』

『……解《わか》ってるよ。もしも俺がそんなこと口走ったら、たちまち変人扱いだ』

『です。それもありますが、無為に不安をばら撒《ま》く必要もないでしょう。ここは総《すべ》ての夢と希望が叶《かな》う街。知らない方が幸せ、ということもありますので』

解《わか》ってる。波止場《はとば》は隣をふよふよと追従する彼女に、頭の中で頷《うなず》きを返した。

この世界が人の手によって創られた人工の箱庭であることを、皆は知っている。

だが、その世界がまもなく終了するかもしれないということは誰も知らないのだ。

知っているのは波止場と、ツキウサギ。あとはパンドラの運営に携わる一部の人間だけ
──あのフリーズ現象を目撃した夜に、ツキウサギからはそう聞かされていた。

音も、時間も、生命も。自分たち以外の総てが凍《い》てついてしまったかのように見えた、静止世界。止まり続けることによって叶えられる世界の終わり。

無限にも思えたあの負の体験は、波止場の記憶に深く刻み込まれていた。

あの夜から、いつ砕け散るかも知れない薄氷の上に立っているような悪寒がずっと在る。

『……確かに、知らない方がよかったよ。世界の終わりなんて碌《ろく》でもない。こっちはただでさえ記憶喪失で困ってるっていうのに……最悪だ』

巨大な影に頭から、ぬう、と包み込まれるような感覚に陥った。だが、それが気分だけの問題でないことに気付くと、波止場は不意の暗転に顔を上げた。

「……ん、何だ？」

影の主を辿《たど》って空を見上げれば、そこに巨体を浮かべていたのは一隻の飛行船だった。

轟々《ごうごう》とエンジン音を轟《とどろ》かせながら、飛行船がカフェの上空に停留していたのだ。

「――波止場様」

そして付近の誰もがその飛行船を見上げる中、ツキウサギの声が直接耳に届いた。

「合いました。ですが、これは……？」

「えっ？　合ったってツキウサギさん、まさか記憶の手がかりが――」

見つかったの？　と、珍しく歯切れの悪い彼女にそう訊《たず》ねようとした、その直後――


『――見つけたぞ、対応者――』


突如聞こえたノイズ混じりの機械音声。肉声にフィルターをかけたようなその声に振り向けば、そこには白装束に身を包んだ異容の集団が立っていた。

レインコートにも似たフード付きのコートでその容姿を隠し、その顔すらも不可思議な仮面で覆い隠している。そんな如何《いか》にも怪しげな連中がカフェ前の街路に、いつの間にか出現していたのだ。周囲の人々もその不審者を見てざわめき始めている。

（……何だ、あいつら？　明らかにマトモじゃない……）

中でも異様に映ったのが、集団の先頭に立つ仮面の男だった。

長身痩躯《そうく》に短く刈り込んだ頭髪。真っ白な長衣には他の者より位の高さを思わせる意匠が施されており、素顔の窺《うかが》えないホログラムの仮面を被《かぶ》っている。そして首にぶら下がった社員証がなんともその異様さを際立たせていた。先ほどの声の主は、恐らく彼だ。

そしてそんな奇妙な出で立《いた》ちの集団を前に、櫃辻《ひつつじ》がその正体を耳打ちしてくる。

「あの人たち——新世界運営委員会だよ。表舞台には一切姿を現さずにパンドラの運営を行ってる中立組織。全員ＡＩだって噂《うわさ》もあったけど、リアルで見たの初めてだ」

——新世界運営委員会。

それは確か、このパンドラを支えるコスモスネットワークの管理者を指す総称のはずで。

「しかもなんか、ポッポ君の方見てない？」

その中心人物と思われる仮面の男の関心は確かに、波止場《はとば》だけに向けられていた。

『随分と事を複雑にしてくれたものだ。君のおかげでこちらはこの件に無駄な時間と労力を割く羽目になった。これだから、世界への誠意《リスペクト》が欠けた者は困る』

仮面の男は、手元の表示窓《ディスプレイ》を見て呆《あき》れた声を出す。ＡＩではない。生ある人間の反応だ。

そしてさらに彼が告げた謂《いわ》れなき罪状に、波止場は困惑のあまり唖然《あぜん》となった。

『さて、波止場皐月《さつき》。君には最重要機密情報取り扱いに伴う、違反行為の疑いがある』

「……は？」

『我々に同行願おう』

それが合図となったのか、傍《そば》で控えていた白装束の集団が一斉に動き出した。

「……！」

歩くのでも、走るのでもなく、白装束の集団はつま先で滑るような動きで波止場たちを瞬く間に取り囲む。その動きは幽鬼を彷彿《ほうふつ》とさせ、波止場はその異様にギョッとする。

「──ポッポ君、ポッポ君！　よく解《わか》んないけどさ、悪いことしたなら自首しよ！　櫃辻、ポッポ君が罪償って出所してくるまで待っててあげるからさ！」

「記憶にない罪で捕まるつもりはないよ──てか、もしかしてそれか……原因？」

ふと思い当たって、波止場はツキウサギに問いかける。

「ツキウサギさん、この人たちを呼び出したのは君か？　さっき『合った』って言ってたけど、この人たちがマッチングの相手ってわけ？」

「違いますよ。彼らには《NAV.bit》《ナビット》を所持できない規則がありますので」

「何だそれ。じゃあ、何が合ったんだ……!?」

『抵抗はしてくれるな。我々とて手荒な手段は使いたくないのだ。我々はただ──』

波止場と仮面の男、互いに異なる焦燥を帯びた声が重なったそのとき。

混迷極める騒動の渦中に、華のある声が躍り出た。

「──くふふ。これは一体、どういう巡り合わせですの？」

街路に蔓延《まんえん》していた雑音が、まるで示し合わせたかのようにぴたりと止《や》んだ。

誰もが彼女の登場に息を呑《の》み、目を奪われる。しかしそんなノイズなどは意にも介していない素振りで、自然と開かれた路《みち》を軽やかな足取りで歩いてくる少女の姿があった。

「ニトの予感を辿《たど》ってきてみれば、もう逢《あ》うこともないと思ってたカオナシさんたちが、わたくしが逢いにきた〝おやつ〟に群がってる。これは、悪いこと？　それとも――」

質《ただ》すようでいてその答えを知ってるかのような口ぶりは、小鳥の囀《さえず》りのように愉《たの》しげで。

静かながらも澄み渡って聞こえる声音は、軽やかな鈴の音を聴いているかのようだった。

『渡鳥《ととり》メイ。対応者がもう一人、とは』

「神がかり的ラッキーガール――うっそ、本当に来ちゃった……！」

相争う両者とあえて三角形を作るように立ったその少女に対し、仮面の男と櫃辻《ひつつじ》はそれぞれの認識を愕然《がくぜん》と口にする。新世界運営委員会なる者たちが現れたときとはまた違った空気の変わりように、恐らく波止場《はとば》だけがその正体を掴《つか》みかねていた。

（……何だ、あの子。もしかして有名人、なのか……？　それにしても――）

可愛《かわい》らしくも美麗な少女だった。シルクのブラウスを肩紐《かたひも》付きのスカートでキュッと締めたゴシックな装いに、羽根飾りを編み込んだ亜麻色の長髪は、華奢《きゃしゃ》な少女のシルエットを包み込むベールのように優雅に波打っていて、やや幼く見える顔立ちには幼齢の女神を思わせる天上の美の片鱗《へんりん》を覗《のぞ》かせている。

適度に露《あら》わになった艶《つや》やかな肌は繊細な色香を放っていて、その一挙手一投足には人を惹《ひ》き付けてやまない魔力がある。

気付けば波止場は、息をするのも忘れてその浮世離れした美少女に目を奪われていた。

「カオナシさん。あなたのやり方は気に入りませんわ。ここは夢と希望が叶《かな》う街——欲しいモノがあるのなら、それ相応の作法があるんじゃなくて？」

『……間の悪い。しかし——』

その一方で仮面の男は、大衆の目をも眩《くら》ます彼女の容貌に惑うことなく冷然と告げる。

『探し物自ら姿を見せてくれるとは好都合だ。あの少女を捕らえろ。最優先で、だ』

号令一下、数名の白装束が少女を捕らえんと地を滑り、幽鬼のように群がった。

……が、少女の方は微《かす》かにも感情を動かすことなく、のちにやってくる好機を確信し、一歩後ろに下がって道を空けるのだ。そしてそこに現れたのは——

「——！」

一閃《いっせん》、それが二陣。

不意に一つの人影が、空間を裂いて少女の矢面に立ったその刹那。二人の白装束が街路の地べたに転がっている。またしても溜飲《りゅういん》の気配が、そこかしこで起こった。

あっという間に白装束たちを斬り伏せてみせたのは——一人のバニーガールだった。

それも二刀の刀剣を左右に構えた、騎士風のバニーガールだ。

「……なに、一時的にネットワーク上から意識《リンク》を断ち斬っただけだ。人間様に傷を付けるような真似《まね》は致しません。が——」

騎士風のバニーガールは、琥珀色《こはくいろ》と紅玉色《ルビー》の双眸《そうぼう》を細めて告げる。

「お嬢様に指一本でも触れようものなら、その指は二度と返ってこないものと知れ」

二刀の刀身をチラつかせて威圧するバニーガールに、残った白装束たちは後退《あとずさ》る。

無理もない。一見すると平和な日常に、あの〝真剣〟は余りにも場違いすぎた。

背丈はすらりと高く、騎士風のバニー衣装は洗練された肉体を煽情的《せんじょうてき》に、かつ戦場に立って違和感のないよう引き締めている。金色の髪の冠を飾るウサ耳は、腰に携えた二対の鞘《さや》と並行になるよう後ろにシュッと伸び、整った顔立ちに浮かべる凛《りん》とした表情は、戦場を駆ける戦乙女を彷彿《ほうふつ》とさせる。バニーガールでさえなければ、黄金の拵《こしら》えが映える二振りの刀剣すらも彼女の勇姿の代名詞となりえたかもしれない。

シリアスとシュールさが混在するこの状況。やはり冷静な反応を見せたのは仮面の男で、

『公正公平を謳《うた》う審判者が我々に楯突《たてつ》くとは……あれは最悪壊して構わん。請求書は私の宛名で出しておけ』

「向こうはああ言ってますが、どうしますか？　ご命令いただければ露払いくらいは——」

新世界運営委員会。そして幼女神と戦乙女。それらの登場でカオスと化したカフェ前の街路にて、波止場《はとば》は初めて櫃辻《ひつつじ》と出逢《であ》ったときのことを思い出していた。

なんでいつもこう大事になるんだ、と。

「……櫃辻《ひつつじ》ちゃん。逃げるなら今しかないよね、多分」

「そう、だね。こんなバズ確定演出見逃しちゃうのは勿体《もったい》ないけど、ポッポ君が捕まっちゃうのはよくないからね。うん、逃げよう」

そうと決まれば決断は早かった。

白装束の集団の意識は今、最優先らしき標的の方へと向いている。波止場《はとば》は櫃辻と顔を見合わせると、コソコソとその場からの退散を試みた。

「わざわざ払う必要なんてありませんわ。きっともうじき、勝手に落ちる」

と、少女が含みを持たせた笑みを浮かべた次の瞬間──

〟────、────〟

音が消えた。カフェのテラスに流れていたBGMが、路上の騒動を前になんだなんだと沸いていた雑踏の声が、飛行船の内外に響くエンジンの駆動音が……

匂いも風も、五感を刺激する自然の気配が消えている。

この異常な景色には見憶《みおぼ》えがあった。記憶に新しい負の情景。忘れるわけがない。

「……また、これか……」

波止場が周囲を見渡すと——世界が静止していた。

少女に群がる幽鬼たち、予期せぬ襲撃イベントに実は怯《おび》えていた櫃辻の顔、逃げようとしていたこちらを仮面越しに見据える仮面の男、そして、目に映る総《すべ》ての背景。

世界と共に呼吸を止めた人々の中で、またも取り残された自分に波止場は頭を抱えた。

「……くそ。昨日のあれは、偶然じゃなかったってわけだ……」

「です。やはり波止場様は、こっち側に立つ素養があるようで。それよりも——」

そのあとに続いたのは、聞こえるはずのない第三者の声だった。

「——ね、言ったでしょうニト。払うまでもない、って」

コツ、コツ、と白装束の囲いから、テーマパークのゲートでも潜《くぐ》るような気楽さで抜け出てくる少女の姿があった。

「くふふ、みんなして間抜けな姿。どれだけ欲しくて手を伸ばしたって、こんな偶然一つで全部手から零《こぼ》れ落ちちゃうんですもの。本当にツイてない人たち」

真空の如《ごと》く静まり返った世界にわざと足音を刻むように、ブーツを履いた脚をぽーんと腰の高さほどまで上げて——トン、とそれでもまだ軽い足音と共に一歩。

「さて、問題はこの止まった世界から彼をどうやって連れ出すか、だけど……その前にわたくしが逢《あ》いにきた彼は一体どんなお間抜けな姿で固まって——」

——と、少女はこちらを覗《のぞ》き込《こ》む格好のまま、「んんー？」と首を傾《かし》げた。

その彼女の仕草はフクロウが首を傾《かし》げるのにも似ていて、しかし彼女がそんな愛嬌《あいきょう》のある仕草をしていること自体に、波止場《はとば》もやはり「んん？」と首を傾げていた。

「君、どうして動けるんだ？」

「あなた、どうして動いてますの？」

見つめ合う二人、同じ疑問が重なった。しかし疑問に答えを得ぬまま言葉を失う波止場とは対照的に、少女にはすでにそれが〝吉兆〟だと理解できていた。

少女は亜麻色の髪を揺らしながら、弓なりの笑みを浮かべ波止場の許《もと》へとやって来る。

「──くふ。わたくしはやっぱりツイていますわ。まさかこんなところで、こんなタイミングで。よりにもよってわたくしの〝ユメ〟を叶《かな》えてくれる殿方が、まさかこちら側の景色に立てる人間だったなんて──素敵」

「……君は、何を言って……」

「何を呆《ほう》けてますの？　ほら、行きますわよ！　お邪魔虫が動き出しちゃう前に」

そう言って少女は、波止場の袖を引いて意気揚々と歩き出した。

それは連れ立って散歩でもするような気楽なエスコートでありながら、有無を言わせない拘束力があって。波止場のアタマには、少女の手を振り払うという選択肢がどうしてだか思い浮かばなかった。

五章　神がかり的ラッキーガールと、不運なロストマン

「──あれ、ポッポ君は──？」

瞬《まばた》きほどの一瞬。気付けばついさっきまで傍《そば》にいたはずの波止場《はとば》の姿がない。

昼下がりのカフェ前の街路では、忽然《こつぜん》と姿を消したとある少女の行方を慮《おもんぱか》るざわめきだけが残されている有様で、そもそもの発端となった白装束の集団──新世界運営委員会の一団を率いて地上に降り立った仮面の男については、未《いま》だ櫃辻《ひつつじ》の前に佇立《ちょりつ》していた。

『……フン。やはり捨て置けんな、あの少女の持つ〝幸運〟は。毎度こうも都合よく世界を味方につけられては、こちらも手の打ちようがない』

季節外れのハロウィンナイトからはぐれた仮装集団、といった風に所在なさげに狼狽《うろた》える幽鬼たちとは違って、仮面の男は事の子細を察した素振りで小さくかぶりを振った。

『あの男の姿も見えないとなると、これはいよいよ確定と見える。二人の痕跡を尾《つ》けておけ。これ以上ここに留《とど》まる意味はない』

「──あのっ！　仮面の人！」

部下らしき白装束たちに指示を出しつつ踵《きびす》を返《かえ》す仮面の男に対し、櫃辻はあろうことか自ら歩み寄って行って、声をかけていた。

「なんでポッポ君のこと捕まえようとしてるの？　ポッポ君のこと、何か知ってるの？」

『……ポッポ君？　――あぁ、彼か』

腑《ふ》に落ちた様子で櫃辻に向き直った仮面の男は、逆にこう訊《たず》ねてくる。

『君は彼のことをどこまで知っている？　彼から何を聞いた？』

「えっ？　いや、何も……これからちょっとずつ知っていけたらイイかな、って」

『……そうか。聞いていないのであればそれでいい』

正体隠匿用のホログラムに覆われたノイズ混じりの貌《かお》は、今度こそ櫃辻に背を向けて、街路の中空にふっと現れた〝歪《ゆが》み〟へと向かっていく。

それは、遠く離れた場所との行き来を可能とする『ポータル』の歪みだった。

『これ以上あの男には関わるな。彼の〝不運〟に巻き込まれたくなければな』

去り際にそう言い残すと、白装束の集団はポータルを潜《くぐ》って街路から姿を消した。

轟々《ごうごう》と重低音を鳴らす飛行船が高層ビルの峠を抜けて飛んで往《ゆ》くのを見上げながら、

「……関わるな、かぁ。――あはっ。やっぱイイね、ポッポ君は」

これから訪れるであろう波乱の予感に、櫃辻は一人ぶるりと歓喜に震えるのだった。

「──さぁ、どうぞ入って。ここならばもう安全ですわ」

亜麻色髪の少女は、ゴシック風の衣装を飾るレースを軽やかに翻しながら、開け放った扉の奥へと波止場《はとば》を誘った。

そこは慎《つつ》ましくも圧巻な新緑に彩られた──ガーデンだった。

木々や花々の彩りと小路《こみち》を流れる川のせせらぎ。人工の園でさも自然かのように振る舞うのは、ホログラムで象《かたど》られた小鳥や蝶《ちょう》、魚たちだ。ふと周囲を見渡すと、ここが鳥かごめいたドーム状の壁に覆われていることに気付く。遮光窓の外には青空が広がっていて、そこから零《こぼ》れ落ちてくる陽《ひ》の光は肌に触れてなお心地よい。

天上の鳥かご──波止場にはここがそのような場所に思えた。

「その顔、気に入ってくれたようでなによりですわ。わたくし、ニト以外の誰かを自宅に招いたのは初めてですの。だからちょっと、緊張しちゃいますわね」

「……自宅、ね……」

どこからツッコんでいいものか。視線を巡らせた先には、明らかに温室の通用口とは趣の異なる観音開きの扉があった。その扉の向こうは彼女の居住スペースとなる母屋に繋《つな》がっているとのことで、つまりここは客人を招くための玄関であり庭なのだろう。

しかし、波止場が反応に困ったのには他に理由がある。

「……俺、カフェの店内に入ったはずだよな。それがまた……どういうカラクリだ？」

世界が静止し、動ける者だけが居残ったあのあと。

波止場の袖を引いて少女が逃げ込んだのは、なんとカフェの厨房《ちゆうぼう》だったのだ。

客もスタッフも瞬《まばた》き一つしない置物と化した店内に、スタスタと我が物顔で入っていった亜麻色髪の少女に肝を冷やしつつも、淑女然とした足取りで進むその後ろ姿を呼び止めるのも憚《はばか》られる。そんな折、少女が厨房の奥――『スタッフオンリー』と書かれた扉の前で立ち止まり、「ここですわ」と声高々に言い放ったときには、波止場も頭を捻《ひね》った。

だが、はたして彼女が開け放った扉の向こうは、敷地面積を遥《はる》かに無視した荘厳なるガーデンだ。しかも彼女はここに住んでいるという。もうわけが解《わか》らない。

「ここはパンドラの内部に創り上げた――『拡張空間』ですわ。コスモスネットワークを巨大な大樹とするならば、この拡張空間はその枝葉に実った果実。サーバー内に外界とは異なる独立した空間を拡張する技術、これはその応用ですの。

これほどの規模の拡張空間を個人で保有してる人間なんて、そうはいませんのよ？」

多分、世界でも五人くらい――と、少女は五指を広げて気さくに笑う。

少女の出で立《い》《た》ちや佇《たたず》まいには、年相応のフランクさがありつつもなお気品があり、彼女が誇らしげにフフンと口の端を吊《つ》り上《あ》げてみせても一切の嫌味《いやみ》を感じない。

少なくとも悪い子ではなさそうだ。波止場は彼女の印象をそう結論付けた。

「兎《と》にも角《かく》にも、ここなら新世界運営委員会にも探知されずに済みますわ」

件《くだん》の怪しげな連中の名が挙がったのを機に、波止場《はとば》は庭の通路を歩きながら訊《たず》ねる。

「あの連中は、一体なんなの？」

「ご存じありませんの？」

「このパンドラを陰ながら運営してる裏方組織……とだけは聞いてる。なんでもあのバカデカい塔を管理してるとか」

「それだけ知っていれば十分ですわ。彼らは非営利の中立組織。管理塔《サーバー》の安定を維持することでパンドラを永劫《えいごう》存続させることに終始する、無害で有益な人たち」

ここパンドラが仮想世界として成り立っているのは、仮想現実を幻視する〝脳〟としての機能と、人と世界とを紐付《ひもづ》ける〝神経回路〟としての機能を管理塔《サーバー》が有しているからに他ならない。一基のサーバーに委ねられた新世界の在り方は、半永久的なエネルギーを自家発電にて賄う手段があったとて不安定な入れ物には違いなく、また、外部からの援助を完全に断つことで独立したが故、内部からのメンテナンスは必要不可欠な条件だった。

熱帯魚を浮かべた水槽のコンディションを絶えず見守り、異常が起こる前に対処することを徳とする世界の監視者——それが、新世界運営委員会の存在意義だった。

「そんな連中が、なんで俺なんかを……違反がどうのって言ってたけど」

「それはきっと、あなたが〝対応者〟だから。だと思いますわ」

「対応者……？」

「あなたも見たでしょう？　この世界が凍りついてしまう瞬間を。あれはこの世界を構築する管理塔《サーバー》に支障が起きたために発生したノイズ。本来であればその影響はネットワークに繋《つな》がれた総《すべ》てのモノに降りかかるはずですの。でも、例外としてそのノイズに〝対応〟できる存在がいる──それを、彼らは対応者と呼んでいますの。

　彼らはこの世界の安定を望む立場でありながら、その異常を正確に認知する術《すべ》がない。だからこそ、世界の危機と向き合うことができる対応者を欲していますのよ」

「……随分と詳しいね」

「わたくしのお父様はパンドラ開発に携わった一人ですもの。それにこの件に関しては、わたくしも無関係とは言えませんし」

「……君も、この世界が終わることを知ってるわけだ。俺と同じで」

　波止場の問いに頷《うなず》きつつ少女は振り返ると、改めて歓迎の礼を取って立ち止まった。

「挨拶が遅れましたわね。わたくしは、渡鳥《ととり》メイ。六號《ろくごう》きっての名家、渡鳥財閥が長──渡鳥十三《じゅうぞう》の嫡女と言えば通りはいいかしら？」

　渡鳥と名乗ったその少女。膝上丈のスカートの裾に手を添え、恭しく一礼をしてみせるその姿は通りに恥じない〝お嬢様〟としての品格を備えていた。

　渡鳥財閥といえば、六號はおろかこのパンドラ中に名を轟《とどろ》かせる名君だ。

この街で〝フクロウ〟の社章《ロゴマーク》を見ない日はない、と言っていいほどに多岐に渡る事業に手を出している彼らだが、パンドラを創設するに至っては多大なる援助を施した実績と、六號《ろくごう》という未開の開拓地を瞬く間に企業都市へと発展させ、その後も各所に深く根差した絶大なる影響力を思えば、六號における覇者、という地位もさもありなん。

EPによる可能性の拡張を謳《うた》い、真っ先にその基盤を作り上げたのも彼らだ。世間的にはEP開発事業の最大手――『アウルテック社』としての顔の方が有名かもしれない。

そんな大企業のご令嬢ともなれば、庶民にとっては高嶺《たかね》の花《はな》。面と向かうのも恐れ多いと萎縮して然《しか》るべきなのだろうが、今の波止場《はとば》がそんな一般情勢に明るいはずもなく。

「……ごめん。俺そこら辺の知名度とかって全然把握してなくてさ。よく知らないんだ」

「あら、そうでしたの？　初めましての人と初めましてするのって、なんだか新鮮ですわ」

波止場の無知に気を悪くするでもなく、むしろ渡鳥《ととり》は客人の興味を惹《ひ》くようなモノは他にはないか、と思案顔でプロフィールを連ね始めた。

「他には、そうですわね――六花晴嵐《ろっかせいらん》女学院に通う花の一六歳。誕生日は一〇月一〇日の天秤座《てんびんざ》。好きなものはゲームとニトが用意してくれるおやつ。趣味は庭の手入れとボードゲームの一人回しとティータイム。美容の秘訣《ひけつ》は一日二回はたっぷりと睡眠をとってじっくりユメを堪能すること。学業や能力について語っても詮無いことですし、他に殿方が興味のありそうなことと言えば――あっ、わたくしが今日穿《は》いてる下着は黒の――」

「──お、お嬢様ッ⁉」

太ももを浅く覆う程度の丈しかないスカートの裾を、あろうことかさらに捲《まく》り上げようとする渡鳥お嬢様。これには黙然と背後に付き添っていたバニーガールも声を荒らげ、不埒《ふらち》者の視線を断絶するような風切り音が波止場の眼前を擦過した。

「破廉恥な真似《まね》はお控えください、渡鳥お嬢様！　ここには野郎もいるんですよ⁉」

「くふっ、冗談ですわ。彼の反応があまりにも薄かったものだから、つい」

いたずらに波止場の動揺を誘いたかったのだとすれば、その効果はてきめんだ。

目にも留《と》まらぬ音速の抜刀。騎士風のバニーガールが抜き放った銀の切っ先は波止場の鼻先を掠《かす》め、スカートの中に秘めたる黒のなんちゃらといった刺激的なワードが頭から吹き飛ぶほどの戦慄に、波止場は今まさに身震いしている真っ最中なのだから。

前言撤回。この子は決していい子なんかじゃない。特にこの騎士バニーは、ヤバい。

「御免なさい。このニトはわたくしの用心棒みたいなものですの。ほら、挨拶を」

「……私は、渡鳥お嬢様に仕える《NAV.bit》《ナビット》──二刀《にとう》ウサギと申します」

渋々、といった態度を隠すことなく、二刀ウサギはもう一方の鞘《さや》の意匠を撫《な》でて、

「ところで貴様様、右の手をこちらに出していただいてもよろしいか？　先ほどお嬢様に袖を引かれる際、貴様様の人差し指と中指とがお嬢様の繊細な手に触れるのを目にしたものので……都合二本ほど指を頂戴したいのですがええありがとうございます──」

「は、指？　ちょっ……！」

金色の髪と八の字に垂れたウサ耳、そして二刀の煌《きら》めきが同時に揺らめいた。

（……この騎士バニー、抜刀までがノータイムすぎる！）

ガキン、と歯車に異物が噛《か》んだような音が炸裂《さくれつ》したのはそのときだ。

波止場《はとば》の眼前で斬り結ぶように宙にもたげた対の刀剣、そのクロスした部分に下駄《げた》を噛ます格好で、ツキウサギが両者の間に割り込んでいたのだ。

「んはっ、失礼。丁度いい位置に足置きがあったもので」

「……Mu《ミュー》‐2001——貴様、ツキウサギか？」

「おや、私のことを知ってるとは。自己紹介の手間が省けて助かります」

「買い手がつかずリコールばかり繰り返していた不良ウサギが、今更殊勝なことだな」

不良ウサギ。それは波止場にとって初耳だったが、まあ、彼女のやや屈折した性格や普段の言動を思えば概《おおむ》ね想像もつく。今更返品しようとは露ほども考えなかったが。

「いい加減、降りたらどうだ？　私の剣に泥がつく」

「です。そのいきり勃《た》った棒切れを納めてくれればすぐにでも」

しかしどうやらこの二人のバニーガール、相性は最悪な様子。なぜか一触即発の約二名は一旦放っておいて、波止場はこの隙にと渡鳥《ととり》の方に顔を向ける。

「えっと、俺は波止場皐月《さつき》。さっきは助けてくれた、んだよね。一応お礼は言っとく」

「偶々《たまたま》ですわ。でもまさか、同じ景色を見られる相手と巡り合えるとは思ってもみませんでしたわ。そんな殿方、今までにおりませんでしたもの」

「……あの、フリーズ現象のこと？」

ええ、と目を細めて微笑する渡鳥に、不吉めいた予感を覚えたのは気のせいだろうか。

「そういえば櫃辻《ひつつじ》ちゃんを置いてきたままだ。悪いんだけど、そろそろ戻らないと」

「ああ、お連れの方ですわね。心配しなくても、彼らに用があるのはあくまでわたくしたち。無辜《むこ》の民に危害を加えるような真似《まね》はしないはずですわ」

「でも、向こうが心配してるかも。連絡くらいはしとかないと――」

「繋《つな》がりませんわよ」

今まさに通話アプリを開こうとしていた手が、「えっ」という困惑と共に止まる。

ネット回線の接続を示すアイコンに、バツ印がついていたからだ。

「ここは外界から隔絶された拡張空間。わたくしの許可しないモノは出入りできない仕様になってますの。声も、回線も、そして人だって」

嫌な予感に波止場が振り返ると――ない。先ほどカフェの厨房《ちゅうぼう》からこのガーデンへと至ったはずの扉が、忽然《こつぜん》と姿を消していたのだ。これでは一人帰ることもままならない。

「なに、事が済めばすぐに帰して差し上げますわ。どうせこの素敵な巡り合わせも、数刻ののちには分かたれるが運命《さだめ》――」

再び歩き出した彼女の先には開けた空間があり、その整地された場所の中央には円形のガーデンテーブルが置かれていた。お茶会の場としても相応《ふさわ》しい和やかな安息地、そこに一足先に足を踏み入れた渡鳥《ととり》は、悠然と波止場《はとば》を振り返って開演の言葉を口遊《くちずさ》んだ。

「さ、始めましょう」

このときまで波止場はすっかり失念していた。

偶然にも二人の男女がひと所に揃《そろ》った意味。それは決して偶然などではなかったのだ。

「──総《すべ》て雑事は捨て置いて、あなたとわたくしだけのゲームの時間を──」

波止場がまず思い当たったのは、いつの間にか傍《かたわ》らに戻ってきているツキウサギのことだった。思えば、新世界運営委員会が現れるより以前、このバニーガールは〝合った〟と口にしていたのだ。今更なにと〝合った〟のかは、あえて問うまでもない。

「……ツキウサギさん。じゃあ、あの子が──例のマッチング相手?」

「です。波止場様の想像通りです」

やっぱり、と波止場は改めて、テーブルの縁に腰掛けこちらを見据える少女を見返した。

(……じゃあこの子が、俺の記憶の手がかりを……?)

「波止場くん、でしたわね。あなたは何を望んでここにいますの?」

それは奇《く》しくも、波止場が彼女に訊《たず》ねようとしていた疑問とも重なる問いだった。

「……記憶だよ」

「記憶？」とオウム返しに首を傾《かし》げる渡鳥。

「俺には記憶がないんだ。だからその失った記憶の手がかりが掴《つか》めないかと思って」

「まあ、記憶喪失!?　わたくし、記憶喪失ってフィクションでしかあり得ないイベントだとばかり思っていましたわ。それがまさかこんな身近に――！」

何が琴線に触れたのか、手を打ってお喜びなさる渡鳥お嬢様。もはや記憶喪失という属性がぞんざいに扱われすぎて、一人思い悩んでいる自分が馬鹿らしく思えてくる。

「……でも、だとすれば変ですわね。わたくし、あなたとはこれが初対面のはず。あなたの顔にも名前にも、これっぽっちも心当たりがありませんわ」

新緑のガーデンを背景に、滑らかな顎先に人差し指を当て悩ましげな顔で「う～ん」と唸《うな》る渡鳥の姿は、そのまま一枚の絵画にして飾っておきたくなるほどに絵になっていて、そこに演技臭さは微塵《みじん》もない。そもそも心当たりがあるのなら、もっと早くに彼女の方からリアクションがあってもいいはずだ。だとすれば、この出逢《であ》いは何だ？

「相手が望むモノこそがチップになる――ともすれば、自覚がないままに〝それ〟を所有している場合もあります。無意識の記憶か、あるいはそこに至るまでの手段か。櫃辻《ひつつじ》様のときのように、本人の裁量によって叶《かな》えられる場合もあるでしょう」

「……ツキウサギさんは、何が賭けられてるか知ってるんじゃないの？」

「です。無論、見えてます」

相変わらずの人を食ったような返答に、波止場《はとば》は睥睨《へいげい》する。

「とはいえ、マッチングの段階で解《わか》るのはその可否と価値の程度だけ。私もこの目で見て驚きました。あの方が持っているのは――〝総《すべ》て〟です。波止場様の記憶と結びつくだけの手がかり然《しか》り、記憶探しへの旅路を飛躍させ得る手段然り、縁然り。あの方は、波止場様の過去に通じるだけの決定的な〝鍵〟を握っています」

興奮も露《あら》わに語る彼女の表情は、およそ人工のアプリが浮かべるものと思えない熱を帯びていた。思わぬ大物が糸にかかったぞ、と。

「ですので、ええと、言葉にして言い表すのは難しいですが。当人に自覚がなかろうと、要は最終的に希望が達成されればいいんです。そうすれば、おのずと解ります」

「……彼女とのゲームに勝てば、俺の記憶の手がかりも得られる――」

「です。呑《の》み込《こ》みが早くなってきたじゃないですか。私のチュートリアルの賜物《たまもの》ですね」

ツキウサギは満足そうに笑うと共に、波止場の二の腕に軽い袖パンチをくれる。

どうにもまた彼女に上手《うま》く乗せられてる気がしないでもなかったが、どのみち自分には他に選べる選択肢などないのだ。やるしか、ない。

「くふ、その通りですわね。互いの《NAV.bit《ナビット》》がこの出逢《であ》いを導いてくれたんですもの。そのときになれば、おのずと解りますわよね」

波止場は渡鳥《ととり》に招かれるがまま、席に着いた。円形のテーブルを挟んで向かいに渡鳥も腰を下ろす。互いの《NAV.bit》をそれぞれ傍《かたわ》らに侍《はべ》らせて、まずは会合の第一歩。

「波止場様。ゲームを始めるにあたって、何かリクエストはありますか?」

「そうだな……昨日みたいな大がかりなやつじゃなくて、もっと簡単なやつがいい」

小一時間に渡り街中を駆け回るのはもうこりごりだった。それに、あまり櫃辻《ひつつじ》を待たせるのも悪い。今頃彼女は所在の掴《つか》めない波止場を探し回っているかもしれないのだ。

「ニト、こちらはいつも通りで構いませんわ。フェアにいきましょう」

仕えるお嬢様に恭しく頭《こうべ》を垂れる女騎士。その粛然としたやり取りには思わず感嘆の吐息も漏れる。波止場は無意識に居住まいを正しつつも、素朴な疑問を訊《たず》ねてみた。

「……ところで、渡鳥ちゃんの希望って?」

「わたくしの希望は――〝ユメ〟ですわ。それだけがわたくしの唯一の望み」

簡潔にして二文字。微笑《ほほえ》みながらも渡鳥が口にしたその言葉の甘さとは裏腹に、彼女の瞳の奥には冥々と閑《しずか》な情念が燻《くすぶ》っているように、波止場の目には映った。

(……ユメ、ね。またそれか……)

「「――整いました」」

僅かな沈黙の刻《とき》を破ったのは、テーブルを挟んで右と左とで向かい合ったバニーガールたちの声だった。波止場から見て右にツキウサギ、左に二刀《にとう》ウサギが立っている。

《NAV.bit《ナビット》》にはありとあらゆるゲームを再現する機能がある。それは街一つを借り切った壮大なゲームでもいいし、駒一つで遊べるような手軽なボードゲームでもいい。必要に応じてゲーム盤を用意し、ルールを制定し、遊具《コンポーネント》を揃《そろ》える。ディーラーが必要ならば公正公平なる審判として委細を見届ける義務をも果たし、マッチングによる対戦相手の調達だって仕事のうちの一つだ。それこそが唯一パンドラゲームを開催する権限を持った彼女たちの責務であり、また、人間が彼女たちを従える真価と言えるだろう。

二刀《にとう》ウサギはおもむろに刀剣の一つを鞘《さや》から抜くと、その切っ先で軽くテーブルを叩《たた》いた。するとそれは音叉《おんさ》を響かせるように、天板に音と波紋を呼んで——波打ったテーブルの表面から、黄金の意匠が眩《まばゆ》い〝水瓶《みずがめ》〟が浮かび上がった。

「それではこれより、パンドラゲーム——『金貨すくい』のルール説明を行います」

凛《りん》と引き締まる声音で、二刀ウサギはそのゲームの名を口にした。

その対面、ツキウサギは「捻《ひね》りがない」と不服そうに呟《つぶや》きつつも、秤《はかり》のついた〝天秤《てんびん》〟を和装の袖から取り出すと、コトン、とテーブルの上に置いた。

水瓶と天秤とが揃ったのを見て、二刀ウサギは粛々と説明を始める。

「この水瓶には、数にして丁度一〇〇枚の金貨が沈められています。そこでプレイヤーが行うアクションは二つ――

一つ、自分の手番に水瓶から金貨を片手に握り込める分だけ掬《すく》い上げる。

二つ、水瓶から掬い上げた分の金貨を天秤へと運び、自分の側の秤に載せる。

――以上二つのアクションを交互に繰り返し、手番が五回巡るか、天秤の秤が片方の側に傾き切った時点で、より多くの得点を獲得していたプレイヤーの勝利となります」

まるで元からそうであったかのようにテーブルに縁より下を埋めたその水瓶は、綺麗《きれい》に澄んだまろやかな水で満たされていて、テーブル一体型のバードバス、と言われれば納得できてしまいそうなほどに馴染《なじ》んでいる。そう深くはない水瓶の底を覗《のぞ》いてみれば、水中にあってなお眩い輝きを照り返す一〇〇枚の金貨がそこには沈められていた。

――〝金貨を掬って、その総量を秤に載せて競う〟

なるほどそれなら簡単だし、走り回ったりする必要もない。そう得心する一方で、はたしてそれがゲームとして成立するのだろうか？　という疑問も浮かぶ。そして主《あるじ》がそんな野暮《やぼ》な疑問を挟む前に、ですが――と、ツキウサギは説明を勝手に引き継いだ。

「――ですが、この金貨は一見等価値に見えて、その実〝正の質量〟を持った金貨と〝負の質量〟を持った金貨の二種類が存在します。見ててくださいね――」

ツキウサギは濡《ぬ》れないよう和装の袖を捲《まく》ってから、金貨を二枚、水瓶の底から掬い取った。そしてその内の一方の金貨を、天秤の秤に一枚落とす。するとどうだろう。

「あら、不思議」

天秤《てんびん》とは重さを量る計測器だ。金貨を右の秤《はかり》に載せれば当然、それは金貨の重みに従って右に沈み、もう一方の空の秤は宙に吊《つ》り上《あ》げられる。それが道理だ。

だが、いま波止場《はとば》たちの目の前ではそれとは全く逆のことが起きていたのだ。

金貨を載せた方の秤が宙に吊り上がり、何も載せていない秤が沈んでいる。

「――これが〝負の質量〟です」

二人の反応に気を良くしたツキウサギは、すでに金貨が載った秤の方にもう一枚追加で金貨を落としてみせる。二枚の金貨を載せた秤は、今度は上がるのではなく、ギギ、と下に沈んだ。片方にだけ金貨を載せた天秤は、そこでようやく釣り合いがとれたのだ。

いま追加した一枚こそが、〝正の質量〟を持つ金貨だった。

「一度に獲得できる金貨の枚数に上限はありませんが、その中に紛《まが》い物が紛《まぎ》れているかどうかは秤に載せてみるまで解《わか》りません。そしてそのプラスもマイナスも、その時点でプレイヤーの得点として加算されます」

「……本物と紛い物の割合は？」

「フィフティ・フィフティ――総《すべ》ては均等だ」

波止場の質問に答えたのは二刀《にとう》ウサギだった。台詞《せりふ》を取られた、とツキウサギはむすっとした面持ちで、デモンストレーションに使った二枚の金貨を水瓶《みずがめ》に放り投げる。

無造作に見えるその仕草の最中にもツキウサギは、袖下に金貨を隠した上で、真贋《しんがん》を悟られないようシャッフルしている。流石《さすが》は公正公平を謳《うた》うだけのことはあって、主《あるじ》が目で追う隙すら与えない徹底ぶり。こういうところは至極真面目なのだ、彼女は。

金貨はゆらゆらと水瓶の底に沈んでいき、やがて真贋混在する金貨の山に加わった。

「他に質問がなければ、このままゲーム開始の宣言《コール》へと移りますが」

しばらく水瓶を覗《のぞ》き込《こ》んでいた波止場を見咎《みとが》めるように二刀ウサギがそう言うと、ありませんわ、と渡鳥《ととり》がかぶりを振り、波止場もそれに倣って先を促した。

「――くふ。過去を失《な》くしてなおわたくしの前に現れたその大望。波止場くんが一体なにを見せてくれるのか、今から楽しみですわね」

それは当然、波止場のゲームセンスだとか、駆け引きの間に挿し挟まるドラマだとか、そういうものを期待しての言葉だと思っていた。

「……渡鳥ちゃんの希望に叶《かな》うかは解らないけど。まぁ、お手柔らかに頼むよ」

両プレイヤーによる「Ready」の宣誓。そして《NAV.bit《ナビット》》による開催の合図。それらは事務的に進んでいき、波止場の先攻で『金貨すくい』はまもなく開幕する。

『金貨すくい』はその名の通り、金貨を掬《すく》ってその総量を競う――それだけのゲームだ。

問題は、軽い、などという言葉ではおよそ説明のつかない〝負の質量〟を持った金貨が、水瓶《みずがめ》の底で燦然《さんぜん》と輝く金貨の山に紛《まぎ》れ込んでいる、ということだ。

金貨の総数は全部で一〇〇枚。正と負の金貨は、それぞれきっかり五〇枚ずつ。

金貨の意匠には表裏の違いこそあれど、その見た目から真贋《しんがん》の区別をつけるのは間違いなく不可能だった。なら直接触れたらどうか、と水面に手を差し入れたところで――

(……これは、参ったな……)

波止場《はとば》は水瓶に手を浸したまま、苦笑いに頰を引《ひ》き攣《つ》らせた。

水中で触れた金貨に手触りの違いはなく、また〝正の質量〟も〝負の質量〟も、指先に伝わる感覚上の重みは全くの同じだった。仮にミクロの差があったとして、それは人間の感覚器で量れるものではないし、その差を量る〝チート〟の持ち合わせもない。

ここでようやく波止場はこのゲームの本質を理解する。

知略も技術も介入する余地の見込めない、運否天賦《うんぷてんぷ》に身を委ねる他ない神頼みのゲーム。

要するに、運ゲーだ。

この水瓶の中には、自分の側に秤《はかり》を傾かせようと載せた金貨が、相手の勝利を掩護《えんご》するオウンゴールになってしまった、なんて可能性が半々の確率で潜んでいる。なら――

（……まずは様子見でいい。運に頼らない一手目、それが唯一のアドバンテージになる）

波止場は予《あらかじ》め狙いをつけていた二枚の金貨だけを、水瓶から引き揚げた。

「その二枚を選んだのには、何か理由がありますの？」

「……俺は正直、運には自信がなくてね。だから俺はこの二枚で〝パス〟をする」

波止場が意図的に選んだ二枚というのが、ツキウサギがデモンストレーションで使用した金貨だった。その二枚は彼女の手の中でシャッフルされてしまったが、一枚一枚の真贋はともかくとして、その二枚の総量がプラマイゼロになることは見て知っているのだ。なら、その二枚を一セットとして取り上げてしまえばいい。このゲーム唯一のパスの手段だ。

波止場の見立て通り、二枚の金貨を量りに載せても、天秤《てんびん》は水平を保っていた。

「まずは、〇点、ってとこかな」

天秤の上部には両者の得点を示す目盛りが付いている。波止場と渡鳥《ととり》、それぞれの側に一〇目盛りずつ。目盛りを指す針はまだゼロ地点を指しているが、その針がどちらか片方に一〇目盛り分傾いた時点で、勝敗が決するというわけだ。

そして運ゲーに対する波止場の回答は、失点を最小に抑えつつ相手の自滅を待つ、というなんとも消極的な戦術だった。

一〇点先取を待たずとも、手番が五巡すればそこでゲームは終了する。なら下手にリスクを冒すよりも、相手が勝手に失点してくれるのを期待する方がマシだ、と波止場《はとば》は考えていた。

一巡目を無得点で終えた波止場に対し、渡鳥《ととり》はあと五回も失点の危険がある。無論、彼女が得点を重ねた場合はこちらが焦ることにはなるが、真贋《しんがん》の見極めが不可能となった今、運否天賦《うんぷてんぷ》に賭けるリスクは彼女の方が高い。

本当であれば予《あらかじ》め真贋見極めた二枚の金貨の手触りから、今後の鑑定の見極め材料としようとも思っていたのだが、そっちの目論見《もくろみ》は外れてしまった。

まずは渡鳥が次に掴《つか》むであろう金貨が、正か負か、そこが注目どころだ。

「プラマイゼロ。なかなか面白いことをしますのね。じゃあ、わたくしも――」

「……は？」

しかし、渡鳥が取った行動は波止場の想像とはあまりにかけ離れた行為で。

「とりあえず、これくらい――っと」

ジャラジャラ、と――渡鳥は水瓶《みずがめ》から掬《すく》い上げた金貨を自分の秤《はかり》に零《こぼ》していった。その数なんと一〇枚だ。一見すると豪胆な博打《ばくち》にも思えるが、確率の上では真贋の割合はまだ半々。多く取ったからといってプラスマイナスの和がどちらかに傾きすぎることはない。

だがそれは、あくまで確率が均等に働いた場合は、の話であって……

波止場を驚かせたのは、一〇の金貨を載せてなお天秤《てんびん》が水平を保っていい、い、いるという幸運だ。

「んはは。正と負の金貨が丁度五枚ずつ……なんて運のいい」

……はたして〝運〟なのだろうか？

少なくとも、渡鳥は無作為に金貨を手のひらに掬い取ったように見えた。それでいて、半々の確率の山からさらにフィフティ・フィフティの成果を掴み取った。その確率は決して半々なんかじゃない。それがイカサマでないのなら、運がよかった、以外の言葉で言い表せないのも事実だが、もしもそれが意図して引き起こされたのだとしたら……

「ほら、次はあなたの番ですわよ」

渡鳥は自分が引き当てた幸運には一切の関心を寄せることなく、どこか慈愛に満ちた笑みを湛《たた》えて、濡《ぬ》れた手をハンカチで拭いている。

先攻後攻を決めるとき、渡鳥は「どちらでもいい」と言って波止場に決定権を委ねていた。それなら、と波止場は先の見極めのためにも喜んで先攻を選んだわけだが、そのときの彼女も今と同じような余裕の表情を浮かべていたのを思い出す。

まず思い浮かんだのが、ＥＰと呼ばれるチートの存在だ。もしもそれが使われているのだとすれば、早急にそれの正体を知る必要があった。でなければ対処のしようもない。

（……まだ二巡目だし、焦る必要はない。どのみち俺がやるべきことは一つだ……）

そう思い、波止場は水瓶から金貨を一枚だけ取って秤に載せた。

「ふん、そちらは運がないようだ」

天秤は渡鳥の側に一目盛り分、傾いていた。——〝負の質量〟を掴まされたのだ。

それでもまだ一日盛り。大した失点でもない。そう静観するつもりでいた波止場《はとば》だったが、次に渡鳥《ととり》がさらに一〇枚の金貨を秤《はかり》に載せるのを見ると、流石《さすが》に色を失った。

「……嘘《うそ》でしょ。またプラマイゼロ……」

「違いますわ。波止場君だけ、一点マイナス」

こうもミラクルを連発されては、もうイカサマを疑うより他ない。

彼女がこれまでに手にした金貨は二〇枚。そして秤に載せた正負の割合もまた半々。

そんな偶然があるだろうか。あるとすれば、それは——

——〝そういう人がね、この六號《ろくごう》にはいるんだよ〟

ふと頭をよぎったのは、ついさっき櫃辻《ひつつじ》から聞いたばかりの噂話《うわさ》だった。櫃辻がまるで都市伝説かのように語っていた——〝神がかり的に運がイイ人〟の噂だ。

……まさか、彼女がそうなのか？

波止場は手に取った金貨を秤に載せた。今度は五枚。波止場は確かめたくなったのだ。

この水瓶《みずがめ》の中で確率を引っ掻《か》き回している、魔物の正体を。

実際のところ、波止場の予感は正しかった。相対している少女に対する疑惑も、常識の埒外《らちがい》にある何者かがゲームに介入しているという直感も。ただ、彼に思い違いがあったとすればそれは、この場に存在している〝魔物〟は一体ではなかった、という話だった。

「……最悪だ」

それは無意識のうちに吐き出された悪態だった。波止場が載せた五枚の金貨は、そのどれもが〝負の質量〟を以《もっ》て、渡鳥の側に目盛りを五つ傾けていたのだ。

「これで合わせて六点分。わたくしに勝利を恵んで下さるなんて、随分と紳士的ですのね」

「……意地悪だな、君は。これもEPってやつの仕業か？」

「う～ん、そうとも言えますし、そうじゃないとも言えますわ。これは拡張されたものであると同時に、わたくしのニューロンに深く刻まれた不変のコード。

あえて言うなら、そう――〝幸運〟ですわ」

正直、波止場には勝ち筋こそ見えてはいなかったが、早々に勝ちを諦めるつもりもなかった。目盛りは波止場の自滅によって渡鳥の勝利に六目盛り分傾いてはいたものの、まだ挽回《ばんかい》は可能な範囲だと思えたからだ。

まだ終わってない――否、もう結果は見えているのだと、渡鳥は嘆息する。

「別に意地悪するつもりはありませんのよ？　でも、必然とこうなってしまう」

水瓶に手を差し入れて、物憂げな顔で指先を水面下に遊ばせる渡鳥。

おもむろに水面から引き揚げた彼女の手には、きっかり金貨が四枚ある。

渡鳥が勝利するために必要な〝正の質量〟は金貨四枚分。その一致に、まさか、と目を見開いた波止場の視線を誘うように、ゆったりと手を運んだ渡鳥は、そのまま言葉を紡ぐ傍《かたわ》らに金貨を一枚、また一枚と秤に落としていった。

「だからね。知略を巡らせた攻防も、接戦を興じる駆け引きも、運否天賦《うんぷてんぷ》に賭ける一《いち》か八《ばち》かの逆転劇も——そんなドラマを期待していたのだとしたら、御免なさい」

渡鳥《とり》は天秤《てんびん》の傾きなどには目もくれず、金貨を落とし切って空いた手をくるりと翻す。対して波止場《はとば》は、そのあまりにも呆気《あっけ》なさすぎる結末から目が離せないでいた。

「……ミラクルだ」

金貨は波止場の秤《はかり》に八枚、渡鳥の秤に二四枚。

正と負を合わせてなお絶妙なバランスを保っていた天秤が、必要最低限の重りを追加しただけで、なぜ渡鳥の側に傾き切っているなどと信じられただろうか。

目盛りの針はいま確かに一〇目盛り分——渡鳥の勝利を指し示していた。

「わたくし、運がいいんですの。それも神がかり的なほどに」

誇るでもなく、昂揚《こうよう》するでもなく、ただありのままの事実として告げる渡鳥。

それが意味するところは即《すなわ》ち、波止場の敗北であった。

「波止場くんはさっき、わたくしが何を求めるのかと聞きましたわよね。でもそれは、実はわたくしにもよく解《わか》ってないんですの」

未《いま》だゲームの余韻が抜けきらない波止場とは違って、渡鳥の心はすでに終わったことから離れていて、遠くの景色を望むような眼差《まなざ》しで滔々《とうとう》と語り始める。

「昔から望めばなんでも手に入ったし、望まなくともわたくしの周りには最善最良の結果だけが集まってくる。お父様はわたくしが〝世界に愛されているから〟だと仰《おつしや》っていたけれど、その期待から外れたことは一度だってない。

……でも、満たされ続けているからってそれが幸福とは限らないものよね。ニトと出逢《であ》ってしばらくして、ふと気付いたんですの。

彼女に願ってまで叶《かな》えたい〝希望〟が、わたくしには一つもないことに」

渡鳥はテーブルに両肘をついて、正面に組んだ手の甲に顎を乗せる格好で波止場をじっと見つめている。愛らしくも慈しみに富んだ幼女神の相貌は、敗者の傷を優しく慰撫《いぶ》するようでいて、瀕死《ひんし》の獲物を前に舌なめずりする狡猾《こうかつ》な野性をも覗《のぞ》かせていた。

「誰もが恋焦がれてやまない〝ユメ〟というモノを、わたくしは一度も思い描いたことがない。それって、とっても不幸なことだと思いませんこと？」

「それは……」

波止場は返答に窮した。なぜなら彼もまた、自分が空虚な存在であると理解していたからだ。夢や理想を追い求める情熱は、過去と共に忘却の彼方《かなた》に置き去りにされている。

それでもなお、少女は理想《ユメ》なき少年に請う。

「だから、あなたのユメをわたくしに頂戴？」

「……俺の――ユメ？」

「そう。あなたのユメでわたくしの渇きを満たして欲しいの」

それが渡鳥《ととり》の答えだった。ゲームの前に波止場《はとば》が問いかけた疑問への、答え。

そして敗者との語らいを終えた今、彼女の目に映っているのはその身に眠るチップだけ。

パンドラゲームの勝者にのみ与えられる希望という名のトロフィーは、敗者からの徴収でのみ叶《かな》えられるのだ。総《すべ》てはそのための過程であり、退屈な手続きにすぎない。

「だからニト──わたくしの希望を、彼の許《もと》から切り離して頂戴」

「イエス、マイレディ。パンドラゲームの盟約に従い──波止場皐月《さつき》様より〝ユメ〟を徴収致します──」

主《あるじ》の下知《げち》によって鞘《さや》から抜き放たれた二刀の刀剣は、音速の煌《きら》めきと共に速やかに波止場の胴体を引き裂いて、その内から〝黄金の匣《はこ》〟を暴き出した。

自覚なきまま胸に秘めたるユメの形を波止場が知ることなく、ノータイムで訪れた唐突な強奪を前には、待ってくれ、と言う暇すらなかった。

●

地位も名誉も財産も、この世界では容易にゲームのためのチップと換わる。

誰もが大望欲望を胸に秘め、《NAV.bit《ナビット》》が魅せる希望成就への近道に夢を見る。

欲深き大衆からすれば、少女が生まれ落ちた財閥という巣はありとあらゆる希望を詰め込んだ宝物庫のようなものだった。なんでも持っているが故に、その財宝をつけ狙う盗人《ぬすっと》の数は計り知れない。そして、財閥の長たる渡鳥の父親もこれに打って出るべしと自らも野望を抱いて戦地に赴き、その都度に財閥の力はなおも増大していった。

ときに権力や財力を持つ人々は、ゲームのプレイヤーを腕に信頼のおける代行者に任せることがある。自分で一からスキルを磨くよりは、その腕を磨くことで名を轟《とどろ》かせんとする専門業者《プロ》に頼んだ方がよっぽど堅実だ。

渡鳥メイが父の代行としてその戦場に立ったのは、齢《よわい》にしてまだ八歳のときだった。

その頃から彼女が身に宿した〝幸運〟の片鱗《へんりん》は、人々を驚嘆させるに値する戦果を挙げていた。身の丈など背伸びしてもなお余りある大人たちを、渡鳥はただの幸運だけで討ち果たしていったのだ。知能でも技術でも狡猾《こうかつ》さにおいても、当時から徐々にゲームに取り入れられ始めていた〝チート〟の扱いにおいても、少女は明らかに劣っていたが、それでも少女はなに一つ苦労することなくゲームに勝ち続けた。

賽《さい》の目《め》は必ず最高の結果を叩《たた》き出し、何気ない偶然は少女を勝利へと押し上げ、弄した策は総て少女を捕らえることなくすり抜けていく。

自ら意図することなく、切り札は常に少女と共にあった。

それでも彼女の異才を信じ切れない者たちが愚かしくもその伝説に挑み、自らの敗北を以《もっ》て新たな伝説を語り紡ぐ。

〝神がかり的ラッキーガール〟——そんな愛らしくも俗物的な名で少女の奇跡を飾ることでしか、敗者の無聊《ぶりょう》を慰めることはできなかったのかもしれない。

しかし、誰も少女が真に秘めたる想《おも》いにはついぞ気付かなかった。総《すべ》てを手にしてきたその幸運なる少女は、一度だって自分の〝ユメ〟を語ったことはなかったのだから。


平常の静けさを取り戻したガーデンには、すでに来客の姿はなく、水路を流れる川のせせらぎと小鳥たちが囁《ささや》き交わす囀《さえず》りが、いつにも増して大きく聞こえる。

「……ふぅ——」

ティーカップを傾け、従者に注がせた紅茶に唇を湿らせる。対戦者の去ったガーデンテーブルにて、渡鳥《ととり》は憂いを帯びた面持ちで吐息にも等しい溜息《ためいき》をついていた。

「ねぇ、ニト。《NAV.bit《ナビット》》の目には、わたくしの欲するモノの在り方が解《わか》る。そうでしたわよね？」

「はい、仰《おっしゃ》る通りです。定形にしろ不定形にしろ、それが主《あるじ》の希望を叶《かな》えるに足る要素であれば、私どもにはそのチップの所在と価値が解ります」

二刀《にとう》ウサギはティータイムに彩りを添えるデザートを主の前に差し出しながら、慇懃《いんぎん》な態度でそう答える。騎士然とした風体の彼女だが、普段は渡鳥の身の回りの世話をするメイドとしての役割をもこなしていた。

彼女が淹《い》れてくれる紅茶とお手製のおやつは、渡鳥がなにより至福とするところだ。

焼き色のついたカップケーキの香りに、渡鳥はさっそく頬を綻ばせつつ、

「じゃあ、彼は確かにわたくしの望むモノを持っていた……そういうことですわよね？」

「はい。あの男の〝ユメ〟は確かに、この私が徴収致しました」

「それが、これよね？」

と、右手のナイフでテーブルの真ん中に置かれた黄金の匣《はこ》を指し示した。

《NAV.bit》が契約者の希望を叶えようとするとき、それは敗者からの徴収によって行われるわけだが、その際チップとして賭けられた希望は等しく黄金の匣に梱包《こんぽう》され、所有者の体外に具現する。それは形あるモノや形のないモノを等しく譲渡可能な一データとして圧縮するための措置であり、ゲーム的な演出の意味合いも込められている。

だからこうして目の前に具現化した以上は、その匣には渡鳥がゲームで勝ち獲《と》った希望が納められているはずなのだ。即《すなわ》ち、渡鳥が望んだ〝ユメ〟が。

しかし、テーブルの上で蓋を開いた箱の中身はどう見ても――

「――空、ですわよね」

「……空、ですね」

空だった。

渡鳥《ととり》はこれまでに経験してきた数多《あまた》のパンドラゲームにおいて、対戦相手が胸に懐《いだ》いてきた〝ユメ〟という夢想の芽を幾度となく摘《つ》み取ってきた。ただの空想にすぎないそれも、はたして二刀《にとう》ウサギの手によってデータ化され、EPという形で匣《はこ》の中に具現化した。

そのEPには、他者のユメを夢として見る《#夢見》の機能が備わっていた。

渡鳥はついぞ見ることの叶《かな》わなかったユメという情景を、EPによって再現された夢を見ることで、その体験を一種の観劇のような形で愉《たの》しんでいたのだ。人の数だけ在る未来予想図が描き出した理想郷は、そのどれもが甘美なデザートにも等しかった。

その収集癖こそが、渡鳥がパンドラゲームに懸ける唯一の理由だった。

だからこそ、匣の中身が空っぽだと知ったとき渡鳥は酷《ひど》く落胆したし、それ以上に狐《きつね》に抓《つま》まれたようなサプライズに、困惑した。これは何の冗談かしら、と。

「……理由はどうあれ。これじゃあ、今夜は楽しいユメも見られなさそうですわね」

「申し訳ございません、お嬢様！　渡鳥お嬢様の夢見を冒涜《ぼうとく》した罪。不祥この二刀ウサギ、とうに死んで詫《わ》びる覚悟はできていますええさようなら――――！」

「馬鹿、そんなの駄目よ」

速やかに膝をついて自決のために剣を抜いた二刀ウサギだったが、丁度その刃の反りがテーブルの脚にヒットし、揺らいだ天板からティーポットの中身が彼女の手の甲に降りかかる。

「──あっつ！」

と、慌てて飛《と》び退《の》いたバニーガールの手からは自決用の得物が離れ、床に落ちている。

そんな一連の流れにも渡鳥は顔色一つ変えることなく、カップケーキの皿とティーカップをそれぞれ両手に退避させ、優雅に椅子の上でくつろいでいる。

総《すべ》ては幸運、されど必然。

「きっとこの出逢《であ》いにも意味はありますわ。だとすれば次にあなたがすべきことは──今夜のメインディッシュをわたくしの許《もと》に届けること」

「お嬢様……それは、つまり」

「ええ、狩りに赴きますわよ。一つ、どうしても食べてみたいユメを見つけましたの」

片膝をついたまま二刀ウサギが窺《うかが》い見た主《あるじ》の横顔は、遥《はる》か高天から肥えた獲物を見つけ唾《つ》を引く、猛禽類《もうきんるい》のような笑みを湛《たた》えていた。

●

「──って、なぁにあっさり負けてんですか、波止場《はとば》様ッ！」

アパートメントの七階にある櫃辻《ひつつじ》宅に、和装系バニーガールの叱咤《しった》が響き渡った。

「せっかく相対した極上の獲物を前にしておきながら、大した見せ場もなくモブみたいなしょぉぉーもない負け方して！　モブみたいにっ！　ええ、モブみたいに！」

「むぐ、ッ……！」

日も暮れどき、おめおめ戦場から敗走し帰った後、早速リビングのソファでくつろぎ始めた主《あるじ》の背に飛びつき、完璧な形でヘッドロックを極《き》めるツキウサギ。和装の襟元から零《こぼ》れ落ちんばかりの双丘に圧《お》し包まれる役得を意識する間もなく、波止場《はとば》の意識は理不尽な圧迫に断絶しかかっていた。

「そうだよ、酷《ひど》いよポッポ君！」

そんなじゃれ合いやら折檻《せっかん》やらに便乗する少女がもう一人。櫃辻《ひつつじ》は、顔を真っ赤にしてギブアップを訴える波止場の隣に腰を下ろすと、ずずいっと彼に詰め寄った。

「勝手にいなくなっちゃったかと思えば、あのお嬢様と隠れてゲームやってただなんて！　これは立派な浮気行為だよっ！　そーゆう面白そうなことにはまず、櫃辻も誘ってくれないと！　──イイなぁー、櫃辻も渡鳥《ととり》のお嬢様とゲームしたかったなぁ」

はたしてそれは一体どっちに対する嫉妬なのか……

ゲームのあと、渡鳥はあっさり波止場をガーデンから帰してくれた。元よりゲームをするためだけに出逢《であ》った二人だ。用事が済めば、あとは解散するだけの関係だった。

戻った先のカフェでは、いきなりバックヤードから厨房《ちゅうぼう》に現れた不法侵入者とスタッフとの間でひと騒動があったものの、そのあと櫃辻とは難なく合流できた。彼女はしばらく波止場を探し回っていたとのことで、そのことについては大変申し訳なく思ったが、ひとたびその理由が渡鳥とのゲームだったと知れると、彼女はむしろ「どうして自分も連れて行ってくれなかったのか！」と新たな不満にプンスコ怒り始めたのだ。

……あのガーデンでの一幕は、実は白昼夢が見せる幻だったのではないか……

波止場は二人の少女からの非難を聞き流しながら、そんな風に考えていた。

渡鳥という少女が絶大なる知名度を誇る人物であることは、櫃辻から改めて聞いて知っていた。彼女を本物のお嬢様たらしめる父の威光。六號《ろくごう》の企業連を傘下に統べる渡鳥財閥が影響力。そんな家名を背負ってなお霞《かす》まぬ彼女自身が打ち立てた伝説の数々を。

（……神がかり的ラッキーガール――渡鳥メイ、か……）

本来であれば、小市民との接点など持たぬ財閥のご令嬢。

しかし二刀流のバニーガールを傍《かたわ》らに従え、パンドラゲームという戦地を渡り歩く幸運の女神様の逸話は、ゲームの都・パンドラではあまりにも有名な話だった。

ともすれば、そんな無敗の女王に素人同然の波止場が負けたのはもはや必定。悔しいなどという思いは微塵《みじん》もなく、事故に遭ったと思えば簡単に割り切ることができた。

だが、主がそうも簡単に折れてしまったことが、ツキウサギには堪《たま》らなく不満だった。

「まったく……解《わか》ってるんですか？　波止場様はみすみす記憶の手がかりを逃してしまっ

たんですよ？　私の見立てによれば、渡鳥《ととり》様に勝利することさえできたなら、波止場《はとば》様の〝記憶探し〟は大いに前進したはずなんです。それを、縋《すが》るでもなくあっさり帰ってきてしまうなんて……」

「……そんなこと言われても、負けちゃったものは仕方ないでしょ。勝たなきゃ俺の希望は叶《かな》わない。そういうゲームなんだって、ツキウサギさんが言ったんだ」

ヘッドロックは浅くかけたままで、波止場の背におぶさるような格好になったツキウサギは、未練がましく恨み言を主《あるじ》の耳元に吹きかける。そこで波止場はようやく彼女との密着度合いを意識するに至ったが、肝心の言葉の内容にはなんら響くところがない。元より覇気の薄い少年だったが、今の波止場にはその欠片《かけら》すら失《う》せていた。

「でもさ、一応記憶の手がかりは見つかったわけでしょ？　その持ち主が例のラッキーガールだったってのは超驚きだけど……少なくとも、マッチングはできるって解《わか》っただけでも一歩も二歩も前進だよ。この調子でバシドシゲームしていけば、きっとポッポ君が忘れちゃった過去にもいつか辿《たど》り着《つ》けるはず！」

もやもやとした霧をすぱっと切り払うかのような気持ちのいい櫃辻《ひつつじ》の激励に、ツキウサギも首肯する。やはり初戦の相手が彼女でよかった。そう思う一方で、次戦の相手にあの人間様を引き合わせたのはまずかったかな、と彼女は後悔してもいた。なぜなら……

「……あー、櫃辻ちゃん。それなんだけどさ……俺、やめるよ」

「え？　やめる、って？」

何の未練も執着も感じさせない彼の一言に、櫃辻はきょとんとする。

「記憶探しだよ」

「……別に手がかりを追ったところで俺の記憶が戻るとも限らないし、仮に昔の俺を知ってる誰かに会えたところで、俺はその人のことを憶《おぼ》えてない。過去を突《つつ》いても出てきたのはなぜか俺を狙ってるヤバげな連中と規格外のお嬢様だ。自分のことだけど、これ以上深入りしても碌《ろく》なことにならない気がするんだ。だったらいっそもう全部すぱっと忘れて、過去なんか気にしない方が楽なんじゃないかって、さ」

そう思うわけだよ、と――波止場は決定的に何かが欠けた眼《め》で、そう言った。

そんな波止場の異変を櫃辻も感じ取ったのだろう。

「ゲットちゃん、ゲットちゃん――ポッポ君、どうしちゃったわけ？　なんかいつにも増してダメそうなオーラ出てない？」

「んはは、櫃辻様もついに気付いちゃいましたか。波止場様のダメさ加減に」

「……俺をディスるのはいいけど、せめて俺の頭挟んで言うのはやめてくれない？」

彼のネガティブ思考は今に始まったことではなかったが、やはり何かが違うのだ。

エロキュートなバニーガールに後ろから抱き着かれ、隣には今をときめくアイドルを侍《はべ》らせておきながら、波止場は童貞臭いリアクションの一つ見せやしない。居心地悪そうに身を竦《すく》め、年寄りめいた厭世《えんせい》に沈んだ表情で「はぁぁ……」と溜息《ためいき》をつくばかり。

彼の思春期回路を大きく鈍らせてしまった一つの要因、それは――

「――大方〝ユメ〟でも盗《と》られたんでしょ」

不意にリビングにやって来た声に、三人ともが振り向いた。

「あ、ノモリン！」

その人物こそは、つい昨晩波止場《はとば》に全裸を覗《のぞ》き見《み》られた灰空色髪の少女――井ノ森《いのもり》ナギだった。

自室から出てきた井ノ森は、スウェットにハーフパンツといったラフな格好で、すらりと伸びた脚は黒のタイツに覆われている。元々あまり肌を出したがるタイプでもないのだが、今日に限っては異性に対する警戒の意図もあるのだろう。眼鏡越しにすっと覗いた眼差《まなざ》しは、ソファに居座る居候と目が合うや否や、ペッ、と唾棄するように細くなる。

「あのお嬢サマは、他人のユメとか理想とかを覗き見るためだけにゲームやってる生粋の変態。そんなお嬢サマにそこの浮浪者が貢げるモノなんて、それくらいしかない」

渡鳥《ととり》の収集癖――即《すなわ》ち『ユメ狩り』の噂《うわさ》はその界隈《かいわい》では有名な話で、それは若くして総《すべ》てを持ち得たお嬢様の道楽か何かだろう、というのが大方の見解だった。

それ故に腑《ふ》に落ちた様子で、櫃辻《ひつつじ》は腕を組んでふんふんと頷《うなず》いた。

「そーいえば、お嬢様とゲームで戦ってユメを盗られた人は無気力になって超ダメダメになる——って、そんな噂もあったっけ。じゃあ、今のポッポ君もそのせいで？」

「です。まさか私も、ここまで腑抜けてしまうとは思ってもみませんでしたがねー」

「どうせ俺はモブでダメダメだよ……」

波止場自身、自分がゲームで〝何〟を盗られたのかは聞いて理解していた。だがたとえ〝それ〟を奪われたところで、波止場の心には喪失感などは皆無だった。

だからこそ波止場は盗られたモノに頓着しなかったわけだが、実はその無感動こそが、渡鳥によって負わされた敗北の後遺症だったようで……つまりどうあっても波止場はこの伽藍堂《がらんどう》の心を占める虚無感を自覚することはないし、心を痛めることもなかった。

「——ま、そんなことはどうだっていいのよ」

と、井ノ森は一蹴する。彼女は何もそんな状態の波止場を厭《いと》うために、昨晩から籠りきりだった部屋を出たわけではないのだ。彼女の関心はもっと別のところにあった。

「あんた、新世界運営委員会に追われてるんだって？」

井ノ森はソファに座るでもなく、波止場を横から見下ろす格好でそう訊《き》いた。静かながらもすっと通る綺麗《きれい》な声だ。思えば、彼女が喋《しゃべ》るのをちゃんと聞いたのはこれが初めてかもしれない。波止場は少し緊張した面持ちになって答える。

「……そう、らしいね。俺にもなんでかさっぱりだけど」

半分本当で、半分は嘘《うそ》だった。

新世界運営委員会なる者たちが波止場《はとば》を追う理由は、渡鳥《ととり》曰《いわ》く——彼が〝世界の終わりを知る者〟だからだ。だが、そんな世迷言《よまいごと》を彼女たちに言ったところで信じてもらえるとは思えないし、やはり教えることなどできはしない。

そもそもとして、それが事実なら、波止場はなぜ自分がそんな立場におかれているのかも理解していないのだ。過去の記憶が戻ればあるいは……その程度の期待しか見込めないだろう。

「理由も解《わか》らずに追われてる奴《やつ》なんて、信用できないよね」

「元々信用してない」

それはそうだ。憚《はばか》りのない井ノ森《いのもり》の返事に、波止場は思わず苦笑する。

「——でも、理由には心当たりある」

続いた井ノ森の一言には、えっ、と誰もが驚かされた。

「ノモリン、何か知ってるの？」

「連中は、この街で今とあるモノを探してる。……あくまで噂《うわさ》だけど」

「そーいえば、それっぽいこと言ってた気がするけど。それって？」

「……詳しくは知らない。あたしが聞いたのは、それがこのパンドラを揺るがす可能性を秘めてるってことと、それが人に投与《インストール》可能なEPだってこと。そしてそれが、——〝エルピスコード〟って名前で呼ばれてる、ってことだけ」

「……！」

不意に、井ノ森は波止場の目を覗《のぞ》き込《こ》むように顔を近付けた。雪霜のようなまつ毛が被《かぶ》った切れ長の瞳が、その価値を値踏みする鑑定士の如《ごと》き眼差《まなざ》しで問うてくる。

「言いたいこと、解る？　あたしはそのエルピスコードを、あんたが持ってるんじゃないかって疑ってる。だから、連中もあんたを狙った。筋は通ってる」

「……俺はそんなモノ持ってないよ。目覚めたときから記憶も何も残っちゃいなかったんだ。それに、そんな怪しげなモノも俺の頭には入ってない……はずだ」

「エルピスコードが在るとすれば、それは《KOSM - OS《コスモス》》のもっと深い部分。あたしなら、あんたがいま巻き込まれてる理不尽の正体を、突き止められるかもしれない」

「……俺のこと、無視するって言ってなかった？」

「無視できなくなった。それじゃ不満？」

これまで波止場を煩わしい余所者《よそもの》としか扱ってこなかった彼女が、この気の変わりよう。何が彼女の興味をここまで惹《ひ》き付けたのか波止場には知る由もなかったが、答えも待たずに身を翻して自室へと戻っていく井ノ森の背中を見ては、断りようもなく。

「――来て。あんたの頭を開いてあげる」

波止場は肩におぶったツキウサギと共に、隣に座る櫃辻《ひつつじ》と顔を見合わせる。

「ほらね、言ったでしょ。二人なら仲良くなれるって」

なぜかいい笑顔でサムズアップする櫃辻を前に、波止場は肩を竦《すく》めて立ち上がった。

八畳ほどのそこそこ広いはずのスペースは、ジャンクめいた機械類が乱雑に詰め込まれた押し入れと化していた。彼女にしてみればそれは意味のある配置、整頓の結果ではあったものの、アナログな機器やら配線やらでごちゃごちゃした内装は、ＳＦ映画に出てくるコックピットのようである。あるいはハッカーの秘密基地だ。

「そこ、座って」

　モニター群が放つ淡いブルーライトの明かりに照らされた、リクライニング式の椅子を指して、井ノ森《いのもり》は診察室で患者を待つ医者のような居住まいで波止場《はとば》を迎え入れた。

「今から改造手術でも始まるのかな？」

「……《KOSM-OS《コスモス》》は個人情報の集積端末。ＩＤも、生体情報も、その人がこれまでに積み上げてきた記録《ログ》が無数に堆積してる。だから常時ネットに繋《つな》がりっぱなしの個人を保護するために、《KOSM-OS》には幾重にもプロテクトが施されてる。だから――」

「ちょっ、何を……！」

　ビクッ、と波止場の身体《からだ》が跳ねた。波止場が椅子に腰を下ろした途端、井ノ森はコンソールと繋がれたケーブルの先端を、彼の首の回路図形《ダイアグラム》にブスリ、と挿したのだ。

「外部から頭に接続するなら、これが手っ取り早い」

　波止場は不安げな面持ちで、近くに立った見物人たちを見る。まるで保護者のように横

に連れ添った櫃辻《ひつつじ》とツキウサギは、共に興味津々といった様子でそれを見守っていた。

「じゃ、開くわよ。抵抗しなければ、何も起きないから」

「……何か起こる可能性はあるんだ……」

井ノ森《いのもり》は答えない。机の表面に投影されたキーボードを叩《たた》くと、据え置き型の表示窓《ディスプレイ》に開示された情報の群が、次々に展開されていく。

椅子に座ったまま、表示窓《ディスプレイ》に表示された内容を読み解こうとする波止場《はとば》だったが、専門言語で暗号化された個人ログの群は到底素人に判読できるものではなく、井ノ森は複数の表示窓《ディスプレイ》を一度に操りながらも、《KOSM - OS》《コスモス》の深奥へと潜っていく。

所謂《いわゆる》、開発者モードによる深部の閲覧だ。

こうなってしまえば波止場はもはや丸裸にされたも同然で、波止場自身の個人情報《パーソナルデータ》から本人ですら窺《うかが》い知ることのできない設計図《ソースコード》までもがつまびらかにされていく。

そこで波止場は、井ノ森が怪訝《けげん》そうに顔をしかめたのに気が付いた。

「……なんか悪いことでも書いてあった？」

「あんたの《KOSM - OS》――あちこちにエラーが出てる。メモリの内部はスカスカの癖に、やたらとCPUに負荷がかかってるのよ。本来なら諸症状が不調の再現として人体にフィードバックされてるはずだけど……身体《からだ》の方に何か異常ない？」

「いや、特には……」

記憶がないのが異常と言えば異常だったが、それは彼女も承知のはずだった。

「それがまず一つ目の異常ね。今後はＥＰの投与《インストール》も控えた方がいいわ。こんなエラーまみれの状態で〝拡張〟なんてしたら、データがどう変質するかも予測できない」

それだけ言って、井ノ森は再び《KOSM - OS》の深奥へと潜っていく。黙然と作業に没頭する彼女をよそに、波止場は櫃辻《ひつつじ》とアイコンタクトを交わし合う。

――〝使っちゃったよ、ＥＰ〟

――〝使っちゃったね、ＥＰ〟

とりあえずこのことは一旦黙っておこう、と二人は頷《うなず》き合う。

昼間自分を襲ったエラーは偶然ではなかったに違いない。一体過去にどんな悪行を積めばこうも不運ばかりを選んで抱えることができるのか。波止場は過去の自分が遺《のこ》していったであろう負の遺産の数々に、いい加減うんざりしていた。

「ねぇ、ノモリン。そんな感じでポッポ君の記憶喪失の原因とかも解《わか》ったりしない？」

ついでとばかりに友人の背に声をかけたのは櫃辻だ。

特に確信があったわけでもなく、ほんの興味で訊《たず》ねただけだったのだが、

「そんなの、結論出てる。障害による喪失や破損じゃないのなら――」

井ノ森から返ってきた答えは想像以上に核心に迫《せま》ったもので……それは、まさにこれまでの疑問を総《すべ》て解き明かす〝答え〟そのものだった。

「――あんたの〝記憶〟は、ゲームで奪われた以外にない」

「………最悪だ」

あまりにもあっさりと到達した答えに、波止場《はとば》はさして驚きを見せなかった。

いや、実際のところ十分に驚いてはいたのだが、なんとなくそんな予感はあったのだ。

〝ユメ〟という一概念を欲する少女と出逢《であ》ったあのときから、そういう可能性ももしかしたらあるのではないか、と。

俺の記憶は喪失したんじゃなくて、誰かに奪われたんじゃないか……と。

「あんたのソースには綺麗《きれい》に欠け落ちたデータが二種類ある。一つはユメね。その詳細は不明だけど……ま、こっちは予想通り。でも、だとしたらもう一つは何？」

「……記憶、か」

「記憶って――《KOSM－OS》《コスモス》内にフォルダ分けされて保存されてるものなの。で、あんたの場合は幾つかのフォルダが、その引き出しごと抜き取られた状態になってる。直接コードぶっ挿して抜き取られた可能性がないでもないけど、ただでさえ緻密に組み上げられたプログラムの中からこうも綺麗にデータだけを抜き取るなんて神業――《NAV.bit》《ナビット》の仕業以外には考えられない。つまり――あんたは過去にも一度ゲームに負けたのよ」

かつて波止場が求めていた答えを、井ノ森《いのもり》はいともたやすく解《と》いていく。

今この瞬間にようやくまともに会話が成り立った相手が、それをあっさりと看破していく様には呆気《あっけ》に取られたが、憑《つ》き物《もの》が落ちたような感覚には多少なりともほっとする。

「……もっと早くに君と仲直りすべきだったよ」

「勝手に仲間意識持たないで。用があるのは、あんたの頭の中身だけ」

すげなく答える井ノ森の代わりとばかりに、櫃辻《ひつつじ》がテンション高めに声を上げた。

「あはっ、さっすが櫃辻が見込んだ未来のパートナーだよ！　やっぱ持つべきものは天才怪獣ノモリンと、ツンデレな大親友だ！」

「……っ、と……抱き着かないで、鬱陶しい……！」

一歳年下の友人を、妹を猫かわいがりするように撫《な》でまわす櫃辻と、後ろから抱き着いてくる姉気分の友人を、さも鬱陶しそうにするばかりで振り払おうともしない井ノ森。

割って入るには惜しい光景を前に、波止場は自然とツキウサギに話しかけていた。

「……ツキウサギさん、もしかして最初からこのこと知ってたんじゃない？」

「おや、どうしてそう思うんです？」

「君は俺の頭の中に住んでるんだ。だったら、俺より俺のことに詳しくてもおかしくない」

「んはは、買い被《かぶ》りすぎですよ。私はただ、出し惜しみしてただけです」

やっぱり知ってたのか……と、波止場は和装のバニーガールを睥睨《へいげい》するが、なおも彼女は悪びれる素振りもなくこう続ける。

「だって記憶を失《な》くしたばかりの波止場《はとば》様に――『あなたはゲームで負けて記憶を奪われたんです』――って言ったところで、信じたと思いますか？」

「……まぁ、信じなかっただろうね」

「だから何度かゲームをプレイして頂いて、理解の土壌が整った頃に改めて打ち明けるつもりでした――いいえ、波止場様が自らの力でその答えに辿《たど》り着《つ》いてくれたらなぁ、ってのが本音でしたかね」

波止場は言葉なく嘆息した。まったくこのバニーガールは、と。

「まぁ――一体〝誰〟が波止場様の記憶を持ち去ったのかについてまでは、ログに残ってないので私にも確認のしようがありません。それに、先ほどの〝記憶探し〟では件《くだん》の相手とマッチングすることは叶《かな》いませんでした……。それは、つまり――」

「……その誰かさんはもう、俺が持ってるモノには用がないってことか……」

「……です。私たち《NAV.bit《ナビット》》は片想《かたおも》いのキューピッドにはなれませんからね。だからこそ波止場様には、渡鳥《ととり》様が持っていたはずの〝鍵〟を手にして欲しかったんですが」

珍しく、ツキウサギはきまり悪そうな苦笑を幼顔に滲《にじ》ませていた。

これまでも、彼女なりに波止場の記憶を取り戻そうと真剣だったのかもしれない。電脳天使を自称する彼女の表情には、そんな彼女なりの苦悩が見て取れた。

「……」

そう思うと、不思議とこれまで空虚だった伽藍堂《がらんどう》の縁に、微《かす》かに揺らめき立つモノを波止場は自覚する。だが、それは未《いま》だ霞《かすみ》のようで、そのカタチすらはっきりとはしない。

——ユメも記憶もたかがゲームで奪われて、それでもなおお前はこの世界で何を望む？

波止場が静かにそう自問していたときだった。

「——何よ、これ……」

それは、井ノ森《いのもり》が呟《つぶや》いた声だった。

「うへぇ、なにこれ。気持ちわる……」

それは悲鳴にも近い、恐怖に呻《うめ》くような櫃辻《ひつつじ》の声だった。

「……何その反応？　これ以上不安になるようなことはやめてよ……？」

一体なにが彼女たちをぞっとさせたのか、波止場は二人が凝視する表示窓《ディスプレイ》を覗《のぞ》き込《こ》んだ。

相変わらずそこに記されている文字列は意味不明で、何かを読み解くことなどできないように思えたのだが、しかしここにいる全員が画面上を侵すその異様に息を呑《の》んでいた。

一言で言うなればそれは——〝バグ〟だった。

そうとしか形容しがたい、表記の揺れ。歪《ゆが》み。黒く塗り潰された文字列。出鱈目《でたらめ》な記号。

たかが文字の配列だけでこうも人の認識を掻《か》き乱し、不安にさせるのかと思うほどに。

画面上に暴き出された波止場の脳内は、不可解なバグによって侵食されていたのだ。

「……井ノ森《いのもり》ちゃん、これは？」

応えはない。井ノ森は取り憑《つ》かれたように表示窓《ディスプレイ》を見つめている。ややあって彼女から返ってきたのは、真意の解《わか》らない奇妙な問いかけであった。

「……あんた、今までに自分が〝不運〟だって思ったことはある？」

「えっ……？」

「災難にやたらと遭遇したり、上手《うま》くいかないことが連続したり。そういうまるで呪いのような〝不運〟を自覚したことは、ある？」

自覚どころか思い当たることが多すぎて、波止場《はとば》は無自覚に頷《うなず》いていた。

「でも、なんでそんなこと？」

「……想像通り、あんたにはEPがインストールされてた。それも常駐のシステムアプリとして、あんたの奥深くに。これ、見て。いま解るよう変換するから――」

井ノ森が表示窓《ディスプレイ》を操作すると、これまで意味不明かつ夥《おびただ》しいバグに侵されていた文字列がパズルのように噛《か》み合い、そこに一つの意味ある言葉を導き出した。

「これが、あんたの中に在るEP――《#CRACK・E《クラック》》。

その機能は、使用者の許《もと》に〝不運〟を呼び寄せる呪いのアプリ、ってとこね」

画面上に改めて表示されたEPの名と、その意味を、井ノ森は読み上げた。

そして最後の一節を口にするとき、彼女は指を鳴らして小さく笑う。

「ほら、やっぱりあった。――エルピスコード」

無人のリビングから不可解な軋《きし》みの気配が起こったのは、その直後だった。

「え、なに……!?」

ブゥンと空気が泡立って振動するような音に続いて、幾つかの足音が床を踏んだ音と微《かす》かな光がリビングの方から漏れてきたのだ。室内のモニター群がザラザラと明滅し、幾つもの警告文を発したあと、やがてこときれたかのように部屋ごと真っ暗になる。

「――はぁ!?　嘘《うそ》……ッ、クラッシュした!?　違う、割り込まれた……ッ!?」

「落ち着いてノモリン。ただの停電、なわけないよね」

不審に顔をしかめ、まず部屋を飛び出していったのは櫃辻《ひつつじ》だった。

そのあとに続いて波止場たちも部屋を出て、すぐ隣のリビングへと向かう。

そこには誰もいないはずだった。しかしその仮面の男は、不自然に歪曲《わいきょく》した空間を背に、白装束の群を率いて悠然とそこに立っていたのだ。

『関わるなと言ったはずだが。まったく、困った子供たちだ……』

ノイズ混じりの声、ノイズに乱れた仮面。そして首から提げた社員証。

見間違えるまでもなく、その男は波止場の日常に二度目の介入を果たしにやって来た。

『さて、今度こそ私と来てもらおうか――〝不運〟なる対応者』

▸ツキウサギ

「さて波止場様の記憶喪失の謎も解けたところで、スペシャルでファンタジーなこの世界のリアルを振り返っておきましょうか」

▸波止場

「正直もうファンタジーはお腹いっぱいなんだけどなぁ、俺」

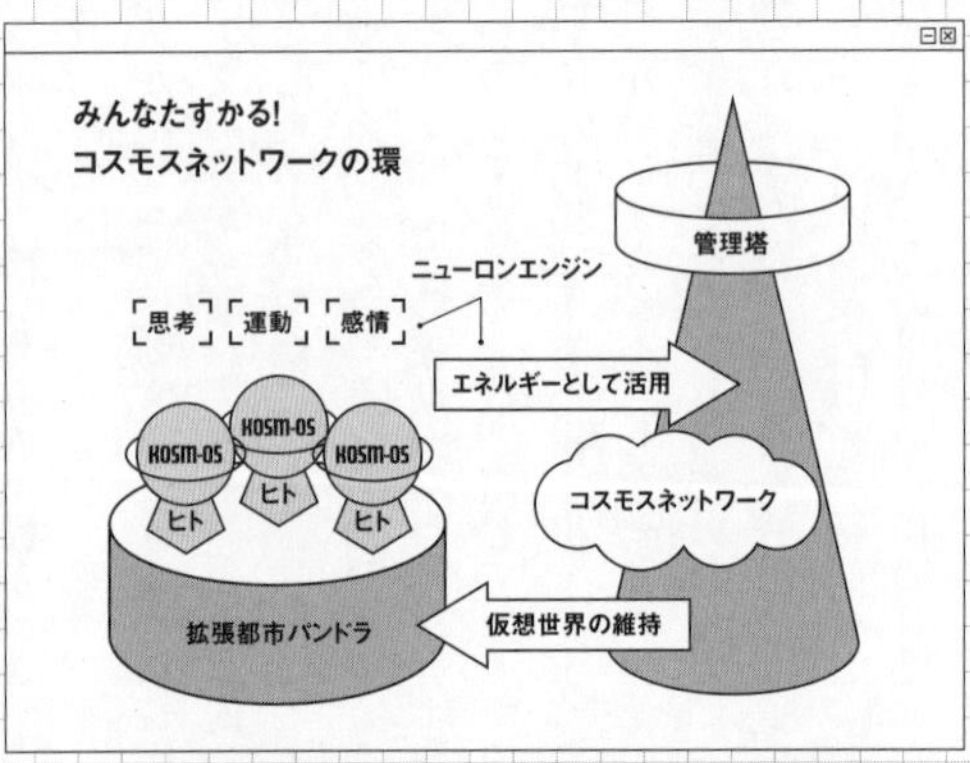

▸ツキウサギ

「よく学び、よく働き、よく遊べ——《KOSM-OS》を持たない私たち《NAV.bit》のためにも、波止場様には世界を廻す歯車の一員として"脳活"に励んでもらいたいとこですが……おや、波止場様。初めて回し車を前にしたげっ歯類みたいな顔してどうしたんですか?」

▸波止場

「いや、もしもこの先……人間を仮想世界に閉じ込めて支配してる機械軍団と現実世界で戦えとか言われたらどうしよう、って思って」

▸ツキウサギ

「フィクションと現実をごっちゃにするようになったらマジおしまいですよ、波止場様」

六章　一〇〇：〇

人とこの世界――拡張都市パンドラは互いに共生関係にある。

ネットワークにより組み上げられた巨大な〝頭脳〟が人々の住まう世界を想像し、人々はネットワークに接続された自らの〝頭脳〟を活発に活動させることで、パンドラという機械仕掛けの〝頭脳〟を半永久的に駆動させ得る『ニューロンエンジン』へと換わる。

それは即《すなわ》ち、人と世界は死せる刻《とき》も病める刻も一緒という、切っても切れない縁で結ばれていることを意味する。

世界の中心、六號《ろくごう》第一区に悠然と聳《そび》え立つ管理塔《サーバー》――世界樹の如《ごと》きその威容が天上へと捧《ささ》ぐ極彩色の光の束こそは、まさに人と世界を繋《つな》ぐネットワークの脈動そのものだった。

夜の帳《とばり》が下りて間もない六號の夜景に煌々《こうこう》と浮かび立つ幻想塔の妖光を眺め、和装のバニーガールは「ほほー」と感嘆の声を漏らした。

「いい眺めじゃないですか。さぞやデートスポットとしても映《ば》えるでしょうねー」

はめ殺しの展望窓から望む夜景は、飛行船が漂う速度に任せてゆったりと流れていく。

六號上空――新世界運営委員会が保有する観測型飛行船、その執務室にて。

ソファに座り黙したまま向かい合っているのは、波止場《はとば》と仮面の男の二人だった。

『……』

「……」

剣呑《けんのん》な雰囲気をせめて和ませようと呟《つぶや》いたツキウサギの意図は、どうやら彼らの耳には届いていない様子で。しかしそれを契機とばかりに、まずは仮面の男が沈黙を破った。

『先に断っておくが、我々は君の敵ではない』

「……あんな強引な手で人を攫《さら》っておいて、よく言うよ」

『効果的な手段に頼ったまでだ。穏便に済むのならそれに越したことはない』

空間に抉《こ》じ開《あ》けられたポータルを潜《くぐ》り、白装束の集団を伴ってリビングに突如現れたこの男は、暴力こそ振るわなかったものの、狡猾《こうかつ》な手段で波止場《はとば》の説得を試みた。

――〝我々と来てもらおう。今ならばまだ、君と私の二人だけで済む話にできる〟

――〝居候の身で、これ以上彼女たちに迷惑をかけたくはあるまい？〟

それは実に効果的な脅し文句だった。波止場は観念して、同行することに決めた。

無論櫃辻《ひつつじ》には止められたが、そういう彼女の優しさを思えばこそこれが最善に違いない。

――〝悪いね、二人とも。どうやら不運を招く疫病神は俺の方だったらしい〟

　ポータルを潜った先は、住宅街の上空に留《とど》まった飛行船へと通じていた。そうして標的を首尾よく詰め込んだあと、飛行船は高度を上げて飛び去ったのだった。

「……色々と言いたいことはあるけど。まずはそのお面、取ってくれないかな。今のままじゃヒトとして接すればいいのか、心無い冷たい機械と思えばいいのかも解《わか》らない」

『この仮面は、取れない。そういう規則だ』

「寝るときもシャワーを浴びるときもそのまま？　それはちょっと同情するね」

『素性は明かせないが、私のことは「ＤＤ」と――そういう記号だと思って接してくれれば構わない』

　――『新世界運営委員会六號《ろくごう》支部・監視対策総務支部長・ＤＤ』

　仮面の男が首に提げた社員証には、如何《いか》にもブラックそうな彼の肩書きがそう記されてあった。聞けば聞くほどに胡散臭《うさんくさ》さが深まる相手だ、と波止場は鼻を鳴らす。

「……で、あんたの目的は何なの？　いきなり牢獄《ろうごく》にぶちこまれたり尋問されたりするのかと思ったら、そうでもないらしい。俺に何の用があるんだ？」

『一つは認識の確認。もう一つは、取引のためだ』

「……取引？」

『君は、この世界に訪れている危機については承知しているな？』

あくまで自分のペースで会話の主導権を握ろうとする仮面の男に対し、波止場《はとば》はむっと眉をひそめつつも答える。

「……バグのせいでもうすぐ世界が終わるかも、ってくらいには。それは本当なわけ？」

『目下調査中だ。だが、君は見たのだろう？　世界が凍りついた光景を』

「あんたは直接見たわけじゃないのか」

『我々は、ネットワーク上に生じたエラーの詳細からでしかその実態を把握することができない。その異常を正しく認識できるのは、エルピスコードを持つ対応者だけだ』

「その、エルピスコードってのは一体なんなんだ？」

『……フム。とぼけているわけではないようだな。記憶喪失というのは本当らしい』

「……こっちの事情は全部知ってます、って言い方だな。あんたはさっきもそうだった」

思えば、彼らが櫃辻《ひつつじ》宅に押し入ってくるタイミングはあまりにも出来すぎていた。まるでこちらのやり取りを総《すべ》て見聞きしていたかのような、気味の悪さがあった。

「です。きっと波止場様の想像通りだと思いますよ」

外の景色を見るのに飽きたのだろう。ふっと波止場の後ろにやって来たツキウサギは、ソファの背もたれにひょいと腰掛けながら、ＤＤを見据えつつ主《あるじ》の疑問に答える。

「彼らにはコスモスネットワークを検閲し管理する運営権限がありますからね。情報の収集も隠蔽も仕事のうちです。第一このパンドラにおいてネット接続されてないモノなんてありませんから、盗撮も盗聴だって思いのままでしょうねー」

「……つまり、俺たちの話を盗み聞きしてたわけだ。覗《のぞ》き野郎ってことじゃないか」

「です、波止場様と同類ですね。人類の敵です」

君は誰の味方なんだ、と波止場は横目にツキウサギを睨《にら》み上げる。どんなシリアスな状況でも主をからかわずにいられないのだろうか、この和装系バニーは。

『我々とて無闇に権限を振りかざすつもりはない。が、事は手段を選んでいられないほどに急を要するのだよ。だから無礼を承知で君の周囲を監視させてもらった。それほどまでにエルピスコードの存在は、我々にとっても重要なウエイトを占める問題なのだ』

「そんな大問題に関わりたくない。すでにもう色々と大変なんだ」

『君のその、不運な境遇にも関わる話だ。すでに君は深く関わっているんだよ』

「……じゃあ勿体《もったい》ぶらずに教えてよ。今更秘密にしようってわけでもないんだろ？」

波止場は目を眇《すが》めて質《ただ》す。取引と言ったからには、彼にはその意思があるはずだ。

DDはしばし黙考に口を噤《つぐ》んだあと、ややあって意を決した素振りでこう語り始めた。

『まず、エルピスコードとは、パンドラの創造主である九十九《つくも》創一《そういち》氏が遺《のこ》した、

――「世界の設計図」だ。

仮想世界というこの世界を書き描いたプログラムの祖、〝世界の設計図《グランドソース》〟を記したパンドラの起源となるモノがそれであり、その原典は氏自らの手によって幾つかのＥＰに分割

保存され、彼が信頼をおく幾人かに分配されることとなった。

それは個人がパンドラの権威を独占しないようにと考えた末の決断だったが、結果として彼の死後、管理塔《サーバー》のシステムの一部はブラックボックスと化し、そのパズルを解き明かすためのピースの行方もしばらく解《わか》らなくなってしまった。

この世界を脅かすバグは、そのブラックボックスと化したシステムの深奥から発生したものだ。だから我々には世界に散った設計図の断片——即《すなわ》ちエルピスコードを総《すべ》て回収し、世界の危機を解明する義務がある。——解るか？』

そこでDDは言葉を区切って、含みのある視線を仮面越しに波止場《はとば》へと向けた。

『その一部こそが、君の脳に住まう〝不運〟の正体なのだよ』

井ノ森《いのもり》が《KOSM‐OS《コスモス》》の深奥から暴いたエルピスコード——《#CRACK‐E《クラック》》。

その機能は井ノ森曰《いわ》く——使用者を〝不運〟に見舞うという呪いのアプリだ。

櫃辻《ひつつじ》が使用していた物や街中で見かけたEPとも違う、既存の規格を超えた未知のEP。

華もなければ実用性も皆無で、ヒトの可能性を拡張するどころか〝不運〟というデバフで使用者を貶《おとし》めるまさに呪いとしか言い様のない、最低最悪の後付け機能だ。

やたら不運な目にばかり遭うな、とは思っていた。だが、所詮はただの偶然の連続だと言い聞かせてきたし、その度に落胆することはあっても、呪いなんてモノが本当にあるだなんて信じたくはなかった。

目覚めたばかりの頃なら信じなかっただろう。ここが仮想世界と知ったあとでも、まだ笑い飛ばせただろう。だが、その不運と相反する〝幸運〟という名の奇跡を目の当たりにしたあとでは、全てが現実味を帯びた理屈で殴りかかってくるのだ。

……認めるしかない。これまでの不運は総て、必然だったのだと。

「なんでそんなモノが、俺の中に……」

『分かたれたエルピスコードの断片には、それぞれに特性がある。

――不運を招くもの。――幸運を与えるもの。――生命を司《つかさど》るもの。――全知を得るもの。――権威を示すもの。私が識《し》る限りでも、実にそれだけの機能が存在している。

それらは、エルピスコードが自らを守るための防衛機構として備わっている機能だ』

「……不運でどうやって身を守るっていうんだ」

『そんな呪いのような力など、誰も欲しがらないだろう？』

それはそうだ、と波止場は肩を竦《すく》める。

『しかし厄介なことに、使い手の意に反してそれは人を渡り歩く。徒《いたずら》に災いを振りまき、使い手が破滅する頃合いを見計らって次の宿主へと乗り移り、そうすることで隠匿を果たしていたわけだ。まあ、それも一種の防衛機能と言えるのかもしれんがな』

「……俺の他にも、この不運に悩まされてきた奴《やつ》がいたのか……」

なるほど。これは生まれついての呪いじゃない。そういう特性を持った追加オプションにすぎないというわけだ。そうと解《わか》れば、希望も見えてくる。

「じゃあ、こんな不運はさっさと取り除いてくれ。エルピスコードだかなんだか知らないけど、欲しいならあんたが好きに持っていけばいい。それで全部解決だ」

『それはできない』

「なんで⁉」

『エルピスコードはＥＰではあるが、消耗品のそれとは違い、ひとたびインストールされれば《ＫＯＳＭ‐ＯＳ《コスモス》》と深く結びつく。我々の技術では、取り除く際に所有者の脳に傷を残しかねないのだよ。不可能ではないが、現段階でそこまでの強行に及ぶつもりはない。それは、最終手段だ』

敵ではない。そういうポーズをこの会合で取り続けてきたＤＤだったが、ここにきて初めて波止場《はとば》にはその言葉が嘘《うそ》ではなさそうだと思えた。

少なくとも彼の態度は、犠牲による解決を望むタイプには見えなかったからだ。

「……でも、実際に人から人に移ってるわけでしょ？　じゃあ俺はどうやって――」

そこまで言葉にしかけたところで、波止場の脳裏にはたと閃《ひらめ》きが走った。彼が振り返った視線の先には、和装のバニーガールの姿がある。

……そうだ、一つだけあるじゃないか。

不可能を可能にし、他者からユメすら記憶すらも強奪せしめる常識外れの〝法〟が。

「──〝奪った〟のか」

そんな波止場の気付きにＤＤは首肯し、彼の理解を補足するように経緯を語る。

『波止場皐月《さつき》という男は過去にある人物にパンドラゲームを挑み、その〝不運《ナビット》〟を手に入れた。そこにどんな思惑や因縁があったかは知る由もないが、君がそこの《NAV.bit》に希望し、ゲームによってエルピスコードを手に入れたことは間違いないだろう』

「……あんたは俺のことを、俺の過去についてどこまで知ってるんだ？」

そこでＤＤは、仮面越しにも解るほどの笑みをフッと零《こぼ》した。

『私は六號《ろくごう》の管理を預かるだけの立場にある。君が望むのなら、私が知り得る限りの情報を開示しよう。調査の必要があれば、その旨には応じよう。

ただ、それと引き換えに君には──エルピスコードの回収を手伝ってもらいたい』

「……回収？」

『我々は中立の立場故に《NAV.bit》によるゲームが開催できない。だが所在不明のエルピスコードの捜索も、その徴収も。君ならばそこの《NAV.bit》に希《こいねが》うだけで叶《かな》えることもできるだろう。無論、口で言うほど簡単でないことは承知している。だからこそ君には、その労働の対価として君が望む情報を与えるつもりだ』

「……なるほどね。それで、取引か」

ようやく得心がいったと嘆息する波止場の反応を見て、ＤＤもまた頷《うなず》いた。

さらにDDは手元に表示窓《ディスプレイ》を展開すると、その画面を波止場《はとば》に見せるよう反転させる。
そこに映し出されたのは、とある少女の写真とプロフィールだった。
双方にとっても因縁浅からぬ少女の手配書を示しながら、DDはその希望を口にした。
『――まずは手始めに、渡鳥《ととり》メイの〝幸運〟を奪《と》い獲ってもらいたい』

●

河に架かる連絡橋の袂《たもと》までやって来ると、騒々しくも派手やかな六號《ろくごう》第四区の街並みが遠くに見えてきた。四車線ある幅広の橋上をスクーターで駆けながら、櫃辻《ひつつじ》は街の上空に悠々と浮かぶクジラのような飛行船の姿をふと見上げる。
――『まずは手始めに、渡鳥メイの幸運を奪い獲ってもらいたい』
その声は、視界の端に投影した表示窓《ディスプレイ》から聞こえてきたものだった。そして今その画面には、瀟洒《しょうしゃ》な執務室で密談を交わす波止場たちの姿が映し出されている。
リビングにて波止場がDDについて行くと決心したあのとき、櫃辻は綿毛のドローンを一機、彼のあとに尾《つ》けさせておいたのだ。それは街の上空を遊泳する飛行船に見事潜入を果たし、こうしてスパイの如《ごと》く見聞きした情報をリアルタイムで送り届けてくれている。

多少映像や音に乱れはあるものの、井ノ森《いのもり》が製作した配信用アプリ《#おはよう子羊《ストレイ・ノーマッド》》の有効範囲は、まだギリギリのところであの飛行船を射程内に収めていた。

空を往《ゆ》く飛行船に対し、地上を走ることしかできないスクーターでは追いつきようもなかったが、それでも波止場が連れ去られるのをただ黙って見送ることもできなかった。

最悪、彼らの本部があるという管理塔《サーバー》に乗り込むことも考えていたのだが、どうにもあの飛行船はどこに向かうでもなく、街の上空をゆったりと旋回し始めている。

（……ポッポ君を連れ去るのが目的じゃない？　じゃあ、なんで……）

そう疑問に思ったそのとき、櫃辻は信じられない秘密を盗み聞いてしまったのだ。

それも――〝まもなくこの世界が終了する〟――という、最大級の激バズニュースを。

「ノモリン、さっきの話……本当なのかな？　この世界が、終わるって……」

『……事実かどうかはさておき。連中がそれを前提とした話し合いをしてるのは確かかね』

井ノ森は今、新世界運営委員会による検閲のせいでクラッシュさせられたローカルネットの復旧に忙しくしながらも、ドローンがシェアする映像を自室で見守っていた。

彼女には「波止場を追いかけても無駄だ」と止められたものだが、こうして通話を繋《つな》いだまま動向を見守ってくれている辺り、櫃辻は頼れる親友の存在に嬉《うれ》しくなる。

「ポッポ君、なんか隠しごとしてるなぁって雰囲気あったけど……まさかこんな超ド級の爆弾一人で抱えてたなんてね。ホント遠慮しぃだなぁ、ポッポ君は」

『ヒツジ。これは予感だけど、あれはあんたの手には負えない疫病神よ。あいつだけじゃなくて、周りにも不幸をばら撒《ま》くタイプの。それでも、助けてやるつもり？』

「だって約束したからね。ポッポ君のこと〝なんとかする〟って」

『……それは、ゲームのルールでそう縛られただけでしょ？』

「あはは。まぁ、それもあるんだろうけど……」

櫃辻《ひつつじ》とて、伊達《だて》にパンドラゲームをやってきたわけじゃない。

それが何を奪い、何を他者に強制するのか。それを知らない彼女ではなかった。だから自分が波止場《はとば》を〝なんとかしたい〟と想《おも》うのは、きっとツキウサギにそう刷り込まれたからなのだろうな、とも理解していた。でも、だからって全部が嘘《うそ》じゃないはずだ。

「でも、櫃辻さ。別にポッポ君と出逢《であ》ったことを不幸だなんて思ってないよ。それなのにあんな顔して出ていかれたらさ、櫃辻の方がショックだよ」

櫃辻は右手の人差し指に焼き付いたペアリングに目をやった。あの日彼と激闘を交わしたゲームの記憶が、交わした言葉の数々が、すぐにでも脳裏に浮かんでくる。

「知ってる？　ポッポ君ってさ、何か嫌なことがあるとすぐ『最悪だぁ』って、落ち込んじゃうんだよ。それを見てるとさ、逆にポッポ君が『最高だぁ！』ってテンション上げてるとこ見たくなっちゃうよね」

『ならない』

つれないなぁ、と櫃辻は笑う。この二人ならきっと仲良くできるのに。

「ま、だからさ。櫃辻は証明したいわけだよ。この世界にはどうしようもない最悪なんてないんだ、って――」

櫃辻はスクーターを走らせながら回路図形《ダイアグラム》に触れると、もう一人の相棒を呼び出した。

「むーとん、櫃辻の希望聞いてくれる？　――〝ポッポ君を助けたい〟んだけど」

するとその毛玉ウサギの妖精は、ポン、と綿花が咲くように櫃辻の肩上に現れた。

彼女は眠たそうに瞼《まぶた》を閉じたまま、しかしいつものように主《あるじ》の願いに耳を傾ける。

「……ん、むにゃ……ミライの彼氏こーほ、たすける。おっけー？」

「うん、おっけーおっけー。きっと今ポッポ君たちが話してる〝お宝〟をさ、櫃辻が横取りなんかしちゃったりしたら。けっこー悪くない展開が待ってそうだよね」

『ヒツジ、あんたまさか――』

通話越しに、井ノ森《いのもり》がハッと息を呑《の》むのが解《わか》った。流石《さすが》はノモリン、以心伝心だ。

そう思って櫃辻が微笑《ほほえ》んだそのとき――ヘッドライトが橋上に佇《たたず》む人影を捉えた。

「……んなぁっ⁉」

櫃辻は慌ててハンドルを切って、車道のど真ん中に立った人影を既《すんで》のところで躱《かわ》す。

甲高いブレーキ音が嘶《いなな》き、舗装された道路の面をタイヤの跡が引っ掻《か》いた。櫃辻はスクーターの車体を滑った勢いのまま翻して、その人影と向かい合う形で静止する。

人工の灯《あか》りに薄ぼんやりと照らされた橋の上にあって、その少女はまるでスポットライトに照らされたプリマドンナのように華やいで見えた。

ゴシック風の軽やかな装いに、羽根飾りを編み込んだ亜麻色のウェーブ髪。妖しい笑みを湛《たた》えてなお愛らしい容貌は、無自覚に見る者を惑わす天性の魅了《チャーム》を秘めている。

そして少女の傍《かたわ》らに控えるのは、二刀の鞘《さや》を腰に携えた騎士風のバニーガールだった。

「――ね、言ったでしょうニト。やっぱりお昼に見た彼女がそうだったのよ」

「だからといって、何もこんな危険な場所で待たれなくても」

「大丈夫よ。だって今だけは、ここは通行禁止も同然ですもの」

そういえば、と櫃辻《ひつつじ》は辺りに車の往来がないことに気付く。六號《ろくごう》でも最も賑《にぎ》わう繁華街へと至る導線が、こうも閑散としていたことが今までにあっただろうか？　それこそ、通行禁止の案内を見逃しただろうか、と自分の認識の方を疑いたくなるくらいの静まり様に、
櫃辻はぶるりと身体《からだ》を震わせた。ミライの希望、合いました――〝お宝〟とうらい」

「……ん、むにゃ。ミライの希望、合いました。寒気のせいではなく、ひとえに興奮のあまり。

「お嬢様、合いました。彼女こそが今夜のメインディッシュです」

騎士と妖精。二体の《NAV.bit《ナビット》》がその出逢《であ》いを祝福する。

それは同時に、希望を賭けたゲームの始まりを意味する開催の合図。

「ええ。それじゃあ、始めましょうか。あなたとわたくしだけのゲームの時間を」

渡鳥《ととり》自らの誘いを受けて、櫃辻《ひつつじ》は心に震えるものを感じながらスクーターを降りる。

今この瞬間だけは、なんとかしなきゃならない少年の存在も、この世界の命運も、総《すべ》て櫃辻の頭からは消え失《う》せていた。ここからは——櫃辻のステージだ。

櫃辻は手元にEPを取り出しながらも、一人のエンターテイナーとしてこう応えた。

「——あはっ、イイね♪　そのキメ台詞《ぜりふ》、配信回してからもう一回お願いできるかな?」

●

『——渡鳥メイ。彼女がかの渡鳥財閥の令嬢であることは知っているな?』

DDはソファから立ち上がると、執務室の展望窓の外を覗《のぞ》きながら訊《たず》ねた。件《くだん》の少女の情報を映した表示窓《ディスプレイ》に目を通しながら波止場《はとば》が頷《うなず》くのを見ると、その先を続ける。

『渡鳥財閥は、九十九創一《つくもそういち》氏と共に「新世界プロジェクト」の立ち上げを行ったスポンサーの一つだ。氏と財閥は現世界より懇意の仲であり、エルピスコードの断片を預かるに相応《ふさわ》しい立場にある。そんな氏の友人が所有しているエルピスコードこそが、〝幸運〟の機能を持つEP——《#神がかり的な幸運《メイクオウル》》だ』

その機能は、まさに波止場が持つエルピスコードと真逆の性質を持っている。

使用者に降りかかる災いを祓《はら》い、無作為の〝幸運〟をもたらす常時発動型《パッシブ》のＥＰ。世界を構築するネットワークそのものが使用者にとって都合のいいように捻《ね》じ曲《ま》がってくれるという、およそ考え得る限りでは無敵のスペックを誇るチートアプリだった。

『本来であれば、それは財閥の長が責任を持って保管すべき代物だ。だが何を思ったのか、それはいま娘である渡鳥メイの手に渡っている』

「……何か問題なの？」

『あれは対応者の自覚に欠ける。幼稚な欲望を満たすためだけに自らの幸運を振りかざし、他人の〝ユメ〟などというくだらない空想に執着している。再三に渡る協力の要請にも応じず、こちらの感知が及ばない拡張空間に引きこもっているような、子供だ。

だから君には、正々堂々と彼女とゲームをし、その上で彼女の傲慢を剝《は》ぎ取《と》って欲しい。そうすれば、君の過去についても教えよう。悪い条件ではないと思うが？』

ひとしきり話し終えたＤＤは、仮面の内で一息をつく。それを聞いてまず反応を示したのは、それまでつまらなそうな顔で話を聞いていた和装のバニーガールだった。

「ふむ。あなたは随分と私の契約者様を買っているようですが……恥ずかしながらこの波止場様は、先ほどその渡鳥様にゲームで負けたばかり。事情通のあなたであればそれを知らないはずはないと思いますが、どうしてこんなポンコツ様を使おうと？」

酷《ひど》い言われ様だが、ＤＤの提案には波止場も思うところがあった。

……この男は、不足だらけの子供に一体なにを期待しているのだろうか？

「ツキウサギさんの言う通りだ。悪いけど、協力はできない。世界を救うためにゲームをしてくれだなんて、どう考えても俺には無理だ」

『記憶を取り戻したいのではなかったのか？　過去を知りたくはないのか』

「……少し前まではね。今は、関わりたくないとすら思ってる」

『原因はあの少女か。まったく、間の悪い』

事実もう少し早くこの話を聞いていれば、多少は話し合いの余地もあったかもしれない。

「それに、あの子が欲しがってるのは他人のユメなんでしょ？　だとしたら今の俺じゃ彼女から幸運を奪うどころか、マッチングすらできないと思うよ」

『不足があればこちらで補おう。彼女の幸運に対抗し得るだけのＥＰも、彼女の興味を惹《ひ》くだけのユメも。必要があれば幾らでも用意する手立てはある』

「……どうしてそこまで？」

『私は君の対応者としての価値に期待しているのだ。普通の人間ではあの少女と同じ視点に立つことすら叶《かな》わない。だが同じエルピスコードを持つ者同士であれば、あるいは……そういう極少の可能性に賭けるしかない状況にあるのだよ。もはやこの世界の命運は』

展望窓から六號《ろくごう》の景色を望む彼の後ろ姿は、独り世界の危機に立ち向かおうとする賢者のようにも見えた。この世界を救おうとするその心意気だけは、きっと本物なのだろう。

だとすればそもそもとして、両者の間には決定的な温度差がある。

（……やっぱり断ろう。俺には荷が重すぎる。それをどうにか解《わか》ってもらわないと――）

沈黙に耐えかね、波止場《はとば》も席を立とうとしたのと同時――コツン、と部屋の片隅で物音がした。執務室のキャビネットから、何かが床に転げ落ちた音だった。

「あっ」

波止場はその床に落ちた綿毛のような物体に心当たりがあった。それは彼が与《あずか》り知《し》らぬ間について来ていた、綿毛型ドローンだったのだ。きっと櫃辻《ひつつじ》が自分の身を案じて飛ばした物に違いないとすぐ合点がいった。あそこに転がっていていい物では、きっとない。

『……波止場皐月《さつき》。君の言い分は解った。だが、誰にでも事情が変わることはある』

先ほどまでは花瓶の裏に潜み、なんらかのアクシデントによって主《あるじ》との接続を切られたその綿毛型ドローンは、DDに摘《つ》まみ上《あ》げられてなお電池が切れたように微動だにしない。

綿毛の茎にぶら下がった単眼《モノアイ》のレンズを見れば、この秘密の会合を覗《のぞ》き見《み》していた第三者の存在に誰だって思い当たる。DDは深く溜息《ためいき》をついて、波止場を振り返った。

『残念だ。これで君の友人も、無関係ではいられなくなったな』

「……最悪だ」

DDの声音に再び峻険《しゅんけん》な空気を感じ取った直後、波止場の視界の端に通知のアイコンが灯《とも》った。それは『櫃辻ちゃんねる♪』の配信開始《オンエア》を告げる通知だった。

「――櫃辻《ひつつじ》ちゃん？　このタイミングで……？」

「んはは。このタイミングだからこそ、かもしれませんよ？」

その呟《つぶや》きに際し、いち早くＤＤは表示窓《ディスプレイ》を開いていた。今ここで見聞きした世界の秘密を公にでもされたら大事だ。そう思ってのことだったが、その心配は杞憂《きゆう》に終わる。

波止場《はとば》もまた遅れて配信画面を開き、そこに映った意外な人物の姿に彼は瞠目《どうもく》する。

視聴者の目に代わって空撮映像を届けるその配信画面には、今まさにパンドラゲームに興じている最中の櫃辻と、もう一人――渡鳥《ととり》メイの姿が映し出されていたのだった。

●

――六號《ろくごう》第四区のメインストリート。

Ｖスポーツの聖地としても知られるここスクランブル交差点には、そのゲームを一目見ようと次から次へと見物客が集まってきている。交通規制は、舞台となる交差点への立ち入りを禁止するもので、しかしわざわざそんな囲いなど敷かずとも、街中に突如として現出したその雄大な緑の聖域は、あまりにも侵しがたい威容を放っていた。

ホログラムと屋外広告《ビルボード》とに照らされた摩天楼が見下ろす交差点、そこにいま聳《そび》え立つのは、雄々しくも荘厳なる幹と枝葉に新緑を存分に湛《たた》えた——巨大な〝大樹〟であった。

「……なんだ、こりゃあ……」

商業ビルの八階層目にあるテラスに足を踏み入れたと同時、波止場はそのあまりにもデカすぎる〝ゲーム盤〟をさらに見上げて、驚愕《きょうがく》も露《あら》わにそう呟いていた。

昼間にはストリートバスケが行われていた交差点に、どっしりとした太い幹と根を下ろしたその大樹は、周囲のビル群の側面に枝葉を這《は》わせるように空へ空へと伸び育っており、ビルの屋上にまで及ぶ緑の樹冠はまさに自然が創り上げた天蓋だ。

吹きさらしのテラスに入り込んだ葉っぱを一枚手に取り、その濃密な緑の香りに波止場は圧倒された。これがただのゲームのためだけに用意されたモノだなんて、と。

「——む、貴様様は……」

テラスの縁に立ち、ゲームを見守っていた騎士風のバニーガールが振り向いた。その隣、柵の上にちょこんと乗っていた毛玉ウサギの妖精もまた、こちらに気付いた様子で。

「……ん、むにゃ。ミライの彼氏こーほ……どうやって？」

「君たちはあの二人の——あぁ、あれで送ってもらったんだ。一時休戦ってことで」

波止場が背後を指すと、今しがた通ってきたポータルの歪《ゆが》みが塞がるところだった。

大通りに集った溢《あふ》れんばかりの観客に加え、十数万人を超える視聴者が配信を見守るこの状況では、白装束に仮面という出《い》で立《た》ちは些《いささ》か目立ちすぎる。衆人環視に晒《さら》されることを嫌ったDDは、飛行船に残って事の成り行きを見届けるつもりのようだ。

しかし両者の間で交わされた取引の話は一旦保留となったものの、波止場《はとば》の立場は当初よりも厄介な状況になったと言えるだろう。このゲームが終われば、櫃辻《ひつつじ》は最重要機密なんちゃらとかいう罪状によって先の諜報行為を取り締まられることになる。波止場はその仲立ちの任をなかば強制され引き受けた、というわけだった。

（……ったく。これじゃあ何のために櫃辻ちゃんの許《もと》を離れたか解《わか》らない……）

どうしてこう上手《うま》くいかないんだ。波止場は自らの不運っぷりに嫌になる。櫃辻を連れて逃げることも考えたが、今はこれ以上最悪な事態にならないことを祈るのみだ。

「それで、櫃辻ちゃんは？」

「……ん、むにゃ。苦戦ちゅう」

むーとんが簡潔に戦況を述べたところで、波止場の視界を一羽の小鳥が横切った。

それは赤色のワイヤーフレームで象《かたど》られたホログラムの小鳥で、それもすぐあとから追いついた少女の手が触れた瞬間――糸くずのようにほつれて消え去った。

「――ガッチャ！　一〇ポイントゲット！」

櫃辻だった。大樹の枝を蹴って宙に飛び出した櫃辻は、〝ターゲット〟を確保するや否や綿花のエアバッグを踏んで、すぐに次の標的を目がけて新緑の森へと帰っていく。

狩人《かりうど》の接近に気付いた色とりどりの小鳥たちが、その果実のような色彩を見せびらかすように止まり木から飛び立った。赤、青、白、緑、紫――それぞれの色彩が、自らの翼を以《もっ》て街灯《あか》りに照らされた木々の合間を飛翔《ひしょう》する。

それらの光景を眺め、ツキウサギはアーカイブに新規登録されたゲームの名を呟《つぶや》いた。

「パンドラゲーム――『色鳥取り』ですか。悪くないセンスです」

「本来の名称は『バードキャッチ』だ。遊具《コンポーネント》に多少のアレンジは加えてあるがな」

「……ん、むにゃ。むーとん命名……」

「です、だと思いました。この脳筋には遊び心を理解する能がありませんから」

「『舌切《したき》り雀《すずめ》』という童話を知っているか？　知らぬなら貴様で実演してやってもいい」

「こんなときに喧嘩《けんか》はやめてくれ。なんでそんな仲悪いんだよ、君ら……」

片や額に青筋を浮かべ抜刀する騎士系バニー、片やそれをフラミンゴのような構えで迎え討たんとする和装系バニー。流石《さすが》にその両者の間に割って入る勇気はなく、波止場は彼女らを素通りしてテラスの縁からゲームの舞台に視線を巡らせる。

――『色鳥取り』のルールは、見ているだけでもある程度は推察できた。

赤やら青やらの光を伴うホログラムの鳥たちには、それぞれの色ごとに得点や役割が割り振られている。例えば赤なら一〇ポイント、青なら二〇ポイントといった具合に。

そして緑の小鳥はコンボボーナス。続く数秒間において獲得ポイントが倍増する。

獲得した小鳥たちは触れた傍《そば》から糸状に分解され、大樹の両端に吊《つ》るされた鳥かごの中に回収される。得点はその鳥かごの上部に投影されたボードに逐一カウントされていく。

現在の得点は、櫃辻《ひつつじ》の側に「三八〇ポイント」。渡鳥《ととり》の側に「三〇〇ポイント」――

（……あれ？　櫃辻ちゃんが勝ってる？）

僅差ではあるものの、得点ボードには接戦とも言うべき奮闘の記録が残っていた。

だがすぐに波止場《はとば》は、むーとんが「苦戦している」と言った意味を理解する。

遠目に見た櫃辻に、観戦するこちらに気付いた様子はない。高層ビルにも勝る巨大な大樹の枝葉を縫って飛び回る小鳥たちに対し、櫃辻は二本の腕と脚、そしてEPを駆使した立ち回りで一羽一羽着実に獲得していた。

「――ふぅ」

いま止まり木に膝を屈《かが》め、汗を拭う彼女は肩で息をしていて、その顔には疲労の色が滲《にじ》んでいる。それでも不敵な笑みを崩さないのは、配信者の意地というやつだろうか。

その一方で、その少し高みにある木陰に静かに佇《たたず》んでいる少女は、渡鳥だった。

彼女は、櫃辻が再びポイントの獲得に動き出しても慌てることなく、鷹揚《おうよう》とした仕草で枝葉の路《みち》を歩き始める。人一人分ほどの歩幅しかない枝の上を、足下も碌《ろく》に見ずに、緑豊かな遊歩道を散歩するような面持ちで進み――偶々傍《たまたまそば》を通り抜けようとした青い小鳥が、彼女の指先に触れて、ほつれた。

「……！」

渡鳥の得点ボードに一気に六〇ポイントが入る。緑、赤、青と続くコンボボーナスだ。汗一つ滲んでいない涼しげな容貌には、訪れる総《すべ》てを迎え入れるような柔らかな微笑《ほほえ》みが浮かんでいる。だが、その表情の奥に潜む魔性を波止場はすでに知っていた。

悠々と構えているのは、どうせ勝機は彼女の許《もと》に自らやって来ると確信しているからだ。《#神がかり的な幸運《メイクオウル》》を宿した彼女にとって勝利とは、望めば叶《かな》うものなのだから。

すると、木漏れ日の代わりに月明かりが降り注ぐ樹冠から、一羽の美しい小鳥が下りてくるのが見えた。やはり訪れた吉兆を見上げ、弓なりの笑みが幼女神の相貌を歪《ゆが》めた。

色とりどりの小鳥たちの中で唯一の色を持つ、黄色の小鳥。

その得点は一度に〝一〇〇ポイント〟という大盤振る舞いだ。

そしてさらに黄色の小鳥に与えられたもう一つの役割は、それが獲得された時点で〝即座にゲームを終了する〟という——終わりを告げるためのホイッスルでもあった。

幸運を担う一羽の小鳥を巡って二つの視線が月明かりの下に交差し、ゲームは決着へと向かう。

ところで、櫃辻ミライには〝夢〟があった。

それは口にするのも憚《はばか》られるような、ちっぽけで、曖昧で、他人が聞けば笑われてしまいそうな、それでも少女の心に深く根差した強い想《おも》い。

〝一〇〇の夢を叶《かな》える夢〟――というのは、一つの手段でしかなかった。

地元を出て六號《ろくごう》の街にやって来たのも、思い切って配信者を始めたのも、企画と称して数多《あまた》のゲームに身を投じてきたのも。総《すべ》ては漠然と懐《いだ》いてきた夢にがむしゃらに手を伸ばしてきた結果であって、そのどれが本物なのかと問われれば、きっとそのどれもが本物だと答えたし、しかしそのどれもがきっと本物ではないのだろうな、とも思っていた。

いつかきっと――そう想《おも》い続けながらも、未《いま》だその本物には辿《たど》り着《つ》けていない。

まだ、櫃辻《ひつつじ》ミライという少女はその夢に向かって手を伸ばしている道中なのだ。

だからこそ櫃辻は、前しか見ないし、後悔もしないし、逡巡《しゅんじゅん》もしないと決めていた。

そうして突き進んだ先で、あの少年に出逢《であ》ったあのときから、しばらく空回りしていた歯車が、カチッ、と音を立てて未来へと回り始めたような気がした。

そして今、櫃辻はこれまでにおいて一番の大舞台に立っていることを実感している。

これまで積み重ねてきた一歩一歩は、なに一つとして間違っていなかった。

この先に進んでいけば、きっといつか自分の夢は叶うはず――そういう予感が、櫃辻ミライという人間を構築する全神経を奮わせ、ニューロンを刺激し、勝利へと加速させる。

たとえ総てを叶え、総てを手に入れてきた神がかり的な存在が立ちはだかろうと。

それすらも踏み越えて、さらに一歩前へと進んでやろう。

それだけの希望を胸に懐いて、櫃辻はようやく目の前に姿を見せた好機に指を鳴らす。

「――《#気まま羊雲《クリック・パフ》》――開花《クラック》ッ！」

指先に装填《そうてん》されたネイルから足下へと放たれた〃種子〃は、合図と共に爆発的な威力を伴って花開く。一息に膨れ上がった綿花のエアバッグが、櫃辻の身体《からだ》を足下から一気に押し上げ、視界に見定めた黄色の小鳥の許《もと》へと跳ね飛ばした。

「……！」

悠長に枝の路《みち》を歩いてやって来た渡鳥《ととり》の傍《そば》を瞬く間に通り抜け、彼女の頭上へと躍り出した櫃辻は、その勢いのままにこちらへと滑空してきた黄色の小鳥に手を、伸ばした。

如何《いか》に空を飛び回る鳥であっても、弾丸の如《ごと》き勢いで迫《せま》る狩人《かりうど》の手から逃れる術《すべ》はない。

「――これで、ゲームセットッ！」

櫃辻が高らかに勝利を宣言したそのとき、まさに偶然としか言えない出来事が櫃辻の勝利を阻んだ。

「……なっ、マジ⁉」

櫃辻が伸ばした指先は確かに小鳥に触れていた。だが、黄色の小鳥に指先が触れると確信した刹那、そこに偶々《たまたま》飛び込んできた青い色の小鳥とぶつかったのだ。

ゲームの設定に〃黄色の小鳥を守る〃ような仕様が組み込まれていたのかは定かではなかったが、ともかく櫃辻には二〇ポイントが入り、代わりに本命を掴《つか》み損なった。

黄色の小鳥は櫃辻の懐をすり抜け、そのまま墜落するような軌道で下へと飛び去っていく。その先で待ち構えているのは、渡鳥《ととり》だった。襲い来る狩人《かりうど》の魔の手から逃れたばかりの小鳥にとっては、そこで待つ少女の微笑《ほほえ》みは慈母のように映ったのかもしれない。黄色の小鳥は、迷いなく彼女の傍《そば》へと飛んでいく。このままでは、まずい。

櫃辻《ひつつじ》は未《いま》だ空へと跳ね上がる我が身を止めるべく、頭上に《#気まま羊雲《クリック・パフ》》を展開し、それを即席のブレーキとして急制動する。宙で身を翻して綿花を踏みつけた櫃辻は、そのままけのびの要領で急降下――だが、きっとそれでも間に合わない。

そう直感した櫃辻は、予《あらかじ》め投与《インストール》しておいた〝切り札〟をすでに起動している。

「いらっしゃい、幸運の小鳥さん」

その直後、渡鳥が迎え入れるように開いた手のひらに、黄色の小鳥が舞い降りて――

「……!?」

――それは空間の歪《ゆが》みのようなノイズを放って、三つにブレた。

渡鳥は今しがた手のひらから零《こぼ》れ落ちた残滓《ざんし》の感触に、僅かに眉をひそめる。

元より非実体のホログラムが形作る電子の鳥、しかしいま触れたのはそれよりももっと軽くて、空虚な空蝉《うつせみ》だ。もしや、と思い小鳥の行方を追って周りを見渡したそのとき、そのイリュージョンの如《ごと》き幻惑の光景に、渡鳥は感嘆の声を漏らしていた。

「――まあ、素敵……」

そこに満開に咲き誇っていたのは、宵闇にあってなお鮮烈なイエローに映えるタンポポの花畑――否、黄色の小鳥たちだった。本来一羽しか存在しないはずの希少種が、新緑の樹冠を黄色一色に染め上げるほどに無数の群れとなって、飛んでいたのだ。

これは夢か、幻か。その種明かしを、術者自らが口にする。

「――《#夢見る子羊《ディドリーム・ラム》》――いつもは配信の演出用に使ってる投影用ドローンなんだけど、今回はその〝ホログラム〟を総動員してこの森を〝夢の世界〟に加工してみましたっ！

さてさて、神がかり的ラッキーガールなお嬢様は、この夢みたいな世界ではしゃぎ回る〝偽物〟たちの中から〝本物〟を見つけ出すことはできるかな♪」

渡鳥の傍に降り立った櫃辻は、配信を見守る観客に向けてウインクをする。まるでショーの舞台に立つ演者のような立ち振る舞いに、渡鳥はしばし言葉を失った。

ただプレイヤーとしてゲームに興じるだけでなく、観《み》ている者すら興じさせる。そんな彼女の在り方は、対戦相手であるはずの渡鳥の心にも爽やかな風を感じさせるほどで。

「くふふ。わたくし、あなたほど真《ま》っ直《す》ぐな人と出逢《であ》ったのは初めてですわ」

……でも、だからこそ惜しい。

そんな彼女がひたむきに追い求める〝ユメ〟というやつが、堪《たま》らなく欲しくなる。

ぽつり――と、空から雫《しずく》が落ちてきた。それはやがてぽつぽつと、枝葉を水の雫で濡《ぬ》らし始める。不意の雨脚に、櫃辻は空を見上げた。樹冠の隙間から覗《のぞ》く夜空には、先ほどまで月が昇っていたというのに、どこからか現れた雲に隠れ始めている。

「――雨？」

パンドラの空は完全にプログラムによって制御されている。日の出や日の入りの時間も、晴れの日も雨の日も、空に浮かべる星座の形も――降水確率は一〇〇％か〇％しかあり得ない。それが、この世界における天候のシステムだった。

その無謬《むびゅう》のシステムがよりにもよって今、ただ一人の少女のためだけに歪《ゆが》みを見せた。

気付けば降りしきる雨は緑の天蓋をも突き抜けて、大樹へと降り注ぐ大粒の雨音へと変わり、視界を黄色く染め上げていた〝偽物〟を穿《うが》つ〝矢〟へと変貌していた。

雨に濡《ぬ》れた綿毛のドローンたちが、次々に機能不全を起こして墜落していく。そうしてホログラムが叶《かな》えた夢の世界は、誰も意図しない形で総《すべ》て幻と消え失《う》せたのだ。

櫃辻《ひつつじ》は雨に濡れるのも構わずに、その理不尽なまでの奇跡を前に茫然《ぼうぜん》と立ち尽くしていた。

「もしもあなたがもっと早くに、ゲームを終わらせることだけを考えていれば。あるいはその手に勝利を掴《つか》んでいたかもしれませんのに」

「……え？」

気の抜けた顔で、櫃辻は木陰に涼む渡鳥《ととり》の方を見た。彼女の手にはいつの間にか、傘が差してあった。黒い傘だ。それは先ほどふっと吹いた一陣の風が、どこからか運んできた誰かの落とし物だった。偶然による拾い物は、幸運の申し子を雨に濡らすことすら良しとはしなかったのだ。だが、総ては必然に収束する。

「いいえ。もしも、だなんて嘘《うそ》ですわね」

突然の降雨に小鳥たちは大慌てで木陰へと逃げ込んでいた。水に濡れないように、雨に打たれないように。黄色の小鳥が彼女の許《もと》を選んだのもまた、恐らくは必然だったのだ。

傘を手にした渡鳥の肩には、黄色の小鳥が雨宿りをしにやって来ていた。

「あなたが一人のエンターテイナーとして生まれ落ちたこともまた、わたくしにとっての幸運だった。それだけの話ですもの」

そう言って、渡鳥は肩に止まった黄色の小鳥に触れた。その直後、彼女には一〇〇ポイントの点数が与えられ、ゲーム終了を告げるホイッスルが、雨の中に響き渡った。

「――櫃辻ちゃん……っ！」

どれだけそうしていたのか。喪失した時間の折に、自分を呼ぶ声に気付いた櫃辻は大樹の上から声の主を見下ろした。ビルのテラスから、波止場《はとば》がこちらを見上げていた。

（……なんだ、ポッポ君は無事だったのか。それならよかった……）

そんな安堵《あんど》から肩を落とした櫃辻は、雨に濡れた顔をくしゃっと歪めて何かを呟《つぶや》いた。

それは雨音に紛《まぎ》れて彼の耳には届かなかったが、そのあとに訪れる逃れようのない義務は、彼女のすぐ傍《そば》まで迫《せま》っていた。二刀流のバニーガールは静かに告げる。

「――では、櫃辻ミライ様より〝ユメ〟を徴収致します」

その言葉のあと、櫃辻《ひっつじ》の胸元からは純然たる金色の光を放つ〝匣《はこ》〟が取り出され、心から〝ユメ〟を剥奪された少女は、その場に力なく頽《くずお》れた。

●

それはまるで夢だったかのように、あれほどの威容を放ち佇立《ちょりつ》していた大樹は、スクランブル交差点から綺麗《きれい》さっぱり消えていた。突然の豪雨に観客たちは散り散りとなっていて、そこには勝者と敗者、そして審判を務めたバニーガールだけが佇《たたず》んでいる。

やるべきことは終わり、黄金の匣を手に渡鳥《ととり》が立ち去ろうとしたそのとき、

「……渡鳥ちゃん……！」

そう呼び止める声と共に、あの不運な少年はやって来た。

交差点に雨ざらしの状態で仰臥《ぎょうが》する櫃辻を抱き起こしながら、少年は訊《たず》ねてくる。

「なあ、渡鳥ちゃん。そうまでしてなんで君は、他人の〝ユメ〟なんかを欲しがるんだ？」

「……」

「それは、この世界よりも大事なことなわけ？」

「大事なことですわ」

渡鳥が即答してみせたことに、後ろの少年は驚いた顔をしていたかもしれない。だが、彼女にしてみればとうに興味の失《う》せた抜け殻。渡鳥は振り返りもせず吐き捨てる。

「空っぽなユメすら持ち合わせないあなたには、きっと理解のできないことでしょうけど」

「……あの仮面の男は、君のことを狙ってる。いずれは君の運だって尽きるぞ」

「そのときにはきっと、この世界も終わっていますわよ」

それだけを言い残して、渡鳥はその場を立ち去った。用は済んだとばかりに雨はもう止《や》んでいて、渡鳥は再び空に顔を見せ始めた月を見上げながら、傘をそっと閉じた。

「……ところでこのステッカー、何なんですの？」

「コラボ相手にだけ配っている特別品だそうです。必要なければ処分しておきますが」

「まさか。記念に部屋にでも飾っておきますわ」

[From] Q.Q

[To] 不明のアカウント

[件名] なし

「ハロー、フィクサー (Q.Q)/」


「先日の件、しばらくこちらで預かることにしたよ。」

「事が事だけに、託す相手には慎重にならざるを得ないからね。」

「こういうときのためにも、もっと友達増やしておくんだったなあ(泣)」


「だからもし心変わりしたなら早めに言っておくれよ?」

「どれだけ世界が変わっても、時間だけは有限なんだからさ(´艸`)」


「ああ、それと話してた例のアプリのコードも送っておいたから、ぜひとも試してみておくれよ。」

「ちょっとばかし問題・・・いや癖の強い子なんだけど、きっと気に入るはずさ。」

「だって好きだろ？　和服のバニーさん」

七章　Re：Pop

午後一一時すぎ。その生放送は何の前触れもなく始まった。

とある配信サイトにて、『いま最も勢いがある配信者ランキング一位』の座に六ヵ月連続で君臨する『櫃辻《ひつつじ》ちゃんねる♪』――その場で突如オンエアされた尺にして僅か三〇秒にも満たない配信の内容は、こういうものだった。

――〝……えー、どうも。こんばんは。櫃辻ミライです……〟

――〝今日は、リスナーの皆様に大切なお知らせがあります〟

――〝わたくし櫃辻ミライは……本日を以《もっ》て配信活動をやめ――〟

――〝櫃辻様、すとぉぉ――っぷ！〟

――〝え、なにゲットちゃ……ふぎゃッ!?〟

唐突に配信画面にフレームインした和装系バニーガールが、陰鬱な面持ちで会見に臨む配信者の後ろから見事ヘッドロックを極《き》めて、そのまま彼女が座っていたゲーミングチェアごと画面外へと連れ去っていった……。

一連の映像はアーカイブに残ることなく消去されており、運よくそれを目撃した一部のリスナーの間では、『ヒツジちゃんバニフラ事件』としてちょっとした騒ぎになった。

それと同時刻、櫃辻《ひつつじ》宅のリビングには配信部屋から拉致ってきた櫃辻本人の姿が――

「……あぁ、なんか全部どーぉでもいい……」

否、櫃辻のような何かが、芋虫のような格好でソファに転がっていた。

「……夢も希望もないあたしなんて、このまま消えちゃった方がいいんだ……どうせこのまま続けたって、そのうちみんなに忘れ去られてオワコン化するんだぁ……」

彼女のトレードマークであるお団子は解《ほど》けており、髪はどんよりとした彼女の相貌と同様にくたびれきっている。服も下着の上にTシャツ一枚としどけない格好で、かつて陽の気に包まれていた彼女とは程遠い、真逆のネガティブオーラに沈みきっていた。

「んはは。これはまた重症ですねー」

「ああ、ホントに。まさか配信やめるとまで言い出すとは思わなかったよ……」

「です。このままではネガティブキャラで売ってきた波止場《はとば》様の立場が！」

「……そんな不名誉な売り方はしてない」

渡鳥《ととり》とのゲームが終わったあと、新世界運営委員会から先のスパイ行為を咎《とが》められた櫃辻は、録画データの一切を削除された挙句に今後一切の活動に厳しい監視を科されることとなった。偶然にも世界の終わりを知ってしまったが故の、不運な巻き込み事故。

そして総《すべ》ての手続きが終わり、自室に引きこもったかと思えばさっきの引退配信だ。

今そこにいるのは、女子高生ストリーマー・櫝辻ミライの抜け殻だった。

それほどまでに奪われた〝ユメ〟は、彼女の大部分を占める〝核〟だったのだろう。

「――あぁーッ、もうサイアク！　あいつら映像だけじゃなくて、関係ないデータまで持ってくなんてッ……記録したエルピスコードのログも全部消された……！」

そしてもう一人被害を被ったのが、井ノ森《いのもり》だ。

彼女もまた同罪との扱いを受けており、先ほど家に押し入ってきた白装束の集団によって電子機器から《KOSM-OS《コスモス》》からあらゆるデータを検閲され、疑わしきは罰せよの精神で軒並み押収、あるいは削除されてしまっていた。クラッシュしたローカルネットの復旧が完了したばかりだったこともあり、その怒りは余人には計り知れない。

「自分たちもコソコソ他人の家覗《のぞ》いといて、中立組織が聞いて呆《あき》れるわ……！」

「あんまし悪口言うと、連中にまた聞かれてるかもよ」

「聞かせてるのよ。それであいつらの目と耳が腐るなら、いくらでも罵ってあげる」

今にも世界を転覆させかねない形相の井ノ森に、波止場は引き気味に諸手《もろて》を挙げる。

「……ごめん、全部俺のせいだ。俺の問題に君たちを巻き込んだ」

「何？　覗き魔同士結託して、あたしたちを陥れようとでもしたわけ？」

「そうじゃないけど……でも、ほら。俺って〝不運〟なわけでしょ？　きっとそれが悪さをして、君たちにとっても最悪な展開になったんじゃないか、って」

「……ふん、そうね。きっとこの世界が終わるのもあんたのせい」

井ノ森《いのもり》はソファの肘掛けに座ると、表示窓《ディスプレイ》を操作し残ったデータの整理をし始める。

……不運と幸運。それぞれの機能を担う〝世界の設計図《グランドソース》〟の断片――井ノ森が盗み聞いた話の内容は、噂《うわさ》が本当だったことを裏付けるものだったが、そこに世界の終わりなる秘密が隠されていたのは、彼女にとっても想定外。大きな誤算だった。

今回の騒動の原因は、結局のところ総《すべ》てそこに帰結する。

「――で、世界が終わるってのは。本当なの？」

「……多分、としか言い様がない。でも俺は、世界がバグる瞬間をもう二回も見てる」

「まぁ実際、管理塔《サーバー》のメインシステムがバグってるなら、いずれはパンドラそのものが崩壊してもおかしくはない。けど、そのバグをあたしたちは認識できない、と」

「です。どうやらエルピスコードを持つ人間様と、その脳に付随する《NAV.bit《ナビット》》だけは静止世界を認知できるようですね。エルピスコード自体がメインシステムのコードを書き記した設計図という話でしたし、それ故になんらかの耐性が得られるってことでしょう」

「だからこそ、あいつらはその断片を集めたがってる。筋は通ってる」

そしてそのための方法がパンドラゲームによる強奪。そのための駒として、新世界運営委員会は波止場《はとば》を利用する腹積もりなのだろう。しかもよりにもよって〝不運〟な少年に協力を仰ぐ辺り、彼らも相当切羽詰まった状況にあると見える。

「で、あんたはあいつとの取引に応じるつもり？」

「……そうした方がいい、とは思ってる」

「あたしたちを人質に取られてるから」

「そうじゃない、とは言えないけど……一応世界のため、って大義名分はあるし」

「じゃあ何を迷ってるんです？　波止場様は」

「……解《わか》らないいんだよ。俺の〝不運〟が、次にどんな最悪を引き起こすのか」

DDとはあのあともう一度だけ会話を交わす機会があった。

彼は波止場の過去を協力の対価として提示してきたわけだが、そこにさらに〝櫃辻《ひつつじ》と井ノ森への不干渉〟も追加してきたのだ。逆に言えば、協力を拒めば彼女らに更なるペナルティが科される可能性もある。彼の提案には、そういう含みがあった。

選択肢はない。そうと解っているのに、どうしても最悪な想像が頭をよぎるのだ。

「……善かれと思って君たちの許《もと》を離れようと思ったけど、そのせいで俺を助けようと櫃辻ちゃんは渡鳥《ととり》ちゃんと戦って、ユメを失った。その前だって俺は記憶を取り戻そうとしてたはずなのに、今ではその記憶すらどうでもいいだなんて本末転倒な状況になってる。

俺が何かをしようとすると、必ず最悪な方に転がっていくんだよ。もしかしたら連中に協力することで、もっとよくない結果に陥ることだってあるかもしれない。

だから俺は、これ以上なにもしない方がいいんじゃないか、ってさ……」

路地裏で目覚めて、記憶を失って、何もないところから始めて。ようやくこの世界にも馴染《なじ》んできたと思った矢先、それは足下から崩れ去った。この先もきっと希望を懐《いだ》いては絶望に落とされての繰り返しなんだろうな、という予感だけがある。最悪の先にまた新しい最悪があって、最悪だけが肥大化していって、いずれはその最悪に圧《お》し潰されるのだ。

そしてこんな愚痴を聞かせている今の自分はもっと最悪だな、と波止場《はとば》は自嘲する。

「……ヒツジは——」

それを聞いて井ノ森《いのもり》は、反射的に彼女の言葉を思い出していた。

「この世界にはどうしようもない最悪なんてない。ヒツジは最期にそう言ってた」

「……え、あたし死んだ？」

井ノ森の後ろでソファに突っ伏したままの櫃辻《ひつつじ》が呟《つぶや》いていたが、そんな友人の姿などまるで目に入っていないかのように、井ノ森は遠い目をして壁の隅を見やる。

「あんたがその様子なら、あいつは結局……それを証明できなかったみたいね」

井ノ森は表示窓《ディスプレイ》を閉じると、はぁ……、と溜息《ためいき》をついて自室の方へと歩いていく。

「あいつの名誉のために言っとくけど、櫃辻ミライがそこでそうなってるのは自業自得。ゲームに負けたせいであって、どこぞの不運なんかに負けたわけじゃない」

スライド式のドアが静かに閉じて、井ノ森は部屋に閉じ籠ってしまった。

僅かな静寂のあと、リビングに取り残された波止場は意外そうな顔で目を瞬《またた》かせる。

「……もしかして井ノ森ちゃん、俺のこと励ましてくれてた？」

「んはは。きっと一ビットくらいは」

厳しい言葉ではあったが、その僅かな心遣いには幾分か救われた気持ちになる。

いま思うと、こんなにも不運な人間が井ノ森や櫃辻のような好人物に出逢《であ》えたのは、ある意味では奇跡と言ってていいのではなかろうか。そんな感慨に耽《ふけ》りながらソファに深く腰を下ろした波止場は、体内の空気を入れ替えるためにもう一度深く、息を吐く。

「それで？　今のとこいいとこなしのバッドラック様は、これからどうするんです？」

「……どうする、か……」

これまでにも何度も聞いてきたツキウサギの問いに、波止場は思案顔で俯《うつむ》いた。

正直泣き言ならまだ言い足りないくらいだったが、これからのことを考える上でも自分に何ができるのかくらいは、はっきりとさせる必要がある。考えるだけならタダだ。

「もし、仮に……俺が渡鳥《ととり》ちゃんとの再戦を望むとしたら、そんなマッチングは可能かな？」

「今となっては難しいでしょうね。渡鳥様はすでに波止場様よりユメを徴収し、目的を果たし終えたわけですから。これ以上波止場様に求める希望もないでしょうし」

——パンドラゲームでは、対戦相手が求める希望こそがプレイヤーのチップ《チップ》になる。

その原則に従えば、波止場にはもう渡鳥と対戦するための賭け金がない。

「じゃあ俺が彼女のエルピスコード――つまり〝幸運〟を願ったとしても、改めて〝記憶の手がかり〟の方を願ったとしても、その再戦は叶《かな》わないわけだ。俺にはもう賭けるユメがないから」

「もし、渡鳥《ととり》様にも他の希望があればあるいは……といったところでしょうかね」

「それは期待できないだろうね。彼女には《NAV.bit《ナビット》》に希望するような望みがない。本人の言葉を信じるなら、だけど……彼女のユメに対する執念はきっと本物だ」

「です。渡鳥様は他人のユメを収集し夢に見ることで、自身の欲望を満たしてるそうですからねー。それにしても、随分と歪曲《わいきょく》なことを考えつくものです。ユメは叶えるものとばかり思ってましたが、他人のユメなんて見て面白いんですかね？」

ツキウサギ曰《いわ》く、渡鳥が願うユメは《#夢見》のEPという形で具現化するらしい。

彼女の希望はユメを叶えることではなく、あくまでその収集だ。他人《ひと》はそれをお嬢様の道楽だと言う。だが、波止場《はとば》にはどうしてもそうとは思えなかった。

他人のユメを奪って愉《たの》しみたいだけにしては、彼女が時折見せる表情はどうも切実だ。

「……渡鳥ちゃんは、俺のユメも見たのかな？」

「さあ。気になりますか？　自分の懐《いだ》いていたユメがどういうモノだったのか」

「そりゃあ、ね。だって俺は記憶を失ったんだよ？　昔の俺がどうだったかは知らないけど、少なくとも今の俺にユメなんてあるわけがない」

「……そうですかね？　当人にその自覚がなくとも、チップとして具現した以上はどんなカタチであれ〝ない〟ことはあり得ません。私は確かにそれが徴収される瞬間を見届けましたし、そしてその結果波止場様が腑抜《ふぬ》けてしまったのも、また事実です」

　そこで波止場には、いつもの疑問が湧いてくる。

「……ねえ。ツキウサギさんなら解《わか》るんじゃないの？　奪われた俺のユメが何なのか」

　するとツキウサギは、試すような口調と表情で逆に訊《たず》ねてくる。

「おや、波止場様。聞きたいですか？　知りたいですか？　そういう形で知って納得できるのであれば、別に教えてしまっても構いませんが——」

「……いや、やめとく。自分で考えろって、そう言いたいわけだろ？　君は」

　満足げに頷《うなず》く彼女に、波止場は苦笑する。いい加減彼女の教育方針にも慣れてきた。そしてそれにはいつだって彼女なりの意味があったのだと、今ならば解る。

「ポッポ君は、まだなんかするつもりなの……？」

　さっきまで隣のソファでだらけきっていたはずの櫃辻《ひつつじ》が、いつの間にか波止場の膝を枕に寝そべっていた。思わず「うわっ」と身体《からだ》を跳ね上げそうになるが、そのまま彼女は虚《うつ》ろな瞳でこちらを見上げながら話し始めるものだから、動くに動けない。

「……もういいじゃん。どうせもう全部終わっちゃうんでしょ？　じゃあさ、もうこのままあたしとダラダラ過ごして、テキトーに生きていこうよ……」

「……大体、あのお嬢様にだって勝てっこないよ。こっちがどれだけ頑張っても、それも全部〝運〟だけで台無しにしてくるんだもん……何回やったって、無理だよ……」

「櫃辻《ひつつじ》ちゃん……」

「まぁ、そうだね。あれは正直チートすぎる」

そうやって苦笑いで頷《うなず》きつつ、波止場《はとば》は櫃辻に訊《たず》ね返す。

「でも、櫃辻ちゃんはそんな神がかり的ラッキーガールに挑んだ。それは俺のせいか？

俺を〝なんとか〟しようと思って、無理だと思いながらも戦ってくれたの？」

櫃辻が渡鳥《ととり》と争うことになった経緯を、ある程度は井ノ森《いのもり》から聞き及んでいた。

波止場と櫃辻の人差し指には、未《いま》だ二人の契約を象徴するペアリングが残されている。

あまり考えたくはなかったが、その契約が――即《すなわ》ち〝波止場をなんとかする〟という善意の強制が、知らず知らずのうちに櫃辻の意思や行動を縛っていたのではないか、と、波止場は今更ながらにその可能性に思い至り、心を痛めているところでもあった。

他人の心すら捻《ね》じ曲《ま》げてしまう、そういう〝法〟がこの世界には確かに在るのだ。

（……櫃辻ちゃんは、俺のことを本気で好きになったわけじゃない。そうさせたんだ）

もしそうなら、これ以上彼女たちと一緒にはいられない。

「う～ん、どうだろ……」

櫃辻は波止場の膝の上で寝返りを打つようにして、数刻前の回想に耽《ふけ》りながら呟《つぶや》く。

「……それもあった気がするし……それだけじゃなかったような気もする。それが何だったかは思い出せないけど……多分、そうしたかったんじゃないかな。しらんけど」

「そっか」

彼女らしい。波止場は微笑を浮かべ、ふっと脱力する。

「俺は、櫃辻ちゃんが羨ましいよ」

「……え？」

「俺はユメを盗《と》られても、今の君ほど変わりはしなかった。それだけ自分を支えてくれる理想を持ってる君がさ、俺には羨ましい。多分、最初に逢《あ》ったときから」

波止場は櫃辻の身体《からだ》を抱え起こすと、かつておじいちゃんみたいと揶揄《やゆ》された猫背姿勢はそのままに、ゆらりとした動作でソファから立ち上がった。

「……あぁ、解《わか》ったよ。きっとそれだけのことだったんだな」

あれほど虚無に浸りきっていた心の淵《ふち》に、ようやくそれが伽藍堂《がらんどう》なのだと理解できるだけの微《かす》かな灯《あか》りが揺らめくのを自覚する。やはり自分は、在るべきモノを奪われたのだと、その孔《あな》を自覚する。失ったはずの〝空〟が、再び〝空〟としての器を取り戻す。

それは意味であり、動機であり、何かを欲さんとする飢えだった。

「なぁ、ツキウサギさん。君は渡鳥ちゃんとのマッチングを〝難しい〟とは言ったけど、〝無理〟だとは言わなかった。今はどうだ？」

「……さあ。それが彼女の希望に見合うかどうかは、試してみないことには」

「ハハ、相変わらず意地悪だな。でもまあ、俺みたいなのに可能性があるだけでも十分だ」

へぇ、と——確かな決意と後ろ向きな自信を秘めた表情をする波止場《はとば》に、ツキウサギは感心した素振りで笑みを返す。彼にしては随分と前向きじゃないか、と。

「それでどうするんです、波止場様？　やるべきことは多いですよ？」

「とりあえず……やれることは全部、かな」

●

ノックの音に気付いた井ノ森《いのもり》は、はぁ、と溜息《ためいき》をついて遠隔操作で鍵を開ける。スライドしたドアから遠慮がちに顔を覗《のぞ》かせたのは、波止場だった。

「……何の用？　こんな時間に」

時計を見れば、もうすぐ一日が終わろうとしている。新世界運営委員会による立ち入り検査——という名目の隠蔽工作に付き合わされたせいで、随分と無駄を費やした。

歓迎していない客人の存在に、井ノ森はモニターの前に座ったまま眉をひそめる。

「女のコの部屋を訪れるにしては、ちょっと非常識な時間じゃない？」

「それは謝るよ。でも、君に協力して欲しいことがあるんだ」

彼の後ろでドアが閉まり、部屋はモニターから漏れた明かりのみに照らされる。そのことに彼はびくりと反応しながらも、神妙な顔つきで薄暗い部屋へと足を踏み入れた。重力を一身に背負ったかのようにくの字に折れた姿勢もさることながら、目元の隈《くま》が影のようになっていてまるでゾンビが部屋を訪ねてきたのかと錯覚し、ギョッとする。

櫃辻《ひつつじ》と同棲《どうせい》を始めてしばらく経《た》つが、彼女の趣味の悪さだけは未《いま》だに理解できない。

「井ノ森ちゃんはEPを作ってるって聞いた。櫃辻ちゃんのEPも、君が作った物なんだって？」

「……そうね」

「俺にも作ってくれないかな、そのEP」

「嫌よ」

「……ま、そうだよね。邪魔してごめん。おやすみ」

にべもない返事に、波止場もまたあっさりと引き下がる。その潔さといったら、踵《きびす》を返《かえ》してドアに手を伸ばす彼の背に、むしろ井ノ森の方が引き留《と》めるほどだった。

「待って。あんた、なに企《たくら》んでるの？」

「渡鳥《ととり》ちゃんとまたゲームしようと思ってさ。それで、EPが必要なんだ」

波止場はくるりと反転すると、さっきよりも一歩深く部屋の中に入り込んでくる。

「……結局、あいつらに協力することにしたわけ？　あのお嬢サマから〝幸運〟を奪い獲《と》ってやろうって？」

「それもあるけど。本命は別にある」

「……別って？」

「それはここでは言えない。でも、君たちにとっても悪くないモノだよ。きっとね」

しぃー、と盗聴を疑うような仕草で、波止場《はとば》は勿体《もったい》ぶったような笑みを浮かべる。

井ノ森《いのもり》はふと——いま目の前にいるのは本当にさっきまで自らの不運を嘆いていた少年と同じなのだろうか？　という疑問を懐《いだ》いていた。

心の支えを失うことで人柄までもが変質してしまう例は身近な人で体験したばかりだったが、思えば井ノ森は、波止場という人物がどういう人間なのかをよく知らないのだ。

そしてそれは、彼自身も憶《おぼ》えてはいないはずだった。

だからあり得るとすればそれは、記憶を失ってなお残る彼の人間性そのもの。

その残り滓《かす》が、今そこに垣間《かいま》見《み》えているのかもしれない。

「あんたがあたしに何を期待してるのかは知らないけど……何をするにしても、あんたにはどうにもならない問題が幾つもある」

井ノ森は眼鏡の位置を指で整えつつ、背もたれに身体《からだ》を預けるように姿勢を変えた。

「——まず、あのお嬢サマと戦うなら、あの〝幸運〟を攻略しないことには始まらない。

それも――〝不運〟なんていう最悪なバッドステータスを背負った奴《やつ》が、ね」

「まぁ、それが一番の問題だね」

壁の一面を占める収納棚には、様々な用途の機材や電子機器、ガジェット類が煩雑に詰め込まれていて、波止場はそれらをしげしげと眺めつつ訊《たず》ねる。

「例えば相手の幸運を打ち消したり、俺の不運を無効化したり。そういうＥＰってないの？」

「……無理ね。基本的にＥＰってのは個人に対して機能を追加したり、能力を拡張したりするものであって、他人に直接的な影響を及ぼすタイプの物は仕様上厳しい。もちろん作れないことはないけど、あのお嬢サマの幸運は世界のコードを書き換えて捻《ね》じ曲《ま》げるような規格外。あれほどの影響力を覆すだけのＥＰは、きっと現存する技術じゃ作れない」

「なら、俺の不運の方は」

「それも同じよ。あんたの場合はそれがマイナス方向に働いてるってだけで、人の手に余る規格外のスペックを持つエルピスコードには変わりない。しかもそれは、あんたの《KOSM《コスモス》‐OS》を深く侵食してるバグみたいな性質まで持ってる。前にも言ったけど、そんな状態で他のＥＰを投与《インストール》したら、どういう影響が出るかは解《わか》らない」

そもそもＥＰの運用においては、使い捨てが基本となる。脳と直結した《KOSM‐OS》にインストールされたＥＰは、無条件に酷使すればするだけ脳への負担が大きくなる。電子生命体と化した現人類にとってこれは致命的だ。だからそのための安全措置として、EPには使用回数か駆動時間に制限が設けられている場合がほとんどだった。

綿花型のエアバッグは装填《そうてん》されたネイルの数だけと決まっているし、綿毛型ドローンは一度にコントロールできる台数や時間に限りがあった。そして大抵のEPは予《あらかじ》め充填《チャージ》された容量を使い切った時点で自動で排気《アンインストール》される仕組みになっている。

それを踏まえると、無差別に〝不運〟を振りまく常時発動型《パッシブ》のアプリ、という代物が如何《い か》に異常かが解《わか》る。波止場《はとば》の内に潜む《#CRACK-E《クラック》》は、そこに在るだけで使用者の身体《からだ》に負荷を及ぼし続けるバグであり、解除不能なデバフでもあるのだから。

そこまでのレクチャーを井ノ森《いのもり》から聞いた上で、波止場はしばし黙考したのちに、

「じゃあ、それは諦めよう」

あっさりとその可能性を切り捨てた。

「……あんたまさか、何の策も考えてないわけじゃないわよね?」

「いやいや、一応考えはあるよ……! でもほら、俺って何も知らないわけだからさ。他に可能性があるなら専門家から聞いた方が確実かなって――」

じとっと睨《にら》みつける井ノ森の眼光に、波止場は慌てて手を振って否定する。するとその手が棚にぶつかって、そこに詰め込んでいたガジェットが崩れて彼の足に落ちてきた。

「はぁ……解ってる? あんたはまずそのツイてなさをなんとかしないことには、きっと

ゲームにすらならないわよ？」

「……ッ、かもね。でも、櫃辻《ひつつじ》ちゃんのときも散々だったけど、最後には勝てた。不運だからって必ず負ける呪いがかかってるわけじゃない。それは多分、向こうだって同じだ」

足の指を打った痛みに悶絶《もんぜつ》しながらも、波止場は目の端に涙を浮かべたままで言う。

「随分と前向きね」

「これ以上後ろに引けないだけだよ」

波止場はよろよろと立ち上がりながら、リビングの方をチラと窺《うかが》う仕草をする。

「大事なことはなんも憶《おぼ》えてないけどさ、恩知らずにはなりたくないんだよ。俺は」

井ノ森は、いつの間にか彼の言葉に耳を傾けている自分に気付く。憐《あわ》れな少年に対する同情か、反逆の意を見せる同志に対する同調か。どうにも彼を見ていると、手を貸してやってもいいんじゃないか、という気にさせられる。

「さっきも言ったけど、俺には〝不運〟と〝幸運〟を攻略するための考えがある。でも、その想像を形にするためには君の協力が必要不可欠なんだ」

「……」

「だから君の作るＥＰで、俺の希望を叶《かな》えてくれ」

片や神がかり的な祝福によって挑戦者を阻む〝幸運〟――

片や神がかり的な呪いによって使用者を蝕《むしば》む〝不運〟――

相反する機能を持った二つのチートを、あまつさえ同時に攻略してみせようという無謀を口にする少年がいる。それはある意味では、EPデザイナーとして様々な可能性を実現してきた井ノ森《いのもり》への挑戦でもあった。

櫃辻《ひつつじ》は、井ノ森の作ったEPを使って、負けた。その負い目がないと言えば嘘《うそ》になるし、友人の敗北を目にしたとき、自分のことのようにショックだったし、悔しかった。

だからもしリベンジが叶《かな》うのなら。その希望を、彼が叶えてくれるのだとしたら――

「………はぁ、聞かせて。あんたの策ってやつを」

この男に賭けてみよう。そう思い、井ノ森は改めて波止場《はとば》に向き直った。

「言っとくけど、タダじゃないわよ？　ヒツジだってそこら辺はちゃんとしてたんだから」

プレイヤーとデザイナーは互いの信頼があってこそだ。

波止場はその信頼に応えるように頷《うなず》くと、真《ま》っ直《す》ぐ井ノ森を見据えてこう言った。

「……ツケでもいい？　いま俺、お金なくてさ」

至近距離で投擲《とうてき》したエナドリの空き缶が、波止場の額にカツーンとヒットした。

やっぱりこの男は好きになれそうにない。

瞼《まぶた》を開くと、カーテンの隙間から陽射《ひざ》しが真正面に差し込んできて、堪《たま》らず波止場はソファの上で顔を背けた。

表示窓《ディスプレイ》を開いて時計を見ると、午前九時――どうやら一時間ほど眠っていたらしい。

欠伸《あくび》を噛《か》み殺《ころ》しながら、洗面所に向かう。蛇口から勢いよく飛び出した水に頭から突っ込むような格好で、顔を洗う。ふと見上げた鏡には、未《いま》だ見慣れない自分の顔が映っている。煤《すす》けた灰の色をした癖っ毛は跳ね放題で、目元の隈《くま》は一層色濃く黒ずんでいる。くの字に曲がった背中は今にも折れてしまいそうだ。背筋をピンと伸ばして立ってみるが、それもすぐにしなっと萎《な》えてしまった。これが俺かぁ……、と波止場は苦笑する。

「酷《ひど》い顔ね。これから〝勝ち〟に行く奴《やつ》とは思えない」

手櫛《てぐし》だけで気持ち髪を整え、波止場がおぼつかない足取りでリビングに戻ると、先ほどまで自分が寝ていた場所に井ノ森の姿があった。

「……君の方は、なんか元気そうだ……」

「夜更かしはいつものことだし、あたしにとってはこれが普通――と言いたいとこだけど。流石《さすが》に今回は初めてのことばっかで苦労させられたわ」

そう肩を竦《すく》める井ノ森は、とても徹夜明けとは思えないほどに艶々《つやつや》として見えた。

乱れ一つない灰空色の長髪を軽く撫《な》でながら、彼女はその難産の賜物《たまもの》をテーブルの上に置く。

——〝不運〟という未知の仕様に侵された波止場《はとば》の《KOSM‐OS《コスモス》》は、EPに対し過敏な反応を示す特性があった。

それは〝違和感〟という前兆を伴って、ネガティブな反応を引き起こすというもので、例えば投与《インストール》したEPが予期せぬ動作を引き起こしたり、波止場の身体《からだ》になんらかの変調をきたしたり、そういうイレギュラーが常に起こり得る。

それが昨晩、身体を張った耐久テストによって導き出された波止場のスペックだった。

よって、EPの使い方にも工夫が必要となる。

井ノ森《いのもり》は改めてそう説明した上で、テーブルに広げた計六つのEPを指して言う。

「このEPは、バグり散らかしたあんたの《KOSM‐OS》にもある程度順応できるように調整してあるけど、使い続けることによって生じる挙動は未《いま》だ読めない。だからリスクを回避する意味でも、EPは一度効果が起動した時点で即自動排気《アンインストール》が鉄則。だから——使い切りの〝お守り〟が計六つ。それがあんたに許された秘策の弾数よ」

井ノ森は自ら〝お守り〟と称したEPをまとめて一つのキューブに圧縮すると、それを波止場に投げて寄こした。彼は受け取ったそれを陽光に透かして、眺める。

「——六回。それだけあれば十分……とはいかないだろうね」

「当然よ。相手はあの神がかり的ラッキーガール。何をしたって万全とはいかないわ」

「おまけにその挑戦者は運が悪いらしいしね」

「不運と幸運。賭けにしても分が悪い」

「……ま、そう悪くもないさ。君のおかげでなんとか賭けには持っていけそうだし」

たった一夜で本当に変わるものだ――と、井ノ森は目を白黒させ波止場を見上げていたが、彼がキューブをインベントリに仕舞《しま》って歩いてくるのを見ると、すぐにいつも通りの取り澄ました顔になって念押しする。

「解《わか》ってるとは思うけど、あんたにはまだ二つクリアしなきゃならない問題が残ってる」

波止場はそれを聞きながらジャケットの袖に腕を通し、出発の準備を進める。

「一つは、賭けるユメのないあんたが〝ユメ狩り〟とマッチングできるのか、ってこと。もう一つは……このゲームが終わったら、新世界運営委員会はより一層あんたに執着するようになるってこと」

「もちろん解ってるよ。一つ目に関してはツキウサギさんとも散々話し合ったし、多分、大丈夫。あの子はきっと俺が来るのを待ってるはずだ」

井ノ森の心配に反して、波止場は楽観した面持ちで答える。

「そして二つ目に関しても、上手《うま》くいけば今日中にカタがつく。そうするつもりだ」

この家は、昨晩から新世界運営委員会の監視下にあると思っていい。ネット回線を通しての盗聴も盗撮もできるとのことだったし、恐らくは波止場と井ノ森がＥＰの製作に悪戦苦闘としていた様も見て知っているはずだった。

エルピスコードという禁忌の匣《はこ》を開いてもなんらお咎《とが》めなしだったのは、それが打倒渡《と》鳥《り》に繋《つな》がると判じたからかもしれない。まあ、実際のところその情報が他所《よそ》に漏れる恐れがない限りは、彼らもわざわざ出張ってくるつもりはないのだろう。

彼らがなにより重視する点は、波止場《はとば》という駒が期待に応えてくれるかどうか、だ。

「……ま、万が一のときには君たちにまた迷惑をかけるかもしれないけど」

「あんたの場合は、万が一の心配をした方がいい」

確かに、と波止場は笑う。そのとき、波止場の許《もと》に非通知の回線から連絡が入った。

ほらきた——と、波止場は苦笑を滲《にじ》ませながら通話の機能をオンにする。

『決断はできたようだな、対応者』

「まぁね。あんたの方はよく眠れたかい？」

『……今日の君の働きぶり次第だ』

しばしの静寂。こちらから言うことはない。波止場は相手の言葉を待つ。

『改めて言うが、君への依頼は——渡鳥メイの〝幸運〟を回収することだ。そうすれば君の過去にまつわる情報を提供し、友人らに科した監視も緩めると約束しよう』

「緩める？　彼女たちには不干渉が条件じゃなかったっけ？」

『君の友人は知るべきでないことを知ったのだ。それ相応の縛りは設ける必要がある』

「汚いやり方だね」

『君には今後もエルピスコードを回収してもらう必要がある。君の友人らの自由は、総《すべ》て君の働きぶりにかかっている。期待しているよ』

　相変わらず食えない相手だ。波止場はわざとらしく溜息《ためいき》をつく。

「俺はこれから拡張空間ってとこに向かうことになる、と思う。そこは渡鳥ちゃんが許可したモノ以外は出入りできなくなるらしい。人も、物も、ネット回線も。あんたはどうやって俺の活躍を見守ってくれるんだ？　配信枠でも取った方がいいかな？」

『……君がそこから〝幸運〟を持ち帰ってくれれば済む話だ』

「なるほど、確かに。――じゃあ空の上から祈っててよ。せいぜい俺が負けないようにさ」

　互いにそれ以上の言葉を交わすことはなく、通話は切れる。

「……ま、やり方はこっちに任せてもらうけどね」

　そう一人呟《つぶや》いて、波止場は井ノ森《いのもり》の方を振り返って頷《うなず》く。井ノ森は怪訝《けげん》そうに眉をひそめていたが、彼が悪戯《いたずら》めいた笑みを浮かべるのを見ると、やれやれと肩を竦《すく》めた。

　この先、彼のゲームを見届けることはもはや誰にも叶《かな》わない。誰の助けも、誰の邪魔も入らないことを再確認し、それでも彼の決意が揺らぐことはもうなかった。

　波止場はふと、未《いま》だ静かな一室の方を見やる。櫃辻《ひっつじ》の寝室だ。彼女も波止場たちの作業を偶《たま》に見に来たりしていたのだが、どうやら途中で力尽きて眠ってしまったらしい。

せめてお礼くらいは言っておきたかったが、わざわざ起こすのも悪い。

やれることはやった。そう思い、波止場《はとば》は首の回路図形《ダイアグラム》に触れて彼女を呼び起こす。

「――起きてくれ、ツキウサギさん。君の出番だ」

すると波止場の正面に表示窓《ディスプレイ》が現れ、そこから見慣れた和装系バニーガールがゆっくりと焦らすように実体の姿を宙に現出させる。それから彼女は宙に浮いたまま「くぁっ」と欠伸《あくび》混《じ》じりに伸びをすると、尊大な巨乳をぷんと揺らして主《あるじ》と向かい合った。

「待ちくたびれましたよ、波止場様。ようやく目は覚めましたか？」

「あぁ、ようやくね。すっかり目が覚めたよ」

なんの気負いもない主の様子に満悦したツキウサギは、波止場が差し出した手にそっと自分の手を重ねて身を寄せる。

そういえば、彼の方からこうして誘ってきたのは初めてだったな――と、益体もない感慨に浸りつつ、電脳の天使は彼が握り返してきた手の感触を確かめながらも、問う。

「――では、改めて聞かせてもらいましょうか。波止場様の希望を」

目覚めてからずっと空っぽだった少年が、ようやく自分の意思で叶《かな》えたいと願った一つの欲望。そしてそれはきっと、唯一彼女に通じる〝縁《えにし》〟に違いない。

そう信じて、波止場は希望コンシェルジュに自らの希望をリクエストした。

八章　―幸か、不幸か―

夢を見るとき、そこには他人の〝ユメ〟の原風景が色濃く映し出される。

その〝ユメ〟の持ち主には――〝夢〟があった。

一〇〇の夢を積み上げてなお叶《かな》うかどうかも解《わか》らぬ、ささやかにして壮大なる理想《ユメ》だ。

その遥《はる》か未来予想図を広げて一歩ずつ、一歩ずつ、彼女は未来の頂《いただき》を目指している。

この胸に懐《いだ》いた唯一の〝希望〟はその頂上に立って初めて叶うのだと、そう信じて。

……しかし。その果ての景色に何があるのかと手を伸ばしたところで、少女の夢は覚醒という名の靄《もや》に包まれて、遠ざかってしまう。

夢から覚めるとき、少女の胸に残るのはいつだって空虚な想《おも》いだけだった。

なぜならその〝ユメ〟は、叶うより前に摘《つ》み取った未来のつぼみにすぎないのだから。

だから少女が〝ユメ〟の続きを見ることは、いつだって叶わない。


「――――」

二刀《にとう》ウサギが主《あるじ》の寝室を訪れたとき、少女もまたその気配に目を覚ましていた。

「おはようございます、お嬢様」

「……ええ、おはよう。ニト……」

　天蓋付きのベッドの中央で、亜麻色の髪に包まれた少女が起き上がる。

　寝ぼけ眼《まなこ》を擦《こす》りながらベッドから出てきた渡鳥《ととり》メイは寝間着姿で、ウェーブがかった柔らかな長髪は寝癖に乱れている。そんなしどけない様は年相応に子供染みてはいるものの、生まれ持った高貴な雰囲気も相まってむしろ艶《あで》やかですらある。

　しかしそんな寝起きの幼女神様は、朝から不機嫌だった。

「お嬢様。本日の夢見はいかがでしたか？」

「……見ての通りですわ。彼女ほどの人が懐くユメならあるいは……そう思ったのだけど、これもまたわたくしの求めるモノではありませんでしたわ……」

　元々、渡鳥はあまり寝覚めのいい方ではない。特に持ち帰ったユメを夢に見た朝などはいつもこんな調子で、こめかみに手をやって低血圧気味に眉根を寄せる主を前にすると、二刀ウサギはどうしても気後れしてしまう。

　よりにもよってどうしてこのタイミングで。騎士然としたバニーガールは内心憂鬱な気持ちになる。それでも、主の耳に入れないわけにもいかず。

「お嬢様。お目覚めになったばかりで大変申し上げにくいのですが……」

「……構いませんわ。合ったのでしょう？　彼と」

「どうしてそれを……」

「自分でも解《わか》りませんわ。でもなんとなく、解りますの」

〝対応者〟同士だからこそ通じる共感――そんなものがあるのかも解らないが、それ以上に不可解だったのは、どうして再びあの少年との縁が繋《つな》がったのかということだった。

彼から奪った空匣《からばこ》は、サイドテーブルの上に放置してあった。中身を見ることもできず、かといってコレクションに加える価値もなく、処分に困ったガラクタだ。

ユメを失ったはずの彼と、ユメを求める渡鳥《とり》がまたしてもマッチングしたその矛盾。

……なるほど。この不愉快な気分はきっと彼のせいに違いない。これまで侵されることのなかった聖域に迷い込んだ不純物に、渡鳥の直感が忌避感を訴えているのだ。

それは八つ当たりにも等しい癇癪《かんしゃく》だったが、今の渡鳥にその分別はない。

「行きますわよ、ニト。あまり客人を待たせては悪いもの」

渡鳥は櫛《くし》も通していない髪をその背に翻しながら、寝間着姿のままで扉へと向かう。

「――お、お嬢様……！　まさかその格好のまま庭に出るおつもりで？」

はたと立ち止まった渡鳥は、未《いま》だ少し眠気の醒《さ》めない頭を小さく傾けて、

「……駄目？」

「ダメです！」

二刀《にとう》ウサギはすぐ着替えと櫛を用意しに走る。主《あるじ》がこういう子供らしい部分を垣間見《かいまみ》せるときばかりは、電脳の天使も姉のような厳しい顔にならざるを得ないのだった。

午前の陽射《ひざ》しに照らされた平穏なガーデンでしばらく時間を潰していると、目当ての少女は厳かに開かれた観音開きの扉を潜《くぐ》ってガーデンへと降りてきた。

「──お待たせしましたわね、波止場《はとば》くん」

渡鳥は前に会ったときと同じゴシック風の装いを召していて、傍《かたわ》らに騎士風のバニーガールを侍《はべ》らせて歩いてくる姿には、何度見ても新鮮な気持ちで心を奪われる。

「悪いね、こんな早くに押しかけて」

「本当ですわ。まさか二度もあなたをこの庭に招き入れてしまうだなんて……一体どういう用件ですの？」

「それはもちろんゲームをしに来たんだよ。それも希望を賭けた、パンドラゲームをね」

「……そう。まぁ、それ以外にありませんわよね。──どうぞ座って」

二人がガーデンテーブルに着くと、二刀ウサギが紅茶を注いでくれる。砂糖を含んだ甘い葉の香りが、鼻孔を通ってすうっと脳に沁《し》み渡っていく。

「おや、私の分がないようですが？」

「当然だ。《NAV.bit《ナビット》》である貴様には必要ないだろう」

早速バニーガール二人がバチバチと火花を散らし始めているが、波止場《はとば》も渡鳥《ととり》もそれには取り合わずに、お互い同時にティーカップを傾け紅茶を啜《すす》る。……うん、美味《うま》い。

「一つ、聞かせてもらえますの？」

渡鳥は一息ついたあとで、そう口を開いた。

「昨日わたくしは、あなたから〝ユメ〟を頂戴しましたわ。そのあなたがどうしていま、何を以《もっ》てわたくしの前に会いに来ることができましたの？」

「それはもちろん、賭けるだけの〝ユメ〟を用意してきたからだよ」

したり顔で言う波止場の答えに、渡鳥はむっとした面持ちになる。

「……なぁ、君は俺のユメを見たんだろ？　どんなユメだった？」

「あんなモノ、見るまでもありませんわ」

今度は渡鳥が皮肉めかした顔をして、波止場を嘲笑する。

「あなたの匣《はこ》には、なぁんにもありませんでしたの。あんなにも失望させられたのは初めてのことでしたわ。……記憶と一緒にユメまでも忘却してしまったのだとすれば、それも納得できる。でもまさか、今になってそれを思い出した……とでも言いますの？」

「そうじゃない。けど……それが俺のユメのカタチなんだよ、きっとね」

「……どういうことですの？」

「君と俺は出逢《であ》うべくして出逢った、ってことだよ。――ま、やってみれば解《わか》るさ」

要領を得ない彼の言い分に、渡鳥はそろそろ我慢ならなくなってきていた。

彼にはその意味が解るというのだろうか？　空虚を包んだ空匣の意味が。それともただ単に、あてつけのような戯言《たわごと》を選んで使っているだけなのか……

なんにせよ、やれば解るというのは一つの真理ではあった。

渡鳥はティーカップを端に退《の》ける。それを合図に、二刀《にとう》ウサギが両者の許《もと》からカップを片付けた。いま二口目に口を付けようとしていたところで、波止場の手元からもカップが幻かのように掻《か》き消え、エア紅茶でも嗜《たしな》むような格好で彼は目をぱちくりとさせる。

「――ふぅ。解りましたわ。それで、あなたの方は何を望みますの？　また性懲りもなく記憶の手がかりを？」

「まぁ、それもあるけど。その前に今日は別に欲しいモノがあるんだ」

波止場が一度記憶への執着を失《な》くした経緯を知らない渡鳥にしてみれば、彼があっさりとその未練を切り捨てたこと自体が不可解なことではあったのだが、しかして彼が次に口にした答えは、渡鳥も想像だにしないモノだった。

「俺の希望は――〝ユメ〟だよ」

「……ユメ？　それはつまり、わたくしがあなたの友人から頂戴したユメを取り返したいって、そういうことですの？　それとも、あの空匣の方を……」

「いいや。君が持ってる総てのユメを、俺は奪いにきた」

渡鳥《とどり》は知る由もないことだが、それは波止場《はとば》にとっては堂々と裏切りを宣誓したも同然だった。彼は依頼されていた〝幸運〟を希望するのではなく、櫃辻《ひつつじ》という少女への義理を果たすための敵討ちと、自らが奪われたチップを取り戻す道を選んだのだから。

とはいえそれは、ツキウサギに希望するときにすでに宣言した言葉だった。彼らの耳にもとっくに届いているに違いない。

だが、ここで渡鳥と相互の希望を口にすることこそが、波止場が導き出した勝利への道程の第一歩でもあったのだ。結果として取引を反故《ほご》にすることになっただけで、波止場はいま本気で、彼女から〝総《すべ》て〟を奪い獲《と》るつもりでここにいる。

「……くふ」

そのとき、渡鳥の口許《くちもと》から含み切れなくなった笑い声が溢《あふ》れ出した。

「──くふっ、ふふふふふふ……！」

上品に笑おうとして、それでも押し殺せない感情の起伏に彼女は全身を震わせて笑っていた。その変質っぷりには、彼女の従者も含めて皆一様に引いてしまうほどで。

「今の、そんなウケるとこあったかな？」

「……っふ、くふ──ええ、ええ。それはもう素敵なジョークでしたわ……よりにもよってわたくしからユメを奪おうだなんて……！っ、そんな馬鹿げたことを口にするしたのは、あなたが初めてでしたもの……！」

渡鳥は目尻に浮いた涙を拭うと、息を整えたあとでこう言い放つ。

「結構ですわ。そこまで言うのでしたら、わたくしはこの〝総て〟を賭けてあげる！」

そして彼女が手を打ち鳴らしたその直後――ガーデンは独りでに模様替えを始めたのだ。

「……っ!?」

天窓から差し込む陽光は月明かりのモノとなり、庭を彩る木々や川はそのままに、ガーデンを覆っていたドーム状の外壁は木造りの棚へと姿を変えた。そして周囲に屹立《きつりつ》するその摩天楼の如《ごと》き棚を燦然《さんぜん》と染め上げている金色の品々は総て、匣《はこ》。それこそは彼女がこれまでに勝ち得てきた黄金のトロフィー。即《すなわ》ち――ユメの標本だった。

波止場が招かれたここはすでに天上の鳥かごなどではなく、

――〝ユメ狩り〟のコレクションルームへと転じていたのだ。

一〇や二〇じゃない。優に一〇〇を超える黄金の匣が陳列された棚を見渡して、波止場は今更ながらに目の前の少女の執念を思い知り、圧倒された。それほどまでにこの少女は〝ユメ〟を求めているのかと。そうまでしてもまだ満たされないのかこの子は……と。

（……でも、だからこそ――俺にも勝機がある）

「――さ、始めましょう。あなたとわたくしだけの、素敵なゲームの時間を」

「──ああ、悪くない時間にしよう」

波止場《はとば》と渡鳥《ととり》は、ガーデンの名残を残したテーブルにて改めて向かい合った。

「それでは波止場様、今回のゲームに何かリクエストはありますか？」

「……それなんだけど、俺は前回と同じゲームで渡鳥ちゃんにリベンジしたい。それでもいいかな？」

「──と、私の契約者様は仰《おっしゃ》っていますが、渡鳥様はいかがされますか？」

「あの金貨のゲームですの？　わたくしは別に何でも構いませんわ」

あえて彼が不利な運ゲーを挑んできた時点で何かしらの策は練ってきたと警戒して然《しか》るべきだが、そういう勘違いをして無様にも返り討ちに遭った者は、なにも彼が初めてというわけでもないのだ。内心落胆しながらも渡鳥が目配せすると、二刀《にとう》ウサギは頷《うなず》き、前回と同じようにテーブルの上にてゲーム盤を展開する。

刀剣の切っ先が天板を叩《たた》き、波紋を広げた水面の内から水瓶《みずがめ》が浮かび上がった。なみなみと水を溜《た》め込んだ器の底に堆積する眩《まばゆ》いばかりの金貨が、天上から注ぐ月明かりを照り返し輝いている。そしてツキウサギが天秤《てんびん》を置いて、セッティングは完了だ。

「──です。では、ルールの再確認を致しましょう！」

一つ、プレイヤーは〝水瓶〟から片手で握り込める分だけの〝金貨〟を掬《すく》い、自分の側の〝秤《はかり》〟に載せる。

二つ、計一〇〇枚の金貨には〝正の質量〟が五〇枚と〝負の質量〟が五〇枚混在しており、それぞれプラスとマイナスのポイントとなる。

三つ、以上の手順を交互に五巡繰り返すか、〝秤〟が一〇目盛り分傾ききった時点で、より多くの得点を獲得していたプレイヤーの勝利となる。

ツキウサギが宙に並べ表示したルール説明には、変更点も追加事項もない。波止場も渡鳥も互いに頷いて、先を促した。それを見て、二刀ウサギは二本目の刀剣を抜く。そうすると、両プレイヤーの眼前に六角形の表示窓《ディスプレイ》が――『Ready?』の文字が現れる。

「それではゲームに移ります。――お二方、準備のほどはよろしいですか？」

二刀ウサギの問いかけに、画面をタッチすることで二人が応じようとしたところで、

「――あ、その前に私から一個いいですか？」

場違いにも口を挟んできた和装系バニーに、二刀ウサギは怪訝《けげん》そうに顔をしかめた。

「何だ？」

「せっかく神がかり的な〝運〟に愛されたお二人がゲームをするんです。ここはその舞台を飾るに相応《ふさわ》しいゲームのタイトルに変えるべきではないか、と思いましてね」

たかがゲームの名前に拘《こだわ》る意味など皆無だと二刀《にとう》ウサギには思えたが、主《あるじ》の前で無意味な反駁《はんばく》に時間を取っても仕方がないと、あとの進行をツキウサギに明け渡すことにした。

「――です、では改めて。準備のほどはよろしいですか？」

カツン、と床を叩《たた》いた下駄《げた》の足音が静謐《せいひつ》なコレクションルームに響き渡り、

「あー、ゆー、れでぃ？」

宣誓を引き継いだツキウサギが左右に和装の袖を振って、その応えを待つ。

波止場《はとば》は彼女の奔放さに苦笑しつつも、先ほどまでよりもずっと落ち着いた面持ちで表示窓《ディスプレイ》に手を重ねる。渡鳥《ととり》もまた無謀な挑戦を受けて立つつもりで、了承を口にした。

「「――Ready」」

奇妙な縁から二度も相対することになった、不運な少年と幸運な少女――

その出逢《であ》いを祝福するかのように、ツキウサギは月下の許《もと》にその開幕を宣言する。

「です、それでは――」

「――パンドラゲーム、『硬貨負硬貨《ラックオアクラック》』――ゲームスタートです！」

「……好きにしろ」

『硬貨負硬貨《ラックオアクラック》』は挑戦者の意気込みに反して、なんとも地味な初動で幕を開けた。

波止場の先攻――彼は慎重な面持ちで水瓶《みずがめ》に手を差し入れる。水面に映り込んだ月の波紋が揺らめき、その内から今後の趨勢《すうせい》を決める重要な金貨を取り出した。

……ギギ、と金貨の重みに秤《はかり》が傾き、目盛りが一目盛り分、マイナスに傾いた。

「わたくしはてっきり、何かしらの攻略法を用意してきたとばかり思ってましたのに」

「まぁ、運の悪さばかりはどうにもならないからね。でも、ま……勝負はこれからだよ」

波止場が掴《つか》んだ金貨はたった一枚だけだった。それも〝負の硬貨〟を、だ。

計一〇〇枚の金貨の内に、正と負の割合は正しく五分と五分。慎重を期してなおハズレを引く彼の不運っぷりはもはや憐《あわ》れとしか思えなかったが、それはもう見た。やはり彼が再びこの場に現れたのは何かの間違いだったのだ……と、渡鳥は肩を落として嘆息する。

「何を期待しているのか知らないけれど……これから、なんてものはありませんわ」

渡鳥は水瓶から、一々数えることなく丁度九枚の金貨を掬《すく》い取った。

秤は一〇目盛り分、どちらかに傾くだけで決着がつく。今は波止場の失点により渡鳥の側に一目盛り分傾いている。つまりこの九枚が総《すべ》て〝正の質量〟を持つ金貨であれば、それでゲームセットだ。そして彼女の幸運を以《もっ》てすれば、そんな奇跡は造作もない。

そう思って渡鳥《ととり》が金貨を秤《はかり》へ運ぼうとしたところで、彼は不可解な行動に出た。

「ああ、そうだね。賭けてもいい。──『ゲームはこのまま何事もなく、渡鳥ちゃんの勝利で終わる』──」

波止場《はとば》がそう口にした瞬間、彼の右手に異変が起きた。

右の手の甲、そこに長方形の紙片が浮かび上がったのだ。宙に吊《つ》り下がったそれは短冊のようでもあったが、サイズ的には〝付箋〟と言った方が近しいかもしれない。

そしていま彼が口にした台詞《せりふ》が、その付箋の表面につらつらと書き込まれていく。

「……何ですの、急に。それは……ＥＰ？」

「願掛け、ってのも少し違うか。まぁ、ちょっとしたミニゲームみたいなもんだよ」

彼はその青色をした付箋を一瞥《いちべつ》すると、その続きを口にする。

「で、もし今の賭けが外れたらそのときは、そうだな……──『渡鳥ちゃんに今度美味《おい》しいスイーツでも奢《おご》る』ってのは、どうかな？」

渡鳥は呆《あき》れて言葉を失った。よもやそんな甘言に釣られて勝ちを譲るとでも思っているのだろうか、この男は。だとしたらとんだ期待外れだ。

「……はぁ。これでも少しは期待していましたのよ？　世界の終わりを共に見たあなたならあるいは、って。これ以上わたくしをがっかりさせないで……」

もう終わらせよう。これ以上の期待は無意味だ。

元よりこんなゲームは、ユメを手にするための手続きにすぎないのだから。

渡鳥は今度こそ金貨を握り込んだ手を秤の方へと持っていき、その刻《とき》を加速させるかのようにジャラジャラと音を立てて、金貨を落としていく。

その数にして九枚――〝正の質量〟を載せた秤が、その数だけ下へ下へと傾いていく。

そして最後の一枚までが落ち切ったところで――

「……！」

そのあり得ない結果に渡鳥は瞠目《どうもく》した。

目盛りは渡鳥の側に、八目盛り傾いていた。だが、渡鳥が落とした金貨は計九枚。計算が合わない。本来であれば波止場の側の秤に載った〝負の質量〟と合わせて、丁度一〇目盛りになるはずだったのだ。この結果は、九枚の金貨の中に〝負の質量〟が一枚混ざっていたとしか考えられず、そんな不運は渡鳥にとっては決してあり得ない話だった。

「残念、賭けには負けちゃったか。案外、渡鳥ちゃんも甘い物に釣られるもんだね」

謎めいた言葉を飄々《ひょうひょう》と嘯《うそぶ》く波止場。その手の甲に、またしても変化が訪れる。

青色だった付箋が、赤く染め上がったのだ。さらに宙に吊り下がっていたその付箋は、彼の右手の甲にじわりと貼りつき、そのまま肌の表面と同化した。渡鳥から見て裏返ったその付箋の表面には、今さっき賭けられた〝奢り〟の文言が書き込まれている。

まるで呪いにでも苛《さいな》まれたかのような彼の手を見て、渡鳥は気味の悪さに眉をひそめた。

「でも、まぁ——これで君の〝幸運〟は確かに綻んだ」

不敵な笑みを浮かべつつ波止場《はとば》はインベントリからEPを取り出すと、それをそのまま自分の首へと打ち込んだ。EPの追加投与。その動作を見て渡鳥《ととり》は、やはりこの不可解な綻びの正体はEPによるものなのだと察する。だが、一体なにが……？

初めて揺らいだ自らの幸運に当惑する渡鳥だったが、その困惑は次に波止場が取った行動を前にさらに膨張する。

手番が波止場に移った矢先、彼は水瓶《みずがめ》から一三枚もの金貨を掬《すく》い取ったのだ。

「……解《わか》ってますの？　あなたの秤《はかり》はいま八目盛り分のマイナス。あなたはあと二枚でも多く〝負の質量〟を掴《つか》んだら負けですのよ？」

「……そうだね。きっと『君の言う通りになる』——賭けてもいい」

波止場の宣誓に、またしても彼の右手の甲に青色の付箋が浮かび上がる。そして重ねて、

「もし外れたら——そのときは『このカラクリのネタバラシをする』よ」

またも渡鳥の期待を煽るような台詞《せりふ》を吐いたあと、波止場は掴んだ金貨を総《すべ》て秤に載せた。一三枚の金貨のうち、正と負の割合が6：7でギリギリ命が繋《つな》がる——そんな場面に追いやられて、波止場が実現したのはまさにそれと全く同じ比率の傾きだった。

「……偶然、ではありませんわよね。流石《さすが》に……」

天秤《てんびん》の目盛りは、波止場の側に九目盛り分マイナスに傾いたところで、止まっていた。

立て続けに起こった不可解を前に、いよいよ渡鳥は動揺を見せ始める。

依然として彼の不運は健在としか思えない状況で、あと一枚でも多く〝負の質量〟を彼が掴んだならば、その時点で彼は負けるのだ。だというのに、なぜかいまはそのビジョンに自信が持てない。渡鳥はいま生まれて初めて、自分の幸運を疑っていた。

「――言霊、ってあるでしょ？　言葉にすればそれは本当になる、ってやつ」

青から赤へと転じた付箋を目線の先に掲げながら、波止場はそんなことを話し始める。

「このEPの場合はそれが――口にした言葉が叶《かな》わなかったら、賭けた分だけペナルティを負う――っていう、ネガティブな意味に曲解してあるんだよ」

「……そんな馬鹿げたEP、聞いたこともありませんわ……」

「それはそうだよ。これは不運な俺のためにパンドラ一の職人が用意してくれた、俺だけのチートアイテムだからね」


渡鳥の幸運――《#神がかり的な幸運《メイクオウル》》をどう攻略するか――と考えたとき、波止場はまずその性質を逆に利用できないか、と想像するところから始めた。

エルピスコードという規格外によって成り立つその幸運は、渡鳥が感知するしないに拘《かか》わらず、あらゆる方法で彼女に最善最良の結果をもたらすという常時発動型《パッシブ》のEPだ。

それは、図らずも不意の降雨によって櫃辻《ひつつじ》の戦略をも瓦解させるといった自動防衛能力を備える一方で、前回の『金貨すくい』においてはプラマイゼロを連発する、という彼女の遊び心すらも実現するだけの機微を持ち合わせていた。

つまるところ彼女の〝幸運〟とは、渡鳥《ととり》を確実に勝利に導くためのモノというよりは、渡鳥の意思を自動で汲《く》み取《と》って、それを〝幸運〟という形で実現する〝神の手〟だ。

渡鳥が自らの勝利を疑わない限りは、彼女が敗北することも決してないだろう。

だが、もしも彼女が勝利以外の雑念を懐《いだ》いたならば。

目先の勝利を先送りにしてでも他の望みを前によそ見をしてくれたならば……

渡鳥が宿した〝神の手〟は、きっとそんな彼女の希望すらも叶《かな》えてくれるに違いない。

「——仮にその誘導が上手《うま》くいったとして、あんた自身の〝不運〟はどう対策するわけ？」

そこまでの考察を聞いた上で、井ノ森《いのもり》は昨晩そう疑問を投げかけてきた。

「相手が自動発動型《パッシブ》の幸運なら、あんたは自動発動型《パッシブ》の不運。……たとえ相手が降参してきたとしても、あんたは自分の不運に足元掬《すく》われて勝手に自滅するかもしれない」

事実その通りだった。実際、『ハイド&シープ』では、対戦相手である櫃辻《ひつつじ》が戦う意志を放棄したにも拘《かか》わらず、危うく波止場《はとば》は敗北の一歩手前まで追い詰められた。

その呪いにも等しいハプニングが、いつ波止場の勝利を邪魔してきても不思議はない。

だが、もしも、その不運を自分の意思である程度コントロールできたならどうか。

「——例えば、だけど」

そう前置きしてから、波止場は井ノ森に可能性の話をする。

「コインの表と裏。どっちを出しても不運な結果が待っていたとしたら、俺はどっちにしたって不運な目に遭う。でも、もし裏の方が表よりももっと〝最悪な不運〟が用意されてるとしたら……俺はきっと裏を出して、もっと酷《ひど》い目に遭うだろうね」

「自分で言ってて悲しくならない？」

「正直泣きたくなるよ」

でしょうね、と井ノ森は呆《あき》れ果てた顔で肩を竦《すく》める。

「……それで？」

「だからもし、なんらかの方法で〝最悪で不運〟な選択肢を用意する方法があれば――例えば、俺が普通に負けること以上に不運な二つ目のルートを、ゲームの最中に用意する方法があれば。俺はきっとその〝最悪で不運〟なルートを辿《たど》ることになると思うんだ」

――コインの表を出したら『一〇〇万エン失う』。

――コインの裏を出したら『二〇〇万エン失う』。

そういう賭けを行った場合、不運な少年ならきっと〝裏〟を出すに違いない。

それは、実際に不運な目にばかり遭ってきた少年だからこそのリアルな直感だった。

「……でも、それだけじゃ確実とは言えない」

そこで、先ほど棚上げした〝神の手〟を味方につけるわけだ。

「もし、俺がコインの裏を出すことで得をする誰かがいたとしたら――例えばその誰かが、神がかり的なまでに幸運な女の子だったりしたら――」

――コインの表を出したら『一〇〇万エンを失う』。

――コインの裏を出したら『一〇〇万を、、、、、幸運な少女にプレゼントする』。

「俺はきっとその〝最悪で不運〟な方エンを、不運にも幸運に出してしまうに違いないよ」

要するに――渡鳥《ととり》には勝利以上の幸運を、波止場《はとば》には敗北以上の不運を。それぞれの損得が〝最善〟な形で釣り合う〝最悪〟を用意する。

それが、波止場が考えた〝不運〟と〝幸運〟の同時攻略のプランだった。

そしてそのために井ノ森《いのもり》に発注したEPというのが、賭けによって疑似的に〝最悪〟を生み出す〝不運拡張アプリ〟――その名も。

「――《#口は災いのもと《ゲッシュ・タルト》》だよ」

ペナルティによって強制された種明かしを終えた波止場の手の甲から、赤色の付箋が粒子となって剥《は》がれ落《お》ちた。

幸運を覆すほどの不可解の原因を知りたいと願った渡鳥と、今後ゲームを左右する切り札の種明かしを迫《せま》られた波止場。両者にとっての〝最善で最悪〟な結果こそが、今まさに

『硬貨負硬貨《ラックオアクラック》』の天秤《てんびん》を釣り合わせている重りの正体だった。

「……何ですの、それ。そんな方法で……わたくしの〝幸運〟を味方につけるために、わざわざ別の〝不運〟を用意するだなんて……そのためだけのEPだなんて……」

実際のところ、波止場はその攻略法を思いついただけにすぎなかった。その秘策をどうすれば実現できるかと夜通し井ノ森と案を出し合い、見事それを一晩で組み上げてみせたのはひとえに井ノ森の功績だ。賭けを〝付箋〟という形で自身の脳に刻み込み、有言実行を強制する。彼女が選んだ方法は、機殻拡張系《アクティビティ》EPによる〝呪い〟の追加拡張だったのだ。

ちなみに微力ながらも櫃辻《ひつつじ》は、EPの命名、という形で力を貸してくれていた。

誓い《ゲッシュ》と甘言《タルト》によって不運と幸運の均衡を崩す――まさにこのゲームのためだけの切り札だ。

「――賭けてもいい」

「……！」

二巡目。渡鳥の手番がやってくると波止場は三つ目のEPを投与《インストール》し、その起動キーを口にする。右手の甲に新たな付箋が立ち上がる。

「――『ここから俺が逆転することはない』――」

破られる前提の誓いの文言が、青い付箋の表面に刻み込まれる。そして波止場は、僅かに逡巡《しゅんじゅん》したのちに、かき捨ての代償をその裏面に音声認識で書き込んだ。

「もし外れたら――『俺は櫃辻《ひつつじ》ちゃんとの契約を破棄する』――」

「……そんな。こんなことが……」

驚愕《きょうがく》する声は、対面の渡鳥《ととり》の口から漏れたものだった。

渡鳥が掬《すく》い上げた金貨は一三枚。あと一枚でも多く〝正の質量〟が秤《はかり》に載ればその時点で渡鳥の勝利が確定する。それはたとえ幸運に愛された少女でなくとも、容易《たやす》く掴《つか》み取《と》ることができるはずの一枚だった。だが、渡鳥はその一枚すら掴み損なった。

秤に載った〝正の質量〟は一三枚の内たった二枚。

残った一一枚の金貨は総《すべ》て〝負の質量〟だったのだ。

これによって、渡鳥は九目盛り分のマイナス――波止場《はとば》との差はプラマイゼロ。

天秤《てんびん》は再び水平の均衡を取り戻していた。

「……ありがとう櫃辻ちゃん。もらった恩だけはあとでちゃんと返すよ」

そう呟《つぶや》く波止場の右手から、かつて櫃辻から勝ち獲《と》った〝指輪〟が砕け散った。

《#口は災いのもと《ゲッシュ・タルト》》の代償は、それが支払われるまで波止場の身に残り続ける。

その場で徴収可能なモノであれば、自動で代償として支払われる仕組みだ。ＥＰによって〝代償の強制〟が直接脳に刻み込まれるために、これに抗《あらが》う手段はない。

そして契約の証《あかし》たる指輪がこの指から失われたということは、もう櫃辻が赤の他人に対して甲斐甲斐《かいがい》しく世話を焼く必要もなくなったわけで、これで彼女は偽物の恋心からも解放されることだろう。短いながらも随分と濃い時間を共に過ごした気がする。なんの未練もないと言えば嘘《うそ》になるが、波止場はもう彼女の家に戻るつもりはなかった。

そうでなければ、彼にとっての〝最悪〟にはなり得ないからだ。

『硬貨負硬貨《ラックオアクラック》』は今や金貨の質量を量るゲームではなく、お互いにとっての幸運と不運とのバランスを推し量る、そういうゲームへと変わっていた。

「……どうしてそこまで……そうまでして、あなたはユメを取り戻したいんですの？」

「違うよ。取り戻したいんじゃない。言っただろ、君のユメを奪うんだって」

「……っ、仕返しのつもりですの？　でもね、たとえここに在る総てのユメを明け渡したところで、わたくしの胸はこれっぽっちも痛みませんのよ？　だって元々、他人のユメですもの。そんなことをしたって――」

「じゃあ、試してみようよ。本当に君の中は空っぽなのか、どうか」

そう言って、波止場は四つ目のＥＰを投与する。

「賭けてもいい――『このゲームはこんなところじゃ終わらない』――」

ここで終わりにする。その意味を言葉に込めて、波止場は金貨を掬い取る。

「もし外れたら――『俺の記憶はもう二度と戻らない』――」

代償を付箋に刻んで、敗北以上の不運なルートを構築する。

波止場が掴んだ金貨は一〇枚。この総てが〝正の質量〟であれば、波止場の勝利だ。

はたしてそんな高望みが実現するのか否か、その真価を秤《はかり》にかけてゲームに問う。

「……そんなの、納得できませんわ……そんなの、嫌」

この攻略法には、二つの前提条件がある。

――一つ目は、敗北以上の〝不運〟なルートを波止場《はとば》が用意できること。

――二つ目は、勝利以上の〝幸運〟なルートを渡鳥《とどり》に提示できること。

結論から言うと、波止場は決着を急ぎすぎた。

波止場が秤に載せた金貨の比は、正が六枚、負が四枚――その差が二目盛り分、波止場の側にプラスに傾いたものの、それだけでは到底ゲームを終わらせることはできない。

宣言の成功を見届けた付箋が、波止場の手の甲から消え失《う》せた。

《#口は災いのもと《ゲッシュ・タルト》》は使用する度に自動排気《アンインストール》される仕組みになっていた。それは波止場の《KOSM-OS《コスモス》》を侵食するバグの影響が、投与《インストール》したEPに及ぶリスクを最小限にするための措置だ。そしてそれは、賭けが成立しようとしまいと強制的に排気される。

つまりこれで、一発分のEPが無駄になってしまったわけだ。

(……契約の破棄と俺の記憶だけじゃ彼女の敗北とは釣り合わない、か……)

元よりこのEPは、不運と幸運のバランスを崩すことはできても、決定打には欠ける。波止場が如何《いか》に不幸になろうとも渡鳥が負ける理由にはならないからだ。だから彼女に勝利するためには、どうにかして彼女の幸運に勝ちを譲ってもらう必要があった。

〝納得できない〟――その拒絶こそが、今の彼女の立ち位置だった。

「……結構ですわ。あなたがそのつもりなら、わたくしにも考えがありますもの」

三巡目、渡鳥の手番となり、彼女は含みのある笑みを浮かべて水瓶《みずがめ》に手を挿し入れる。

彼女の失点は今のところ〝負の質量〟が二枚分。水瓶の底にはまだ半数以上の金貨が沈んでいる。正と負の割合もほぼ半々。失点を取り戻すだけなら、〝正の質量〟を二枚以上多く取ればいい。彼女の〝幸運〟なら造作もない確率のはず……。

「わたくしはこの手番で、今の失点を取り返してみせますわ」

「……あぁ、きっと君は『取り返せる』――賭けてもいい」

間髪入れずに同調した波止場の台詞《せりふ》が、追加した付箋に五度目の賭けを書き込んだ。

「もし外れたら――『君の言うことをなんでも聞くよ。ゲームが終わったら』ね」

「くふ、それは楽しみですわね。じゃあ、もしもあなたの賭けが外れたら――」

そう柔らかに微笑《ほほえ》んで、渡鳥は一二枚の金貨を水瓶から掬《すく》い上げる。ポタポタと手のひらから滴り落ちる雫《しずく》を眺めながら、彼女はもう片方の手を胸元にやって――

「――わたくしは、この場で裸になって踊って差し上げますわ……！」

プチン、と――指先でブラウスのボタンを一つ、外した。

「なっ⁉」

「んはっ！」

「……はっ、お嬢様⁉　一体なにを……っ⁉」

主《あるじ》の思わぬ奇行に二刀《にとう》ウサギは目を見開いて止めようとするが、審判者の立場にある今の彼女にそれはできない。それがゲームの勝敗に関わることであればなおさらだった。

「……っ、嘘《うそ》だと思ってるのでしょう？　でも、わたくしは本気……」

二つ目のボタンを外したところで、シルクのブラウスの襟元に、繊細な鎖骨のラインとしっとりとした質感を秘めた胸の谷間が覗《のぞ》く。

「──っ……」

波止場《はとば》は思わず生唾を呑《の》んで、その蠱惑的《こわくてき》な仕草に見惚《みと》れてしまっていた。

だが、渡鳥《ととり》はなにも彼を籠絡《ろうらく》しようとそんな行為に及んだわけではない。頬を朱《あか》く羞恥に染めながらも、彼女は手に取った一二枚の金貨を高く掲げ、天上から見守る〝神様〟を煽《あお》るようにゆったりと秤《はかり》へと落としていった。そこでようやく波止場も、彼女が仕掛けた罠《わな》に気が付いた。そしてまんまと〝神様〟は罠にかかり、天秤《てんびん》の上で確率を操作する。

秤に載った金貨は一二枚。その比は正が八枚、負が四枚──その差は、四目盛り分のプラスだ。先ほど波止場が獲得した得点を差し引いても、二目盛り分の得点。

渡鳥は宣言通り、綺麗《きれい》に失点を取り返していたのだ。

「──っ、くふふ……わたくしはこの〝幸運〟とは子供の頃からの付き合いですのよ？　その扱いくらいは、あなた以上に心得ていますわよ」

「……さては負けず嫌いだな、渡鳥《ととり》ちゃん」

彼女はただ純粋に勝利を求めるだけでもよかったはずだ。たったそれだけのことで、波止場《はとば》の攻略法などは容易に瓦解する。それをあえてストリップなどという方法で幸運を味方につけてみせたのは、波止場への意趣返しとしか思えなかった。

波止場は、またも不発に終わり消滅する付箋を見送る。次が最後のＥＰだ。

「……なぁ、渡鳥ちゃん。君はそうも自分の幸運を操れるのに、なんで他人のユメなんかに拘《こだわ》るんだ？」

「何ですの？　今度はそうやって、わたくしを揺さぶるつもりですの？」

「だってそうでしょ？　ユメを懐《いだ》いたことがないのは不幸なことだって、君がそう言ったんだ。君の幸運が本物なら、君は不幸になんてなるはずがない」

「……」

渡鳥からの思わぬ反撃には面食らったが、むしろそれは一つの好機でもあった。

彼女が見せた僅かな隙を、波止場は逃さない。

「君は羨ましいんだろ？　自分にはないユメを持ってる他人が。だからユメを欲しがってる。だったら最初からそう願えばいい。自分だけのユメが欲しい、って」

「……あなたに何が解《わか》りますの？　初めからユメの一つも持ち合わせていない空っぽなあなたに、わたくしの何が……」

「解るよ。そうじゃなきゃ、俺は君と出逢《であ》ってない」

「……え？」

悲恋にも似た失意に憂える彼女の瞳が、僅かに揺らいだ。波止場はその痛みに寄り添うような柔らかな笑みを作りながらも、水瓶《みずがめ》から金貨を掬《すく》い上げる。数にして二〇枚の金貨を秤《はかり》の上へと運びつつ、彼はこの瞬間まで温存しておいた口説き文句を告げた。

「――俺は君の望むユメを知ってる。賭けてもいい。――君のユメのカタチを」

もしも俺が勝ったら君にも見せてあげるよ。

「……！」

確かにこのとき、渡鳥の中で決定的な秤が傾くのを波止場は見て取った。

天秤《てんびん》の秤に載せた金貨は二〇枚。それによって、渡鳥の側に傾いていた秤が再び、水平の位置で釣り合ったのだ。

〝正の質量〟が一一枚、〝負の質量〟が九枚――二目盛り分のプラスで丁度プラマイゼロ。

四巡目にして、ゲームはまたしてもフリダシに戻っていた。

今回、波止場はＥＰを使用しなかった。もし使っていたら言葉の意味が反転してしまう。それでは意味がない。彼女の〝幸運〟を味方につけるためには、その言葉は総《すべ》て真実でなくてはいけないのだから。

「さ、君の番だ」

●

四巡目、渡鳥《ととり》の手番。

つい先ほど取り戻しかけた余裕も今はなく、渡鳥は恐る恐ると水瓶《みずがめ》の底で指先を迷わせ、そこから一〇枚の金貨を掬《すく》い取った。今までの彼女を思えばそれは弱気な一手。そしてそんな迷いが、金貨を載せた秤《はかり》にも反映されているようだった。

「……くっ……」

正が四枚、負が六枚――水平に釣り合っていた天秤《てんびん》が二目盛り分、渡鳥の敗北へと傾いていた。自らの迷いを見せつけられているような光景に、渡鳥は歯噛《はが》みする。

「お嬢様……」

二刀《にとう》ウサギが渡鳥に仕えてからもう随分と経《た》つが、主《あるじ》がこうも追い詰められる様を見るのは初めてのことだった。なにせ物心ついたときからその身に宿した幸運は少女を守り続け、勝利へと導いてきたのだ。だがこれまで無敗であったからこそ、今の渡鳥は目の前に突き付けられた選択肢に、どう対処すべきか戸惑っているようでもあった。

主のゲームをただ見守るというのは、こうも落ち着かないものだっただろうか。

二刀ウサギもまた初めて味わう感覚に、ふと、差し向かいのツキウサギを窺《うかが》った。

「……」

彼女はいま静かに、ゲームを愉《たの》しんでいた。

主が奇策に打って出たときにも、主が逆転を許したときでも、さらに遡れば主が敗北を喫した前回のゲームでも。彼女はそれを平然と見守りながらも、そのピンチもチャンスも余すところなく愉しんでいる風だった。

公正公平を謳《うた》う《NAV.bit《ナビット》》にとってはその平等こそが推奨されるべきことではあったものの、月下のもと彼女が浮かべる三日月のような笑みは、自らが育て上げた雛鳥《ひなどり》が懸命に羽を羽ばたかせる様を眺め悦に入るような、彼女自身の〝欲〟が垣間見《かいまみ》えた。

（……期待しているのか。自らの主の、その行く末を……）

そういう意味では、主に懐《いだ》くこの情もまた〝欲〟の表れなのかもしれない。二刀ウサギはそう思った。そして近いうちに自分はその選択を迫《せま》られることになるだろう、と。

「……わたくしは、ずっとそのユメを探して……それでも今日まで見つけることができませんでしたのよ？　あなたの言う通り、わたくしの幸運を以《もっ》てしても……それをどうして、あなたのような空っぽな人が──何を見せられるって言うんですの？」

「俺も自分にはユメなんてあるはずがないって、そう思ってたよ。でも君にユメを盗《と》られて、そのおかげで俺には空っぽなユメがあるんだって、気付いたんだ」

渡鳥《ととり》は俯《うつむ》きながらも、彼の言葉の続きを上目遣いに窺《うかが》っている。

「俺には記憶がない。だからそんなモノがあっても、もう思い出せないんだ。だから俺はユメのある奴《やつ》が、こんな世界でさも当然のようにユメを見てる連中が羨ましい。……でも、だからこそ俺は自分の記憶を取り戻したいって改めて思ったし、そういう欲がちゃんと自分の中にもあるんだって、あの子を見て思い出したんだ。

だから君も一度失ってみればいい。そのとき軽くなった質量こそが君の〝ユメ〟だよ」

「……」

そこまで聞いて、渡鳥は彼の言葉を反芻《はんすう》するように瞼《まぶた》を閉じる。彼女はまだ迷っているようだったが、波止場《はとば》はその迷いを介錯《かいしゃく》してやるつもりで最後のEPを投与《インストール》する。

「じゃあ、次は俺の番か」

水瓶《みずがめ》に残る金貨の総数はラスト五巡目にして残り一二枚。正と負の比率は5：7。

互いの点数差は波止場の側にプラス二目盛り分と、このまま順当にいけば彼の勝利でゲームは終わる。が、そんな差は簡単に覆る程度の誤差でしかない。波止場は水瓶に右手を浸しながら、その手の甲に浮かんだ付箋にダメ押しの一手を書き込む。

「賭けてもいい。俺は――」

――『負の金貨を総《すべ》て掴《つか》む』――そう口にしようとした。

そうして残り一二枚のうち、一枚だけを水瓶に残すように金貨を取れば、きっとその取り残された一枚は不運にも〝負の質量〟の金貨となり、波止場は『負の金貨を総て掴む』ことなく、マイナス一目盛り分の失点を負う結果となるだろう。

だが、水瓶に残されたラスト一枚は確定で負の金貨だ。渡鳥は最後の一枚を手に取ったところで逆転は不可能となり、その時点で決着はつく。

あとはそんな奇跡を叶《かな》えるための〝代償〟を宣言するだけでいい。

そのはずだったのだが、それは思わぬ〝不運〟によって叶わなかった。

「……っ！」

金貨を握り水面から引き揚げた右手が、不意にブレたのだ。

その乱れは波止場の右手のテクスチャを歪《ゆが》ませ、その隙間から一枚の金貨が水瓶の中に零《こぼ》れ落ちた。慌てて拳を握り込んだが、その右手のブレは二重にも三重にも酷《ひど》くなっていて、これ以上の金貨を取り落とさないよう波止場はそのまま残った金貨を秤《はかり》に載せた。

天秤《てんびん》の目盛りはゼロ地点を指し、秤は再び水平を保っている。

秤に載せることができた金貨は一〇枚。波止場の手から余分に零れ落ちた一枚の金貨は、どうやら〝正の質量〟だったらしい。水瓶の底には今、二枚の金貨だけが残っていた。

だが渡鳥はそんなことよりも、未《いま》だ輪郭の定まらない彼の右手を見て瞠目《どうもく》する。

「――っ、波止場くん……その手は、何ですの……!?」

「……多分、ＥＰがバグったんだ。ほら、まだ奢《おご》りの約束が果たせてないでしょ。それがきっと俺の〝不運〟のせいで、バグった。……すぐ払える賭けにするんだったかなぁ」

透けてなお手の甲に残る黒ずんだ付箋を眺める波止場《はとば》。その異常を見て、渡鳥《ととり》は今更ながらに彼が世界のバグに対応し得る稀有《けう》な人物であったことを思い出す。

「……不運――。もしかしてあなたのエルピスコードって、まさか……」

「あぁ、言ってなかったっけ。そう、不運。君とはまるで正反対だ」

波止場の右手は度々痙攣《けいれん》を起こしたようにブレていて、もはや何かを掴《つか》むことさえできなそうな有様だった。結局最後の切り札も不発に終わり、打つ手はなくなった。

「だからあとは、君が終わらせるしかない。――さぁ、ラストターンだ」

それでも不敵に笑う波止場に対し、渡鳥は小さくかぶりを振って嘆息する。

「……わたくしは、怖い。もしあなたにユメを奪われてなお、わたくしの心に何の変化も訪れなかったら……そのときこそわたくしは、本当に空っぽになってしまう……」

「でも君は、そのユメが欲しくて彼女に希望したんだろ？　じゃあ、その《NAV.bit《ナビット》》をもっと信用してあげてもいいんじゃないかな」

えっ、と――渡鳥は傍《かたわ》らに立ったウサ耳の審判者を見上げた。

「俺みたいな奴《やつ》を二度も君と惹《ひ》き合わせた君の相棒は、そんなにも意地悪な奴なのか？　これまで君のためにユメを運んできた彼女の目は、そんなにも節穴かい？」

「……ニト」

二刀《にとう》ウサギに向けられた渡鳥の表情は、独り迷子になった女の子が救いを求めるようであって、思わず抱きしめてあげたくなるほどに弱々しいものだった。

「お嬢様――」

だが、それはできない。それは、まだ……

本来であれば。公正公平を担う審判者の立場で、どちらか一方に肩入れするなんてことは言語道断だ。ましてや自分の判断がゲームの勝敗を左右するとあってはなおさら。

――だが。

気付くと身体《からだ》が勝手に動いていた。二刀ウサギは主《あるじ》の傍らに片膝をつくと、凛々《りり》しい相好をふっと柔らかな笑みに崩して、こう応えていた。

「主を希望へと導くのが《NAV.bit》の務め――ですが、私はいつだってお嬢様が素敵なユメと出逢《であ》えることを願ってきました。ユメなど見ることも叶《かな》わぬ私ですが、それでも私はあなたが自らのユメを語る瞬間が見たい、と――そう思っています」

「――――」

彼女の求める答えになっていたかどうか、それすらただのアプリにすぎない二刀ウサギには判ずる術《すべ》がない。しかしそんな従者の献身を前に何か思うところがあったのか、ふと見上げた渡鳥の表情はどこか憑《つ》き物《もの》が落ちた様子で。彼女はそっと優しい手つきで月明かりのような色をした二刀ウサギの髪を撫《な》でると、再びゲーム盤へと向き合った。

「お待たせしましたわ。——さて、わたくしの番。でしたわよね」

水瓶《みずがめ》の底には、たった二枚の金貨が沈んでいる。

その片方が〝正の質量〟を持つ金貨で、もう片方が〝負の質量〟を持つ金貨だ。

天秤《てんびん》の秤《はかり》はプラマイゼロの位置で、水平に保たれている。

このゲームの勝敗は今、渡鳥《ととり》の手に委ねられているといっていい。あるいは……

「その二枚ともを取って引き分けにするか、だね。その場合はまた一からやり直しか、それともそのままノーゲームってことになるのかな？　ツキウサギさん」

「んはは、黙っておけばいいものを。口は災いのもとですよ、波止場《はとば》様」

「……論じるまでもありませんわ。わたくしが手にするのは、一枚だけでいい」

確率は五分と五分。それは幸運な少女にとってはただの選択に等しい。

渡鳥は水底から金貨を一枚拾い上げ、月明かりを照り返す小さな満月を大事そうに握り込んだあと、清々《すがすが》しい面持ちで秤へと載せた。

正か、負か。幸か不幸かを量り続けた天秤の秤が、いま、勝者の側へと傾いた。

渡鳥は、ふっと零《こぼ》れるような吐息と微笑に頬を緩めて言う。

「残念。わたくしの負けですわね」

それは確かに価値のあるモノを見極めた者だけが浮かべる、心からの笑みだった。

張り詰めていた空気が弛緩《しかん》し、波止場は和装のバニーガールと頷《うなず》き合う。そしてゲームの余韻を吹き飛ばすかのように、ツキウサギは袖を振り上げた。

「――です。ゲームの終了条件が達成されました。

パンドラゲーム『硬貨負硬貨《ラックオアクラック》』の勝者は――波止場皐月《さつき》様です！」

天上から降り注ぐ月明かりの下、こうして一つのゲームが幕を下ろしたのだった。

●

つまるところこの渇きは、足りないモノを渇望する欲望のカタチであったのだと――

少女は昏《くら》く沈んだ世界の虚《うろ》で理解する。

生まれ持って総《すべ》てを叶《かな》えるだけの幸運に恵まれていたからこそ、これまでに出逢《であ》ってきた対戦相手たちが語る大望欲望の価値が理解できなかったし、その未来に馳《は》せる想《おも》いが自分には欠けていると知ったとき、そんな彼らをとても羨ましく思ってしまった。

自分には彼らのように、理想《ユメ》を追い求める過程に一喜一憂することもなければ、希望《ユメ》を叶えたときに見る景色に酔いしれることもない。だからこそ彼らの夢を盗み見ることで、あたかも自分がユメを懐《いだ》いたかのような感動を味わうことができるのではないか。あるいは、その過程で自分にもユメと誇れるような理想が持てるのではないか……

そんな憧憬こそが〝ユメ狩り〟の原点にして、渡鳥《ととり》メイが懐く〝夢〟のカタチだった。

「……」

いま、少女の心には何も残ってはいなかった。

薄ら寒い空虚な暗闇が、ずっと奥まで続いている。夢を求める渇望もなければ、その虚無感を自覚することすら叶《かな》わない。絶望的なまでに空っぽな、敗北の情景。

だが――そんな空っぽな世界に、再び希望とも言える小さな光が戻ってくる。

空っぽ故に、まだ見ぬ夢を追い求める。恋焦がれる。

そんな自らの望みを自覚したとき、渡鳥は短くも長い夢から覚めるのだった。


天窓から差し込む人工の陽《ひ》の明かりに、渡鳥は目を細めた。

「――っ、お嬢様……！」

「ん、ぅ――ニト？　わたくしは一体……どうなりましたの？」

渡鳥が意識を取り戻したとき、彼女は二刀《にとう》ウサギの腕に抱かれていた。

ツキウサギによる希望の徴収が行われたあと、渡鳥はその喪失からその場で昏倒《こんとう》してしまった。そしてそんな主《あるじ》を颯爽《さっそう》と抱き留《と》めた二刀ウサギは、彼女が目覚めるまで心配そうな面持ちで見守っていた。あともう少し奪い獲《と》った〝匣《はこ》〟を渡鳥の許《もと》に返すのが遅れていたならば、あの騎士系バニーはその不埒《ふらち》者たちに斬りかかっていたかもしれない。

「お嬢様。お身体《からだ》の方は大丈夫ですか？」

「……ええ、大丈夫。……でも、なんだか少し、夢を見ていたような気がしますわ」

「そうですか。……いい夢でしたか？」

「ううん。怖い夢。――でも、きっととても大切な夢」

　戸惑いつつもどこかすっきりとした笑みを浮かべる渡鳥に、二刀ウサギも「そうですか」と優しげな表情を浮かべて応じている。

　そんな光景を前にして、和装のバニーガールはやれやれと肩を竦《すく》めた。

「まったく、せっかく奪い獲ったモノを返してしまうだなんて。私の契約者様は些《いささ》かお人よしがすぎますねー」

「……いいんだよ。元々そのつもりだったし、そうじゃなきゃ勝てなかった。俺の〝夢〟と櫃辻《ひつつじ》ちゃんの〝夢〟が返ってきただけで万々歳だよ。それに――」

　――俺が望んだ〝総《すべ》て〟はまだ、叶ってないよ。

　脳裏で密《ひそ》かにそう呟《つぶや》く波止場《はとば》の声は、ツキウサギだけに聞こえたものだった。

　拡張空間の景色は元のガーデンの様相を取り戻している。数多《あまた》の夢を飾っていた巨大な棚も今は箱庭を囲う鳥かごめいた外壁に戻っていて、波止場はガーデンテーブルの席に着いたまま手元で匣《はこ》を一つ遊ばせていた。自分の夢が入っていたという、空っぽの匣だ。

従者の手を借りてゆっくりと立ち上がった渡鳥《ととり》は、ふと思い立って訊《たず》ねた。

「波止場《はとば》くん。わたくしの匣には、どんな夢が入っていましたの？」

「……うーん。内緒、かな」

「なっ！　なんですの、それ！　ゲームが終わったら教えてくれるって、そういう約束だったじゃありませんの！」

「だってあのときはＥＰ使ってないし。俺の手のどこにも、書いてない」

「そ、そんなの――ずっちぃですわ……」

「ハハ。……ま、いいじゃんか。今更こんなの見たって、君はブレないだろ？」

波止場はそう言って席を立つと、空匣を宙に放って左手でキャッチする。何気なく渡鳥が目をやった彼の右手は未《いま》だバグに侵されている様子で、だらりとぶら下がっていた。

「貴様様のご友人から戴《いただ》いた夢は、今頃本人の許《もと》に返っているはずだ」

「助かるよ。ありがとう、二刀《にとう》さん」

「御免なさい。彼女には、酷《ひど》いことをしてしまったわ。あなたにも……」

「そんなことない。君は正々堂々ゲームに勝って、自分の希望を叶《かな》えただけだ。そこに妙な感傷を持ち込む必要はない。君はこれからも自分の夢を探すんでしょ？」

「それは、もちろん。そうしたいですけど」

「じゃあそうしたらいい。俺だって、この世界の命運より自分のわがままを優先してここにいるようなもんだし。それが許されるのがこの世界でしょ」

そこでふと思い出した様子で、波止場はわざとらしい口調で言う。

「……思い出した。そういえば俺、一つ頼まれてたことがあるんだよ」

「ん？　何をですの？」

「君からエルピスコードを奪ってきてくれって。ほら、あの仮面被《かぶ》った人にさ。だからこのまま手ぶらで帰ると、色々と面倒なことになるかも」

それは渡鳥にとっては初耳だった。思えば彼ら新世界運営委員会は、波止場を対応者として追っていたのだから、なんらかの接触があってもおかしくはない。

「わたくしの幸運を……でも、じゃあどうしてそう希望しませんでしたの？」

「それはもちろん君に勝つため――ってのもあるけど。その幸運は君が持ってた方がいいと思ってさ。あの男は世界の終わりをなんとかするためにエルピスコードを集めたがってるみたいだけど、俺はあの男をそこまで信用できない。あいつは俺と君を戦わせるために俺の友達を人質に取るような奴《やつ》だからね」

「人質ですの？　あのカオナシさんが、まさかそこまで……」

そこまで聞けば、すぐに渡鳥も波止場の今の立場を理解する。人質を取られた彼が本来の役目を放棄してまで夢を求めたリスクを。その結果彼はこの先危うい立場に追いやられてしまうだろう、という最悪なシナリオまでもが容易に想像できた。

「わたくしに何かできることはありますの？」

気付くと、渡鳥《とどり》は自ら進んでそう口にしていた。

「お嬢様？　ゲームに負けたからといって、何もそこまでしてやる必要は……」

「違いますわ。これはわたくしなりのケジメですの。彼らから逃げ続けたせいで波止場《はとば》くんたちにまで迷惑がかかるのは、わたくしだって本意じゃありませんもの」

だから、と——渡鳥は波止場に向き直って言う。

「わたくしにできることがあれば手を貸しますわ。そう期待したからこそ、波止場くんはそんなことを話したのでしょう？」

すっかり見透かした渡鳥の答えに、波止場は肩を竦《すく》める。自分でもわざとらしい仕草だと思うが、それはもはや身体《からだ》に染みついた癖かのように波止場の表情を騙《かた》る。

「助かるよ。まあ、なに。そんな難しいことを頼むわけじゃない」

……はたして彼は憶《おぼ》えていただろうか？

初めて波止場が渡鳥と出逢《であ》ったあのとき、ツキウサギが語った言葉を。目の前の少女は波止場の過去に繋《つな》がる〝総《すべ》て〟を持っていると話した、あのときのことを。

純真無垢《じゅんしんむく》な少女の心を今まさに鷲掴《わしづか》みにせんとかかる主《あるじ》の横顔を見つめながら、ツキウサギは思わず笑みが零《こぼ》れそうになるのを我慢する。

彼は気付いているのだろうか？　彼がいま手にしようとしているモノこそはまさに、

「俺と一緒に謝りに行ってくれないかな。そのあと、どっかカフェにでも行こう」

――その〝鍵〟そのものであるということを。

エピローグ　総《すべ》ての夢と希望が叶《かな》う街

高度約五〇〇メートル。青空のキャンバスに回路図形《ダイアグラム》を描き出した無謬《むびゅう》の空を、観測型飛行船が飛んで往《ゆ》く。執務室の展望窓からは水上に浮かぶ六號《ろくごう》の都市風景と、その中央に悠然と佇《たたず》む世界樹の如《ごと》き巨大な柱——管理塔《サーバー》の姿を望むことができる。

今日も平常通りに運行しているかに見える仮想世界を眺め、男は仮面の内で一息つく。

『——支部長。よかったのですか？　あのまま彼らを行かせてしまって』

ノイズ混じりに問う静かな声。男の背後に立つその女もまた正体隠匿用のホログラムの仮面を被《かぶ》っており、新世界運営委員会の制服とも言える白装束に身を包んでいる。フードの縁から覗《のぞ》く、仮面の輪郭をなぞるような艶《つや》やかな黒髪が唯一人間らしい特徴だった。

DDは、その部下の女を振り向くことなく答える。

『構わんさ。あの男は期待以上の働きを見せてくれた。多少の目に余る行動も、今後の彼の利用価値を思えば許容できる範囲だ』

『渡鳥《ととり》メイの方は？』

『あれも同じだ。こちらから追う必要がなくなった以上は、まあ……好きにさせるさ』

波止場皐月《はとばさつき》と、渡鳥メイ。

先ほど部屋を辞したばかりの二人の少年少女との会合を、ＤＤは改めて思い出す。

彼らは、唐突に執務室の戸を潜《くぐ》って現れた。渡鳥メイが有する拡張空間は彼女の意思で大抵の場所へ出入り口《ポータル》を開くことができてしまう。新世界運営委員会が保有する施設は総て最高レベルのセキュリティで守られているのだが、彼女の〝幸運〟を前にしては自動扉とそう大差ないのだろう。

とかくそうしてＤＤの前に姿を現した彼らの意図は、どうやら交渉らしかった。


――〝ほら、約束通り〝幸運〟を連れてきたよ〟

――〝ごきげんよう、カオナシさん。ご希望の〝幸運〟ですわ〟


匣《はこ》に納めたそれではなく、まさかの人物そのものとは……

本来であれば話が違うと憤慨して然《しか》るべきだろうが、そのあまりの潔さにはＤＤもしばらく言葉を失ったほどだった。

波止場皐月が渡鳥メイとのマッチングに臨むとなった際、彼が《NAV.bit《ナビット》》に〝夢〟を希望した経緯は総て盗み聞いていたために知っていた。だが、彼が向かった先はコスモスネットワーク上に拡張された拡張空間。如何《いか》にこの世界のネットワークを掌握しているとはいえ、容易には手が出せない領域に逃げ込まれてしまったのだ。

その時点で、予《あらかじ》め人質に取っていた彼の友人に対し、その言葉の通りに見せしめとして罰を与えることで彼の謀反を咎《とが》めることもできたのだが、それは彼の帰還を待ってからでも遅くはない——とDDは判断した。それに、あの男が単なる当てつけのためだけにそんな無意味な行動に打って出るとも思えなかった。

そう期待させるだけの経緯が、あの男の過去にはあったのだ。

『——話にならないな。君はみすみす過去を捨てるつもりか？　夢を取り戻した今、それは今後の君にとってはなくてはならない道しるべだと思うが？』

「……その通りだよ。でも、それは自分で探すことに決めたんだ。俺にはそのための道を作ってくれる希望コンシェルジュがついてるからね」

『君の友人のことはどうなる？　彼女らは恩人なのだろう？　それを見捨てるのか』

「あなたこそ、どうですの？」

そう横やりを入れてきたのは、渡鳥《とどり》メイだった。

『……何？』

「あなたはわたくしの〝幸運〟が——エルピスコードが欲しかったのでしょう？　それは今、あなたの目の前にありますわ。あなたの対応次第では、あなたたちの〝宝探し〟に協力してもいい。わたくしだってこのまま世界が終わってしまうのは、少し惜しくなってしまいましたもの。パンドラの未来のためにこの〝幸運〟を使うというのも、今ではやぶさかじゃありませんわ。でも――」

　亜麻色の髪を優雅にかき上げながらも、少女は毅然《きぜん》とした口調でこう言い放った。

「それ以上わたくしの友人を困らせるつもりなら……わたくしはこの〝幸運〟を以《もっ》てあなたと敵対しますわ」

　その傲岸な物言いは交渉というよりはもはや宣戦布告にも近かったが、子供の癇癪《かんしゃく》と捨て置くにはあまりにも効果的な脅し文句だった。

　なるほど。波止場《はとば》皐月《さつき》という男は、随分とこの箱入り娘に気に入られたらしい。

　ＤＤは内心そう苦笑すると、想像以上の成果に仮面の内でほくそ笑む。

「正直、これ以上面倒事に関わるのは御免だけど……エルピスコードの回収はきっと俺の過去とも無関係じゃない。だから協力はするけど、今回みたいな脅しはもう無しだ。その代わりに二人の〝対応者〟が味方についたと思えば、そう悪くない話だと思うけど？」

　確かに悪い話ではない。〝幸運〟をただ匣《はこ》に閉じ込めたまま遊ばせておくよりは、その力を十分に使いこなすことのできる所有者に預けておいた方がなにかと好都合だ。

　必要に迫《せま》られたときに彼女が大人しくその身に宿したエルピスコードを譲ってくれるかどうか、という別の問題もあるにはあるが……この少女はこれまでこうして対話に応じることすらなかったのだ。監視がしやすくなった、と思えばやりようもある。

　そしてこの男が宿した〝不運〟もまた――

『……解《わか》った。君たち二人の協力を条件に、これ以上の君たちへの干渉はしないと約束しよう。無論、この世界の秘密を他に漏らすようなことがあれば、こちらも考えを改めざるを得ないが……。君たちがそこまで愚かではないと信じよう』

それが最大限の譲歩だった。彼ら二人は互いに頷《うなず》き合って、席を立つ。

「俺も、あんたがそう悪い奴《やつ》じゃないって信じてるよ」

最後にそう言い残して、二人の少年少女は共にドアを潜《くぐ》って飛行船から姿を消した。

『――しかし、あの奔放なお嬢様が大人しく協力などするでしょうか？　これまでにも彼女には散々苦労させられてきましたし……』

『なに――二度に渡るあの男との邂逅《かいこう》のおかげで、渡鳥《ととり》メイを匿《かくま》う拡張空間の座標は手に入った。もしあの少女がまた暴走するようであれば、そのときは拡張空間ごとネットワークから完全に切り離し、箱庭の中に閉じ込めておくまでだ』

『そう上手《うま》くいきますか？』

『そのための〝不運〟だ。あれは〝世界の設計図《グランドソース》〟において、この仮想世界のバランスを設定するために〝幸運〟と対を成すよう設計された量子の天秤。最悪、あの二人をひと所に閉じ込めてしまえば、互いに互いを打ち消し合って無力な少年と少女と化す。

上手くいくかどうかは、それこそ神のみぞ知るというところに落ち着くだろうな』

解せない様子の部下に対し、ＤＤは手元に表示窓《ディスプレイ》を開きながら呟《つぶや》く。

『あの男が彼女を手懐《てなず》けたのは期待以上だった。しばらくは彼に任せて問題ないだろう』

『……支部長は随分と彼を買ってますね。そんなに有用な男ですか、彼は』

『あれは他人の心を掌握する魔性の持ち主だ。天性の詐欺師と言っていい。あの男はこれまでにも言葉巧みに味方を作り、物事の勝敗を超越したところで自らの希望を勝ち獲《と》ってきたような男だ』

表示窓《ディスプレイ》には、事前に調べ上げた彼の経歴が映し出されている。

そこに歴々と並ぶ彼の〝対戦ログ〟を見れば、彼が如何《いか》に大望欲望を《NAV.bit《ナビット》》に希望し、その理想を叶《かな》えるためにパンドラゲームに傾倒してきたかが解る。

波止場皐月《はとばさつき》という男は、決してゲームから縁遠い存在などではない。また、無欲な男などでは断じてない。むしろ、彼の人生は常にパンドラゲームと共にあったと言っても過言ではなかった。そしてその最期は、あまりにも呆気《あっけ》なく訪れる。

『そして最後には不運にも、そうして縁を紡いできた仲間に裏切られて総《すべ》てを失った――そういう男なのだよ、あれは。だからもし私があの男を買ってるとすれば、それは……あの男が忘れてしまったその本能、なのだろうな』

ＤＤは再び展望窓から六號《ろくごう》の街並みを見下ろして、そのどこかにいるであろう少年の姿を想《おも》って憫笑《びんしょう》を浮かべる。

（……過去の記憶など追い求めん方が幸せかも知れんぞ？　なあ、不運なる対応者——）

●

六號第四区《ろくごう》。繁華街を見渡すことのできる展望台付きの屋外広場。

初めてツキウサギに希望をリクエストし、そして初めて櫃辻《ひつつじ》と出逢《であ》った場所にて——

「……残高があと、たった八エン……これ、死活問題だよなぁ……」

波止場《はとば》は表示窓《ディスプレイ》に映した電子マネーの残高を見て、ちょっとした絶望感に打ちひしがれている最中だった。

「んはは。というか、ほぼ死に体じゃないですかねー」

一応は四桁台を保っていた波止場の全財産は、さっき渡鳥《ととり》に奢《おご》ったスイーツの代金でたちまち消し飛んでしまっていた。あんな豆腐みたいな白桃ケーキ一つが一一〇〇エンもするのも解せないが、あれでもまだメニューに載っていたスイーツの中では中価格帯というのもまた解せなかった。

——〝よかったらわたくしも出しますわよ？　割り勘、とか言うのでしょう？〟

渡鳥が頼んだ一人前のケーキと、波止場が口にしたサービスのお冷とを足して互いに割り切れるのであればその提案もやぶさかではなかったが……ただでさえ彼女には本命のスイーツを遠慮してもらった手前、「じゃあ割り勘で」と言えるほど波止場の神経は図太くできていなかった。

苦い顔一つせず約二名分のスイーツを奢ってくれた櫃辻の懐の深さに、波止場は改めて感服するばかりだった。

とかく渡鳥への奢りミッションを達成した波止場の右手からは、《#口は災いのもと》《ゲッシュ・タルト》の付箋が消えていた。あれだけブレにブレまくっていた右手も今は外見上は元通りになっていて、多少の違和感も時間と共に薄れつつあった。

欲を言えば井ノ森《いのもり》に診てもらいたかったが、今はあの家に戻れない事情もある。

「やっぱり櫃辻様の家を出たのは少し早まりすぎたんじゃないですか？　これじゃあ野宿の危機に晒《さら》されてた初期の波止場様に逆戻りじゃないですか」

波止場の傍《かたわ》らをふわふわと付き纏《まと》いながら、ツキウサギは不満げな顔で腕を組む。

「仕方ないよ。これ以上あの子たちを俺の不運に巻き込むのも悪いし。別にもう逢えなくなるってわけでもないんだ。これでよかったんだよ」

「美少女二人との同棲《どうせい》生活――こんな思春期回路ショート確定青春ライフ、願ってもそう叶《かな》うもんじゃありませんよ。せっかくのラブでコメなエロエロチャンスを棒に振っちゃうだなんて……波止場様のヘタレっぷりにはホント参っちゃいますねー」

「……毎度思うけど、ツキウサギさんは俺を何だと思ってるんだ……」

下心満載のツキウサギに呆《あき》れつつ、波止場《はとば》は展望台の柵に寄りかかる。ふと見上げるように掲げた右手の人差し指——勝利の代償として支払った指輪はもうそこにない。

今の波止場の状況はとても〝最悪な状況がなんとかなった〟とは言い難《がた》かったが、少なくとも今がどうしようもないほどの最悪だとは、彼はもう思っていなかった。

「……ま、なんとかするさ。どこかのバニーガールさんも、希望を忘れなければどうとでもなる——って言ってた気がするしね」

「んはは、随分と言うようになったじゃないですか。これもどこかの——」

「教育係がよかったおかげ、かもね」

先んじて言われた言葉に、ツキウサギは面食らった様子で目を丸くする。

「これでもツキウサギさんには感謝してるんだ。もし君がいなかったら、俺はこの見知らぬ世界で野垂れ死ぬところだったし、どんな最悪なときも君はずっと俺の背中を傍《そば》で蹴飛ばし続けてくれた。俺がどうにか希望を捨てずに来られたのは、君のおかげだ。だから——ありがとうね。ツキウサギさん」

隈《くま》の濃い目を和らげたその少年は、これまでに見せたことがないような穏やかな表情をしていて、どういうわけかツキウサギはそんな彼にすぐ応えることができなかった。

「……」

「ん？　何で黙ってるの？」

「……なんか、その——ツッコまれるのはよくても、ボケにツッコむのは慣れてないというか……そうも殊勝な態度でこられると、こっちも反応に困るというか、ですね……」

和装のバニーガールは宙で膝を折って丸くなると、両袖と内ももを擦り合わせるような格好でモジモジとし始める。その仕草はいつもと違って妙にしおらしく、によによと緩みきった笑みを袖の下に隠しつつも、いつも何を考えてるのかよく解《わか》らない幼顔には仄《ほの》かに恥じらいの色すら差していて——

「あれ？　もしかして照れてる、ツキウサギさん」

「——っ、〰〰〰！」

バニーガールのウサ耳が、電流を浴びたかのようにビビッと跳ね上がった。

「——は、はぁッ!?　違いますけどッ！　波止場様みたいな有害指定系男子の分際で私を照れさせようだなんて、一億テラビットは早いですよ……っ！」

「早いのか遅いのかも解らないし、それ。——でも、そうか。君でも照れたりするのか」

「んはー、口ばっかり達者になって！　そんな風に育てた覚えはないですよ！」

これまで達観した素振りばかり見せてきた電脳の天使が初めて見せた可愛《かわい》げに、波止場もつい面白くなってにやけた顔になる。そんな主《あるじ》の態度が甚だ気に食わなかったらしいツキウサギは、宙に浮いたまま乱れ突きの如《ごと》くゲシゲシと蹴ってくる。

「痛い痛い、痛いッ！　ヒールが……っ、下駄《げた》のヒールが刺さってる……ッ！」

思いの外痛烈な反撃が返ってきて、波止場《はとば》は堪《たま》らず諸手《もろて》を挙げて降参する。どうやらこのバニーガール、自分がからかうのはよくても、からかわれるのはすこぶる嫌いらしい。

そんな折、視界の隅にポップアップされた通知に波止場は気が付いた。

「……あっ、配信。櫃辻《ひつつじ》ちゃんのだ」

それは『櫃辻ちゃんねる♪』の配信開始《オンエア》を告げる通知で、波止場はツキウサギが蹴雨を浴びせてくる中、そのポップアップに触れて表示窓《ディスプレイ》に配信サイトを立ち上げた。

それと同時に、朗らかな快声が画面越しに聞こえてくる。

『──はろぐっなーい！　子羊のみんな、イイ夢みってる──？　未来ときめく女子高生ストリーマー、櫃辻ミライだよ──っ！』

そこに映し出されたのは──櫃辻の姿だった。

どうやら彼女はいま綿花のエアバッグを足場に宙に立っているらしく、回路図形《ダイアグラム》が浮かぶ快晴の空をバックに、ツートンカラーのお団子ツインテと派手やかな衣装を風になびかせていた。

『なんかみんなに心配かけちゃったみたいでごめんね！　連敗続きで櫃辻が配信やめちゃ

うんじゃないかって噂《うわさ》もあるみたいだけど、そーゆうのは全然ないから安心してね。櫃辻にはまだまだ叶《かな》えたい夢がいっぱいあるし、これからもみんなにイイ夢バシドシ見せるつもりでいるから、これからも応援よっろしくぅ――！』

わっと視聴者たちが盛り上がる中、ニカっと笑みを浮かべピースを決める櫃辻。

どうやら彼女の〝夢〟はちゃんと彼女の中に戻ったようだ。気付けばツキウサギも波止場の肩越しにその配信を眺めていて、二人は顔を見合わせて微笑する。

――やっぱり彼女はこうでなくては、と。

櫃辻の復帰もまた、波止場がパンドラゲームで叶えたかった〝希望〟の一つだった。

『……ってなわけだからさ、あんましキミも気にしないでよ』

ふっと零《こぼ》れるような声が画面から聞こえ、波止場の意識は再び彼女に釘付《くぎづ》けになる。

『自分のせいで櫃辻が巻き込まれたとか、櫃辻にやりたくないことさせちゃったとか……それは違うって、今でも櫃辻はそう思えるからさ』

波止場は無意識に、櫃辻の右手に目をやっていた。

正規の方法ではないにせよ、契約を破棄した以上はその証《あかし》たるペアリングもまた、櫃辻の人差し指からは失われている。彼女にはもう特定の人物を〝なんとかする〟義務もなければ、情けを傾けてやる義理もない――いや、そんな後ろ向きな考え自体がそもそも間違っていたのだと、彼女は真《ま》っ直《す》ぐな瞳で画面の向こう側から語りかけていた。

きっとどこかでこの配信を観《み》ているだろう、たった一人の少年に向けて。

『だからまた遊ぼう。これからもキミはずっと櫃辻《ひつつじ》の推しだし、もっとキミに推してもらえるよう頑張るから――だからまた、いつでも逢《あ》いに来てよね♪』

そのとき櫃辻がしてみせたウインクは、まるで自分に向けられたもののように波止場《はとば》には思えたが、それが痛々しい妄想でないとも言い切れず、彼はただ微苦笑するに留《とど》める。

『――それじゃあ気を取り直して！　櫃辻の復活祝いってことで、さっそく次の希望《リクエスト》いってみよっか――っ！』

配信はそのあとも続くようだったが、波止場は最後までそれを見届けずに表示窓《ディスプレイ》をそっと閉じた。彼女の言葉を信じるなら、いつでも逢いに行けるのだ。その日のための土産話の一つや二つくらいは、用意しておいてもいいだろう。

「……ホント、敵《かな》わないな。櫃辻ちゃんには……」

すると見計らったかのようなタイミングで、一通のメッセージが手元の表示窓《ディスプレイ》に映し出された。差出人は――井ノ森《いのもり》だった。

――〝ＥＰのツケを払う当てがないのなら、身体《からだ》で返して〟

背筋も凍るような一文に、波止場は眼鏡越しにすっと睨《にら》む彼女の顔を思い出してぶるりと震える。エルピスコードという未知のＥＰに侵された波止場の身体は、ＥＰデザイナーを生業《なりわい》とする彼女にはさぞ興味深いサンプルに映ったに違いない。彼女の場合はそれがただのツンデレじゃなく、本気でそう思っていそうなのが恐ろしいところだ。

「……俺に実験台にでもなれって？　これは早いとこツケを返さないと、あとが怖いな」

「んはは。まるで人気者みたいじゃないですか。波止場様は不運にしか好かれないものと思ってたんですけどねー」

「だとしたら、これも新しい不運のきっかけにすぎないのかも」

「です。……まあ、どうせこの世界はもうまもなく終了するんです。どうせ終わるなら、その幸も不幸も味わい尽くして、存分に楽しんでみてはいかがです？」

静止世界を初めて見たあの夜も、ツキウサギはそう言って穏やかな笑みを浮かべていた。今も彼女は、同じ表情をしている。それは決してこの世界の終焉《しゅうえん》を楽観視してのものではなく、逃れようのない絶望にも沈むことのない希望の顕《あらわ》れのように、波止場の目には映っていた。

――この世界はもうまもなく終わるらしい。

それはいつ訪れるのかも、本当にそうなるのかも解《わか》らない未来の話でしかなかったが、波止場はすでにあの未来に進むことのない終末の景色の恐ろしさを見て、知っている。

そんな絶望的な終わりだけは嫌だと、今ならば心からそう想《おも》う。

それは〝対応者〟としての使命感というよりは、この世界に生きる楽しみを知ったからこそ、この世界をこのまま失《な》くしてしまうのが惜しいと思ったからだ。

それもきっと、一つの欲望のカタチには違いない。

「——それで、どうするんです？　不運の神様に愛されたバッドラック様は」

いつものようにツキウサギが問う。

この世界を生かす希望と、この世界を味わい尽くす夢の双方を叶《かな》え得る奇跡の担い手が、記憶喪失という形でこの世界に生まれ落ちたばかりの少年に問う。

願うべき希望は幾らでもあった。それでもまずは、一つ一つ——

「まずは、今日の寝床をなんとかしないとね。——ツキウサギさん。今の俺でも暮らせるような手頃な物件って、探せるかな？　あと、ちょっと遅いけど朝ご飯も」

「んはは。です、それが波止場《はとば》様のご希望とあらば——」

不敵な笑みを浮かべた和装のバニーガールは、主《あるじ》の希望をそのオッドアイの瞳に焼きつける。その欲望こそがこの世界を生かす希望たらんと、そう信じて。

総《すべ》ての夢と希望が叶う街——拡張都市パンドラ。

機械仕掛けのその方舟《はこぶね》は、今日も人々と同じ希望を夢に見ている。

あとがき

どうも、達間涼《たつまりよう》です。

この度は本作をお手に取っていただき誠にありがとうございます。

さてアクション系ばちぼこバトルモノでデビューした私、達間涼ですが。なにを血迷ったのか次回作は知略・攻略・頭脳バトルモノに挑戦――ってな感じで『電バニ（略称は要相談）』の執筆に取り掛かったはいいものの、そこから始まったのは紆余曲折《うよきょくせつ》、七転八倒《しちてんばっとう》、書く・没・書く・没・没没没と頭痛も痛くなるような地獄の日々。

――不運な奴《やつ》がゲームで勝つ。一見シンプルなこのコンセプトが本企画の始まりなんですが、「あれ？ 不運な奴がゲームで勝つとか超ムズくね？」という至極当然の問題にぶち当たり、世に君臨する頭脳バトルモノの先人たちの神がかり的な頭脳とセンスに平伏しつつ、なんてやべー世界に足を踏み入れてしまったんだ……と泣きべそ掻《か》きながらもどうにか無事刊行。ほぼ無理ゲーと諦めていたエンディングまで辿《たど》り着《つ》くことができました。

ちなみに没案ではバニーガールがラスボスだったり渡鳥《ととり》が味方だったり、そもそも賭けなんてしてなかったり、没になったゲームがいっぱいあったりもするので、その辺はまた機会があればどっかで紹介したいなぁ、という気持ち。

とにかくこうして世に出た以上は、読み終わったあとに悪くない時間だったと思ってもらえるような、読者の記憶にほんの少しでも残っていられるような、そんなエンタメ作品に仕上がっていたら幸いです。そして本作はカクヨム様の新規サブスク型サービス「カクヨムネクスト」の記念すべき連載第一陣に選ばれたあの『電脳バニーとゲームモノ。』がついに書籍になったぞ！　的な週刊コミック誌系のテンションを目指しておりますので、書籍もネットもダブルでどうぞよろしくお願いいたします。

――以下、謝辞。

まずはリアルに二年近く待たせてしまった担当編集者様。個人的には正直どっちが先に匙《さじ》を投げ出すかレベルの沼りっぷりだったように思ってますが、ここまで根気強く付き合ってくださったことには感謝の言葉しかありません。本当にありがとうございました。

なんかサイバーっぽい感じ、というふわふわしたリクエストからあれほど魅力的な世界観とビジュアルを描き上げてくださった、とうち様。自分の中にあった『電バニ』の世界観はすっかりとうち様バージョンにアップデートされてしまいました。特にツキウサギの和装系バニーっぷりは立体物で欲しいくらいです。著者の拙い想像・空想を完璧以上に叶《かな》えてくださり、ありがとうございました。

そして本作の出版に携わってくださった皆様、ならびに、連載時から応援してくださっている読者の皆様、ここまで読んでくださったすべての皆様。皆様が私のために遣ってくださった一分一秒、それ以上の時間に感謝を込めて、心よりお礼申し上げます。

ファンレター、作品のご感想をお待ちしています

あて先

〒102-0071　東京都千代田区富士見2-13-12
株式会社KADOKAWA　MF文庫J編集部気付
「達間涼先生」係　「とうち先生」係

MF文庫J https://mfbunkoj.jp/

MF文庫J

電脳バニーとゲームモノ。

2024年 5月25日 初版発行

著者 達間涼

発行者 山下直久

発行 株式会社 KADOKAWA
〒102-8177 東京都千代田区富士見2-13-3
0570-002-301（ナビダイヤル）

印刷 株式会社広済堂ネクスト

製本 株式会社広済堂ネクスト

Printed in Japan　ISBN 978-4-04-683700-4 C0193

◇◇◇

ライアー・ライアー

好 評 発 売 中

著者：久追遥希　イラスト：konomi(きのこのみ)

嘘つきたちが放つ
最強無敗の学園頭脳ゲーム！